U0108204

知翎

知翎

花嬌
五

第一章

裴府耕園的書房裡，裴宴和沈善言相對無言。

半晌，沈善言才長長地嘆了一口氣，道：「是我太自以爲是了。說起來，我們兩口子還挺像的，都是那種沒有腦子的人。我連自己家的事都理不清楚，還來勸你。遐光，你就看在你二師兄的面子上，別和我一般計較了吧！」

裴宴的臉色微霽，道：「沈先生能想清楚就好。我不是不想管京城的事——建功立業，誰不想呢？可有些事，不是我想就行的。我既然做了裴家的宗主，自然要對裴氏家族負責，不能因爲我一個人的喜好，把整個家族都拉下水。這一點，您是最清楚的。要不然，當初您也不會選擇來臨安了。」

沈善言點頭，神色有些恍惚，輕聲道：「你阿爹……有眼光、有謀略，也有膽識，從前是我小瞧了他……我一直以爲毅公才是你們家最有智慧的，現在看來，最有智慧的卻是你阿爹……這也是你們裴家的福氣！」

「福氣……」裴宴喃喃地道，眼眶突然就溼潤了，喉嚨像被堵住了似的，半點聲響也發不出來。

還是阿茗的出現打破了書房的靜謐：「三老爺，郁家的少東家和小姐過來拜訪您。」

裴宴現在不想見客，可他也知道郁棠和郁遠這個時候來找他是爲了什麼。弓是他拉的，他不能就這樣放手不管。

「請他們進來吧！」裴宴說著，卻沒有辦法立刻收斂心中的悲傷。

倒是沈善言，聞言奇道：「郁家的少東家和小姐？不會是郁惠禮家的姪子和姑娘吧？」

「是。」裴宴覺得心累，一個多的字都不想說。

沈善言見狀，尋思著他要不要迴避一下，阿茗已帶著郁遠和郁棠走了進來。

兄長高妹妹一個頭，都是膚白大眼，秀麗精緻的眉眼，一個穿著身靛藍素面杭綢直裰，一個穿了件水綠色素面杭綢褙子，舉手投足間落落大方，很容易讓人產生好感。

「沈先生也在這裡！」兩人給裴宴行過禮之後，又和沈善言打著招呼。

沈善言微微頷首，有點奇怪兩人來找裴宴做什麼，見裴宴沒有要他迴避的意思，也就繼續坐在那裡沒有動。

郁遠將幾個匣子捧給裴宴看。

裴宴原本就不高興，此時見自己苦口婆心了好一番，郁遠拿出來的東西還是沒有達到自己的要求，就有點遷怒於郁遠，臉色生硬地道：「這些東西做得不行。油漆也就罷了，漆好漆壞占了很大的一部分，就算你們家想進些好一點的油漆，只怕也找不到門路。可這雕功呢？之前我可是叮囑了你好幾次，可你看你拿過來的物件，不過是比從前強了一篾片而已。要是你們只有這樣的水準，肯定是出不了頭的。」

郁遠一下了臉色煞白，像被捅了一刀似的。

郁棠於心不忍。她明明也看出了這些問題，卻沒有及時指出來，指望著裴宴能指點郁遠一二的。沒想到裴宴說話這麼尖銳，幾句話就讓她大堂兄氣勢全失。

郁棠忙補救般地道：「耳聽爲虛，眼見爲實。說來說去，還是我們見識太少了。三老爺，不知道您能不能想辦法幫我們找個樣子過來，讓我們看了長長眼界。」

裴宴考慮了一會兒，覺得郁棠的話有道理。不過，御上的東西哪是那麼容易找得到的？但裴宴卻恰好有。

他道：「那你們就等一會兒好了，我讓人去拿個圓盒，是用來裝墨錠的，從前我無意間得到的，先給你們拿回去看看好了。」

裴宴這是要幫郁家做生意？裴宴不是最不耐煩這些庶務的嗎？郁家什麼時候這麼討裴宴喜歡了？

沈善言有些目瞪口呆。

郁棠頗爲意外地看了裴宴一眼。

不知道爲什麼，裴宴看上去和往常並沒有什麼不同，郁棠卻隱隱覺得裴宴心裡非常不高興，而且像有股怨氣堵在胸口徘徊不去，會讓他越來越暴躁似的。

但沈先生在這裡，郁棠沒有多問，和郁遠拿到那個剔紅漆的竹葉小圓盒後就要起身告辭。

裴宴望著郁棠眉宇間的擔憂，心中閃過一絲躊躇。

郁小姐向來在他這裡有優待，不是被他留下來喝杯茶，就是吃個點心什麼的。這次她跟著郁遠進府，卻遇到了他心情不好的時候，連個好臉色都沒有給她，就直接趕她走人。

也不知道這小姑娘回去之後會不會多想？甚至是哭鼻子……

裴宴略一思索，就喊住了往外走的郁棠，道：「我這裡還抽空畫了幾張圖樣，妳先拿回去看看。過幾天我再讓人送幾張過去。」

因爲裴宴常常改變主意，郁棠並沒有多想，她見裴宴的臉色好像好了一些，也揚起嘴角淺淺地笑了笑。想著沈善言在場，還屈膝給他行了個福禮，這才上前去接了裴宴在書案上找出來的幾張畫稿，低頭告辭走了。

裴宴見她笑了起來，心中微安，想著小姑娘不笑的時候總帶著幾分愁，笑的時候倒挺好看的，像春天驟放的花朵，頗有些姹紫嫣紅的感覺。

難怪當初那個李竣一見她就跟失了魂似的。

不過，現在的李家估計自身難保，日子要開始不好過了。他暗中有些幸災樂禍地嘖了一聲。

又想到郁小姐那小心眼來。

不僅要讓李家失去一門好親事，還藉著他的手把李家給連根拔起，甚至連顧小姐也不放過。

想到這裡，裴宴揉了揉太陽穴。

他能想到的都想到了，他能防範的也都防範了，但願浴佛節那天郁小姐沒有機會惹出什麼夭蛾子，讓他去收拾殘局！

裴宴輕輕地嘆了口氣，轉身和沈善言繼續說起京中的形勢來：「這次都察院派了誰做御史？眞的只是單純地來查高郵河道的帳目嗎？」

沈善言沒有吭聲，表情明顯有些震驚。

裴宴訝然，不知道他怎麼了，又問了一遍。

沈善言這才「哦」了一聲，回過神來，道：「派誰來還沒有定。京中傳言是衝著高郵的河道去的，可派出來的卻是浙江道的人，一時誰也說不清楚。只能等人到了，看他們是歇在蘇州還是杭州了。」

裴宴沒有說話。沈善言有沈善言的路子，他有他的路子。如果這次司禮監也有人過來，恐怕就不僅僅是件貪墨案的事了。

他沒有說話，沈善言卻忍不住，他道：「你……怎麼一回事？怎麼管起郁家那間小小的漆器鋪子來？就是郁惠禮，也不過是因爲手足之情會在他兄長不在家裡的時候去看看……」

裴宴卻事事躬親，做著大掌櫃的事。

這不是他認識的裴遐光！

裴宴聽了直覺就有點不高興，道：「漆器鋪子也挺有意思的。我最近得了好幾件剔紅漆的東西，想看看是怎麼做的。」

沈善言有些懷疑。

雖說有很多像裴宴這樣的世家子弟喜歡一些雜項，以會星象、懂輿圖、會算術爲榮，甚至寫書立著，可畢竟不是正道，裴宴不像是這種人。

但他還沒來得及細想，因爲裴宴已道：「要是司禮監有人出京，會派誰出來？」

沈善言的心中一驚，哪裡還顧得上去想這些細枝末節，忙道：「你聽說會有司禮監的人隨行？」

裴宴點頭，自己都很意外。說郁家的事就說郁家的事，他爲何要把這個消息告訴沈善言？

他原本是準備用這件事做底牌的！

裴宴的眉頭皺了起來。

❋

郁棠和郁遠離開了裴府之後，郁棠就一直在猜測裴宴爲什麼不高興。

她覺得裴宴的情緒肯定與沈善言有關。

她已經不是第一次遇到沈善言來拜訪裴宴了。

沈善言一個避居臨安的文人，除了上次沈太太的事，又有什麼事能讓他和裴宴糾纏不清呢？

郁棠歪著腦袋想了良久。

郁遠卻捧著手中的小圓盒，就像捧著個聚寶盆似的，臉上一時流露出擔憂的表情，一時流露出欣喜的表情，讓郁棠擔心不已，懷疑郁遠會不會太高興了，一下子瘋癲了？

郁棠還試著問郁遠：「小姪兒的名字定下來了嗎？」

本著賤名好養活的說法，郁遠的長子叫了大寶。聽她大伯母的意思，如果再生一個就叫二寶，隨後的就叫三寶、四寶……

郁遠立刻警覺地回頭望著她，道：「二叔父又想到了什麼好聽的名字嗎？」

郁文之前就表示，想讓大寶根據他的輩分、生辰、五行之類的，取個名字叫順義。

大家都覺得這個名字像僕從的名字，但郁文是家裡最有學問的，又怕這名字確實對大寶的運道好，就是郁博，也沒有立刻反駁。

郁棠相信他阿兄的腦子沒問題了。

兩人回到鋪子裡，夏平貴正眼巴巴地等著他們回來，聽說郁遠手裡捧著的那個剔紅漆的小圓盒是裴宴給他們做樣品的，他立刻戰戰兢兢地走了過來，摸都不敢摸一下，就著郁遠的手打量起這個雕著竹葉的小圓盒來。

郁棠不懂這些，心裡又惦記著剛才裴宴的情緒，聽夏平貴和郁遠嘀咕了半個時辰就有些不耐煩了，她道：「阿兄，要不我先回去了吧？等你們看出點什麼來了，我再和你去趟裴府好了。」

郁遠見郁棠有些精神不濟，心疼她跟著自己奔波，立刻道：「那妳先回去吧！好好歇著。要去裴府也是明天的事了。」

郁棠就帶著雙桃走了。又因為前頭鋪面上有好幾個男子在看漆器，她就和雙桃走了後門。不承想她和雙桃剛剛邁過後門高高的青石門檻，就看見了裴宴的馬車。

郁棠好生奇怪。她和裴宴剛剛分開，他怎麼會突然出現在他們家鋪子的後門？難道是有什麼要緊事找她？

郁棠剛準備上前問問，趕車的趙振已經認出她來，忙回身撩了車簾，和車裡的人說了幾句，裴宴就撩簾跳下了馬車。

「您怎麼過來了？」郁棠問。

裴宴已經換了一身衣服，青色的杭綢直裰，白玉簪子，清俊得如一幅水墨畫。

郁棠眨了眨眼睛，覺得自己之所以能這麼容忍裴宴，一方面是受裴宴恩惠良多，一方面是因為裴宴長得實在是英俊。

她認識的人裡面，還沒有誰長得比裴宴更英俊的。

裴宴看到她好像有點意外，聞言四處張望了片刻，不答反問：「這是你們家鋪子的後門？」

郁棠點頭。

裴宴就指了指不遠處的一個如意門，道：「裴家錢莊的側門。」

居然還有這樣的事！

郁棠在心裡暗暗嘖了兩聲，道：「沒想到會在這裡遇到三老爺。您既然忙著，那我就先回去了。」

誰知道裴宴想了想卻道：「既然碰到了，那我就進鋪子裡看看好了。」說著，抬腳就往鋪子裡去，一面走，還一面道：「少東家在鋪子裡嗎？我拿過來的那個裝墨錠的盒子是京城最有名的文玩鋪子裡的東西，不過我沒有去看過，也不知道他們家是經常有這個賣還是偶爾有這個賣。我覺得應該差人去打聽打聽。知己知彼，才能百戰不殆嘛！」

郁棠卻好奇他爲什麼會突然跑到裴家的錢莊來，還有空到他們家的鋪子裡去看看。

她不由道：「錢莊那邊沒什麼事嗎？」

「能有什麼事！」裴宴不以爲意地答道，「我準備讓佟大掌櫃把我們家裡的錢莊也都管起來。北京那邊的鋪子接了軍餉的生意，我覺得不太妥當，還是家裡的老人用起來放心些。」

接了軍餉的生意不是很好嗎？郁棠腦子飛快地轉著。是因爲裴家現在已經沒有人在朝廷裡做官了，所以接這樣的生意會礙著別人發財嗎？

她是很相信裴宴的判斷的，連連點頭道：「如果有佟大掌櫃掌舵，肯定令人放心。不過，佟大掌櫃年紀也不小了，你們裴家應該有好幾間錢莊吧？他老人家會不會照顧不過來？」

裴宴道：「我讓陳其和他一起。他是家裡的老人了，有些事由他出面比較好，至於帳目這些要花精力的事，有陳其。」

這樣的安排也挺好。郁棠想著，跟在裴宴的身後進了鋪子。

夏平貴和郁遠正捧著裴宴那個裝墨錠的盒子，站在鋪子天井的老槐樹下說著話，聽見動靜抬頭，兩人立刻迎上前來。

「三老爺，您老人家怎麼來了？」夏平貴恭敬地道。

裴宴很隨意地擺了擺手，道：「你們研究得怎麼樣了？」

夏平貴忙道：「我剛才和少東家看了又看，覺得我們雕出來的東西還是層次不夠分明，所以才會讓人看著線條不明晰……」他兩眼發光，滔滔不絕地說著自己的感受和發現，看裴宴的目光像看師長似的，不，比看她大伯父的目光還要敬重，能感覺到他急於得到裴宴認可的焦慮。

郁棠覺得牙疼。怎麼一個、兩個的都會在裴宴面前失去平常心態？

裴宴在聽完夏平貴的話之後卻對夏平貴非常讚賞，很直接地對郁遠道：「他的雕工雖然一般，可眼光卻不錯，你就照著他說的做好了。應該就是他說的原因，你們家雕的東西層次都不太分明。」

郁遠小雞啄米似的點頭，生怕漏掉了裴宴的哪一句話。

好在裴宴在郁家的鋪子沒有待多長的時間就要走了，郁遠和郁棠送他，依舊走的是後門。

趙振拿了腳踏凳出來。裴宴一隻腳都踩到了凳上，卻突然回頭對郁棠道：「你們家那個功德箱做得怎樣了？我母親四月初四就會住進昭明寺，到時候令堂也會去參加講經會嗎？要不妳和令堂一起提前在昭明寺住下好了。四月初八人肯定很多，能不能上山還是個問題。去得晚了，怕是連個歇腳的地方都沒有。」

他已經得到了消息，顧家的人會提前兩天到，他得把郁棠塞到他母親那裡，免得她針對顧曦又做出什麼事來，得他來收拾殘局——那幾天他很忙，可不想為了這個小丫頭片子分心！

郁棠想著前世昭明寺辦法會的時候，臨安的富貴人家都得提前預訂廂房，不然可真會像裴宴說的，連個站的地方都沒有。

裴家是臨安最顯赫的家族，跟著他們家的女眷，肯定能訂個好地方。她姆媽身體不好，如果能託裴家的福訂個清靜的地方，那她姆媽就不用那麼辛苦了。

「好啊！」郁棠立刻就答應了，「我在這裡先多謝三老爺了。我明天就去府上給老安人磕頭謝恩。」

還算小丫頭懂事。裴宴滿意地頷首，覺得這小丫頭雖然有時候挺淘氣，挺讓人操心的，但也有聽話的時候。

裴宴打道回府。

郁棠也回了青竹巷，和母親商量著參加浴佛節的事。

陳氏因為身體的緣故，好多年都沒有逛過人山人海的香會或是燈市了，聽了自然喜出望外，道：「妳阿嫂還在坐月子，妳大伯母肯定是要在家裡照顧妳阿嫂的。到時候多半只有我們一家人過去。妳明天去給老安人謝恩，記得多帶點黃豆糕過去。妳上次不是說老安人把黃豆糕留在了屋裡，其他的點心都送了些給別人嗎？我尋思著老安人應該是喜歡吃黃豆糕。」

郁棠沒有在意，由著姆媽安排這一切，自己則是回屋擺弄起衣飾來。

在大眾場合，顧曦通常都打扮得素雅大方，她可不能輸給了顧曦。

忙到了晚上亥時，她才把要去昭明寺的衣飾選好，第二天早上起來往裴家去的時候，她還打了好幾個哈欠。

裴老安人是早上裴宴來給她請安的時候，才知道郁家的女眷會和她一起去昭明寺，她還故作沉吟地道：「會不會不方便？我們家人多，住進去要占大半的院子，二丫頭婆家那邊也說要和我們一起進寺。」

裴宴壓根沒有多想，道：「您說的是楊家嗎？他的父母和弟妹不都在他父親的任上嗎？能來幾個女眷？郁家人更少，我尋思著最多也就是她們母女加兩個僕婦，隨意也能擠出間廂房來。再不濟，就讓宋家讓地方！要不是看在您的面子上，我連家門都不會讓他們進，他們就知點足吧！」

話都說到這個地步了，裴老安人還有什麼話說？她笑咪咪地應「好」，尋思著是不是把宋家的人安排到靠東邊的小院裡，那邊挨著大雄寶殿，昭明寺的師父們做法事的時候就在那裡，每天天還沒有亮就會念經不說，還常做些水陸道場……

至於說郁家，如果真像兒子說的，只有郁棠母女過來，那就和他們家的女眷住在一起好了。

裴老安人打定了主意，郁棠來時大家就說得都很高興了。她們不僅定了一起住，按裴老安人的意思，到時候她們還跟著裴家的騾車一起去昭明寺。

郁棠回來告訴陳氏之後，陳氏告訴了郁文，郁文想了想道：「要不然我們家也買匹騾子吧？妳們出去的時候給妳們拉車。」

臨安山多，不出遠門根本用不上騾車。

陳氏不同意：「幹嘛要和人比？養匹騾子不但比人吃得還好，還得專門買個小廝照料。有這錢，還不如給我們家阿棠多攢點嫁妝。」

郁文嘿嘿地笑，只得作罷。

陳氏開始挑選首飾。

❖

很快就到了四月初四。

郁棠和陳氏寅時就起來，陳氏把送給裴家眾女眷的點心又重新清點了一遍，對陳婆子和雙桃耳提面命了一番，這才心懷忐忑地和郁棠去了裴府。

裴老安人已經起床了，聽說陳氏來了，就讓人把她們帶了過去，問她們吃過早膳沒有。

陳氏立刻站起來說話，神色有些無措。

裴老安人和氣地笑了笑，覺得這樣的陳氏還挺好的，至少不自作聰明，不主動挑事。

「楊家的女眷昨天就過來了，是借居在楊家的一位表小姐，帶了兩個丫鬟、兩個婆子。」

她笑著道，「等她們過來，我們就可以啓程了。」

陳氏笑著應「是」。

郁棠不知道楊家還有位表小姐。

等大家上了騾車，非要和郁棠擠在一輛車上的五小姐告訴郁棠：「是楊公子繼母那邊的親戚，姓徐，比郁姐姐還大一歲。我們也是第一次見到。不過，徐姐姐還挺幽默的。她一來就送了二姐姐一塊羊脂玉的玉珮，可漂亮了。」

郁棠莞爾，心裡卻想著剛才見到的徐小姐。

中等身材，穿著紫綠色的縴絲比甲，耳朵上戴了蓮子大小的紅寶石，通身的富貴，打賞僕婦出手就是二兩銀錁子，十分氣派不說，鵝蛋臉，柳葉眉，大大的杏眼忽閃忽閃地，看著就是個活潑機敏的人。

也不知道去了寺裡，會不會循規蹈矩地不生事？

浩浩蕩蕩的一群人趕在午膳之前到達了昭明寺。結果他們在寺門口碰到了宋家的馬車。相比裴家的車隊，他們的人更多。

有隨車的婆子代他們家的大太太過來給裴老安人問安，說是在外面有所不便，等到了寺裡再親自過來給裴老安人磕頭。

陳大娘掀了騾車的簾子和宋家的婆子說著話，後面的騾車上，陳氏悄悄地撩開了一道簾縫朝外張望。等她回過頭來的時候，不由對郁棠道：「宋家的馬車真是豪華！」

郁棠有些意外。她母親雖然只是個窮秀才的女兒，卻從小跟著她外祖父讀書，對錢財並不是十分地看重，怎麼今天突然有了這樣的感慨？

郁棠也好奇地撩了一道簾縫朝外望。

宋家的馬車眞的是太豪華了！嶄新的青綢夾棉的簾子，馬車的四角包著鎏金祥雲紋的包角，掛著薄如紙的牛皮宮燈，綴著長長的纓絡，拉車的馬更是清一色的棗紅馬，護送的隨從則全穿著鸚哥綠的綢布短褐，三十幾輛馬車一字排開，把路都給堵上了。

不僅如此，郁棠還發現其中兩輛馬車格外地與眾不同，其中一輛不過是比其他的馬車高大寬敞一些，另一輛馬車卻在車簾和車窗上都繡著白色仙鶴祥雲紋的圖樣，圖樣上還釘著各色的寶石，在陽光下閃閃發光。

再看裴家，全是低調的靚藍色，除了騾車的車架看著比較結實，與他們臨安普通人家的車架也沒有什麼不同。

宋家果然是財大氣粗！

宋家的家風也更傾向於享樂。

難怪前世的宋家會敗落。郁棠想著，關了車窗，對母親道：「等會兒在廂房安頓下來後，得去問問計大娘什麼時候去給老安人請安才好。」

裴老安人看著年輕，實際上已經不年輕了，這一路勞頓，萬一宋家的人立刻就來拜訪裴老安人，她們是不是等裴老安人休息好了再過去問安？

陳氏點頭，笑著吩咐陳婆子：「到時候妳帶一點兒點心過去。」

陳婆子也看到了宋家的烜赫，心中生怯，道：「還是讓雙桃過去吧！雙桃跟著小姐常在裴府走動，懂規矩。我要是出了錯，可不得丟小姐的臉！」

陳氏想想也有道理，吩咐完了雙桃，忍不住打趣陳婆子：「還有妳怕的時候？」

陳婆子嘿嘿地笑，道：「我這不是少見識嗎？」

五小姐在旁邊捂著嘴笑。

不一會兒，騾車就在院落裡停了下來。

陳婆子先下了騾車，四處張望了半晌，這才對下了騾車的陳氏、郁棠等人悄聲道：「宋家讓裴家先走──我看見宋家的馬車還在山門口等著呢！」

可見裴宴說宋家有事求著裴家，因而對裴家諸多禮讓是有道理的。

郁棠笑了笑。

二太太身邊的金大娘快步走了過來，給陳氏和郁棠行過禮後笑道：「二太太讓我來接了五小姐過去，讓五小姐待在房裡別亂跑。福安彭家的人也跟著宋家一道過來了，彭家的小子多，老安人怕有那不懂事的衝撞了小姐太太們，就算是他們家之後來賠禮道歉，可人也已經受了驚嚇，不划算。」

陳氏嚇了一大跳。老安人言下之意，是指責彭家的人沒規矩？

她連聲應了。

五小姐也只能依依不捨地和郁棠告辭。

等到郁家的人進了廂房，陳婆子幾個開始布置廂房，陳氏則拉了郁棠的手道：「那個彭家，是不是很霸道？」

郁棠想到前世李家對彭家的卑躬屈膝，就把彭家的來頭告訴了陳氏，並道：「總之，這家人能不接觸就盡量不要接觸了。」

陳氏頷首，一時又覺得跟著裴家來昭明寺聽講經會不知道是對是錯。

只是沒等到她們去找計大娘，計大娘卻先過來了，她身後跟著幾個小丫鬟，手裡或捧著果盤或捧著匣子。她笑著拉了陳氏的手，「太太不要見怪。那宋家和彭家的大太太一起去給老安人問安，老安人怕妳們等得急了，特意吩咐我拿些瓜果點心來給太太和小姐打發時間。今天大家就各自歇了，等明天用了早膳大家再坐在一塊兒說說話，正好聽昭明寺的師父說說這幾天都有些什麼安排。看能不能提前和南少林寺那邊的高僧見上一面，給幾位小姐祈祈福。」

陳氏聽了喜出望外。她覺得郁棠的婚事一直都不怎麼順利，如果能得到高僧的祈福，郁棠肯定會很快時來運轉的。

「替我謝謝老安人。」陳氏說得誠心實意，「我還識得幾個字，講經會也還沒有開始，我趁著這機會給老安人抄兩頁佛經好了。」

這是陳氏的心意，計大娘無權置喙，她道：「難得您有心，我去跟老安人說一聲。」又問郁棠：「不是說會送兩個匣子過來裝經書的嗎？那匣子什麼時候能送到？」

郁棠不好意思地道：「要先給三老爺看看才成。」

計大娘笑道：「原來如此。我就說，怎麼你們家的匣子還沒有到呢！這事落在了我們三老爺手裡，恐怕還有折騰的時候。不過，我們三老爺的眼光也是眞好，但凡他能看上眼的，別人就沒有不說好的。」

「正是這個道理。」郁棠笑道，「這事我們也就急都急不來了。」

陳氏這才知道裴老安人在郁家的鋪子裡訂了兩個匣子。等送走了計大娘，她仔細地問起這件事來。

郁棠又摘了要緊的和母親說了說，陳婆子那邊也就打掃得差不多了。

母女倆梳洗了一番，吃過廟裡送來的齋飯，睡了個午覺。

❋

她們再醒過來的時候，一明兩暗帶間退步的廂房都已經布置好了。陳氏住了東邊，郁棠住了西邊，陳婆子和雙桃住了後面的退步。牆上掛著的是郁棠熟悉的中堂，桌上擺著的是她們從家裡帶過來的茶盞，就連長案上花觚裡插的花，也是應季的火紅色石榴。

陳婆子還笑著指了那石榴花道：「剛剛二太太讓人送過來的。」

陳氏滿意地直笑，拉了郁棠的手道：「難怪妳能在裴家一住就是那麼多日子，裴家待客眞是讓人賓至如歸。」

郁棠抿了嘴笑。和母親用過晚膳之後，就一起在廂房後面的小院子裡散步。

她們遇到了同來這兒散步的楊家女眷。

楊家來的據說是楊公子的三嬸娘，大家稱她爲三太太。三十出頭的模樣，五官端正，相貌秀麗，衣飾樸素卻氣質不凡。徐小姐虛扶著三太太，言辭間說不出的恭敬。

陳氏和郁棠不免要和她們寒暄幾句。

徐小姐一直低眉順目的，和郁棠第一次見到的時候截然不同。

郁棠不由打量了徐小姐幾眼。

徐小姐則抽空朝著郁棠使了個飛眼。

這姑娘，可真活潑！不知道楊家三太太有什麼與眾不同的，能鎮住這位徐小姐？

郁棠仔細觀察著楊三太太。

楊三太太說話不緊不慢地，還有些幽默風趣，陳氏說什麼她都能接得住不說，還挺能照顧陳氏的情緒，一直圍繞著陳氏感興趣的話題在說。

郁棠也打起了精神，聽著兩位長輩說話。

直到寺裡的小沙彌們來點燈，大家就各自回了廂房。

郁棠和母親一起泡腳的時候尋思著要不要提醒母親幾句，又覺得裴家的情況複雜，有時候未知未覺反而是好事，遂改變了主意，只和母親說些近日裡鄉鄰和家裡發生的軼事。

母女倆說說笑笑，擦了腳準備去睡覺，雙桃抱著兩個匣子走了進來，道：「阿茗送過來的，說是給裴老安人的。您看，這怎麼辦？」

裴老安人等著匣子裝經書，雙桃這是在請郁棠示下，看是連夜送過去，還是另做安排？

郁棠略一思忖，道：「既然是阿茗送過來的，可見這兩個匣子三老爺也覺得可以用，他卻派人送到我們這裡，顯然是要讓我們拿去給裴老安人的。今天太晚了，明天我們去給老安人問安的時候帶過去好了。」然後讓雙桃把兩個匣子拿給她看看。

兩個匣子一個是青竹圖樣，一個是梅花圖樣，都線條明快、層次分明，看著富麗堂皇、繁花似錦，在燈光籠罩下更是炫目不已。

郁棠被驚豔到了。

陳氏驚訝之餘上前細細地摩挲著兩個匣子，愕然地問：「這眞是我們家做出來的？」

雙桃不知道，遲疑道：「阿茗說是我們家做的。」

「眞好！眞好！」陳氏讚著，眼眶微溼。

就是她這不懂行的人都看得出這兩個匣子做得有多好。

「阿茗還在外面嗎？」陳氏問，「人家半夜三更地跑過來。阿棠，妳賞幾個銀錁子給他。」

這次來參加昭明寺講經會，郁文照著郁棠從裴府得的銀錁子也打了一小袋子。

郁棠想想，她還眞沒有賞過阿茗。

「那妳就拿幾個銀錁子給他。」她對雙桃道，「就說是太太給的。」

雙桃應聲而去。

陳氏嗔怪她：「這是給妳做臉呢，妳推什麼？」

郁棠呵呵地笑，道：「我已經這樣說了，您就別管了。」然後轉移話題，說起了匣子的事。

陳氏這才知道原來家裡能做出這樣的匣子來，都是裴宴的功勞。

她反覆地叮囑郁棠：「那妳就對老安人孝敬一些。人家也不圖妳什麼，而且也圖不到妳什麼，不過是想妳能討老安人的喜歡，博老安人一笑而已。」

郁棠不仵地應「好」。好不容易才催著陳氏去歇了，雙桃卻又端了碗冰糖燕窩進來。

郁棠奇道：「這又是誰送的？」

那燕窩是用霽紅瓷的燉盅裝的，而霽紅瓷向來是貢品，不可能是陳婆子燉的，況且她們也沒有帶燕窩過來。

雙桃笑嘻嘻地道：「是阿茗剛又送過來的。說是三老爺知道您和太太還沒有歇下，特意讓他送過來的。」

裴宴有這麼好心？

郁棠望著手中的冰糖燕窩，心裡直打鼓，道：「三老爺只是讓阿茗送了燕窩過來，沒有說別的？」

雙桃仔細想了想，道：「沒說別的。」

郁棠小聲嘀咕：「怎麼突然想到送吃食過來？」

她嘗了一口，還挺甜的，遂道：「母親的那碗妳送過去了沒有？」

雙桃忙道：「送過去了。太太已經換了衣裳，是陳婆子出來接的。」

郁棠聽著就三口兩口地把燕窩喝了，把空碗遞給雙桃。雙桃放好了碗，端了水過來給郁棠漱口時，陳婆子端著個空碗進來了，道：「太太說，總不能白白受了三老爺的禮，讓還碗的時候把我們帶的花生酥送兩匣子過去。」

這次來昭明寺，陳氏做了很多的點心準備送禮。

郁棠覺得可行，任由雙桃和陳婆子折騰去，自己沾著枕頭就睡著了，一覺到了天大亮。

雙桃忙進來服侍她梳洗，嘴裡念叨著：「昨天我去還碗的時候，三老爺那邊還燈火通明的。說是宋家和彭家這次除了女眷，宋家大老爺和四老爺，彭家的大老爺、三老爺和五爺、六爺、七爺、大少爺和二少爺都過來了，三老爺在和他們說話呢！聽說明天還有什麼湖州武家，也有兩位老爺、兩位少爺、幾位太太和少奶奶過來。昭明寺的知客師父頭都大了，連夜商量著廂房怎麼安排。還好我們跟著裴府的人先住了進來，要不然真的會連個站的地方都沒有了。」

她還嘮叨道：「裴家從前也主辦過廟會、講經會的，這次來的人最多。裴老安人從南少林寺請過來的高僧肯定很厲害。小姐，要是那位高僧願意給您和裴家的幾位小姐祈福，您說，我們要不要準備什麼謝禮啊？我們準備什麼謝禮好？這件事要不要請教請教計大娘？」

在雙桃看來，計大娘和佟大掌櫃是親家，那和他們郁家也算是有交情的人家了。

郁棠胡亂地點了點頭，嘴裡說著「這件事得問問姆媽」，心裡卻琢磨起這次來參加講經會的這幾戶人家，都是當初來拍輿圖的人家，算算日子，船也應該快要造好了，要說這幾家的出現和海上貿易沒有什麼關係，她一千個、一萬個不相信。

山雨欲來風滿樓啊！

郁棠深深地吸了一口氣，心裡總覺得有幾分不安。

陳氏梳妝好就過來了女兒這邊，見郁棠也收拾得差不多了，就讓陳婆子去端了早膳過來，自己則坐在了屋中間圓桌旁的繡墩上，和女兒商量起送高僧的謝禮。她表揚郁文道：「還好妳阿爹非讓我帶了兩方好硯過來了，要不然，就我做的那些點心，怎麼拿得出手？這山上又不比山下，拿了銀子也買不到東西。可見這家裡還是得有個能拿主意的人。」然後話題又轉移到了她的婚事上，「妳也別總聽妳阿爹的，把我的話全都當耳旁風。要是下次吳太太給妳安排相看，妳得好好地相看一番才行。這人不接觸哪知道是什麼性子，說不定這就是妳的緣分呢……」

郁棠貌似恭敬，卻左耳朵聽了右耳朵就出去了。

她知道母親的心結，可她總覺得，婚姻大事有時候得靠點緣分的，如果緣分到了，就算妳兜兜轉轉的，這個人也是妳的。沒有緣分，就像前世似的，訂了親事也會突然失去。

直到陳婆子端了早膳過來，這才打斷了陳氏的話。

陳氏也知道自己這樣不好，可她一看到女兒對自己的婚事一副無動於衷的模樣，就心急得不行。不過，這次來昭明寺聽講經會，可是個好主意。聽說很多體面的鄉紳之家的當家太太都來了，說不定女兒的機緣就在這次的講經會上呢？

這麼一想，陳氏又打起了精神，和女兒一起用了早膳，帶上了昨天晚上阿茗送過來的兩個匣子，正準備去裴老安人那裡，有小沙彌跑了進來，道：「郁太太，有位姓吳的太太，說和您家是鄉鄰，有事要見您。」

陳氏和郁棠愕然，忙請了人進來。

來人是吳太太身邊的一位貼身婆子，她神色窘然地道：「我們家太太聽說這裡要開講經會，讓我提前來這邊訂間廂房，誰知道我提前了三天，天還沒有亮就趕到了寺裡，寺裡的知客師父卻說廂房已經沒了……我之前聽了一耳朵的，說是您會隨著裴家的女眷提前住進來，就厚著臉皮來找您了，看您能不能想辦法幫我們家太太訂間房。」

這件事陳氏可做不了主，她道：「我也是借了裴家的東風。」但吳家幫他們家良多，她也不好意思就這樣拒絕，又道：「要不這樣，妳也先試著盡量找一找，我也幫著問一問，看能不能大家一起想辦法，給你們家太太訂間廂房。」
那婆子感激不盡地走了。
陳氏搖了搖頭，道：「衛太太那天也說要帶著家裡的女眷過來，瞧這樣子，肯定是訂不著廂房了。」
郁棠沒有吭聲。
陳氏也知道這件事不好辦，而且也不是一時能辦好、辦到的，也就壓下了心中的感慨，先和郁棠去了裴老安人那裡。

計大娘在門口當值，見到郁棠母女就朝著她們使了一個眼色，然後轉身低聲交代了身後的一個小丫鬟幾句，把郁棠母女迎到了旁邊的茶房。
郁棠母女發現楊三太太和徐小姐已坐在茶房裡喝茶了。
楊三太太和徐小姐站起身來和郁棠母女見了禮，楊三太太更是指了指茶几上的糕點對陳氏道：「北京那邊的點心，我也好些年沒吃過了。您嘗嘗，看合不合您的胃口。」
陳氏道了謝，挨著楊三太太坐下。
計大娘苦笑著解釋道：「宋家和彭家的幾位太太是帶著幾位少爺過來的，只好委屈您和三太太在這裡先喝杯茶了。」
聽那口氣，並不怎麼歡迎宋家和彭家的人。
陳氏忙道：「我和三太太都帶著小姑娘，老安人這樣安排，考慮得又周到又體貼。正好，我還可以和三太太說說話兒。」

楊三太太也點頭，笑著對計大娘道：「老安人那邊來了那麼多的客人，肯定很忙。我們也不是什麼外人，您就不用管我們了，我和郁太太說說話。說起來，我還是小的時候隨我阿爹來過一次臨安，這是第二次，聽說郁太太的點心做得好，正想向郁太太討教一番呢！」

她給裴家、給計大娘臺階下，計大娘自然感激不盡，對她的印象很好，不僅說了很多恭維楊三太太的話，還親自給楊三太太和陳氏等人倒了一杯茶，留了小丫鬟在這裡服侍，這才出了茶房。

楊三太太就眞的和陳氏交流起做點心的小技巧來。

聽楊三太太說話可以看得出來，她出身很好，到過很多地方，對南北的點心侃侃而談，頗有心得。陳氏也有意向楊三太太討教，兩人說得熱火朝天，笑聲不斷。

郁棠還好一點，被陳氏逼著做過點心，還能聽得懂。徐小姐估計是從來沒有做過這些事，像聽天書一樣，剛開始的時候還能耐著性子端坐著，時間一長，就開始動來動去了，像個小孩子似的。

郁棠抿了嘴笑。

徐小姐不以爲意，還找了機會湊到她耳邊道：「我們要不要去上個官房？」

郁棠差點沒能忍住笑出聲來。

徐小姐就不高興地瞪了她一眼。

郁棠覺得自己不應該笑話徐小姐的，忙答應了陪她去官房。她立刻兩眼發亮，小心翼翼地向楊三太太請假。

楊三太太似笑非笑地看了徐小姐一眼，答是答應了，但叫了身邊的婆子陪徐小姐和郁棠一起去官房，並對那婆子道：「妳眼頭亮點，別碰到不該碰到的人。」

那婆子忙躬身應「是」。

徐小姐拉著郁棠就出了茶房。

她站在屋簷下就長長地透了一口氣，小聲地對郁棠道：「妳可真坐得住，我就不行，讓我這樣坐半天，我要去掉半條命。」她說完，問那婆子：「知道裴家二小姐在幹什麼嗎？要是能把她找出來玩一會兒就好了。」最後這一句，她是對郁棠說的。

那婆子應該是十分清楚徐小姐的脾氣，沒等郁棠回答已道：「裴二小姐被老安人叫去見宋家和彭家的長輩去了。她能出來的時候，表小姐應該也要去見老安人了。」

徐小姐很是失望。郁棠就問她：「那我們還要去官房嗎？」

徐小姐猶豫道：「這邊的官房應該很臭吧？」

那婆子笑道：「要不表小姐隨我去後面的院子走走？後面的院子種了很多的桂花樹，可惜不是秋天，不然肯定桂花飄香，很是好看。」

徐小姐興致闌珊，道：「算了，我還是和郁妹妹去那邊的香樟樹下坐一會兒吧。」

郁棠這才發現裴老安人住的院子北邊的正房和東邊的廂房間，有棵合抱粗的香樟樹，樹下有一張長竹凳。

那婆子笑道：「那表小姐和郁小姐等我一會兒，我讓人去拿幾個棉墊子過來。雖說開了春，可這竹凳坐著還是有點涼。」

徐小姐忙催她去拿，隨後請了郁棠過去：「我們站在這裡太打眼了，不如到那裡去等著。」一副非常有經驗的樣子。

郁棠莞爾，只是剛和徐小姐在香樟樹下站定，就看見裴二太太氣沖沖地從裴老安人的廳堂走了出來，後面還跟著神色焦慮的陳大娘。

大家大族人丁興旺，事情也多，從小就教育子弟七情六欲不上面。二太太也是大家出身，陳大娘更是從小就服侍裴老安人。按理，兩人都不應該情緒這樣外露的。

郁棠和徐小姐面面相覷。

然後她們就看見陳大娘快步上前，拉住了二太太的手臂，低聲和二太太說了幾句話。

二太太怒容更盛了，低聲回應了陳大娘幾句。陳大娘就機警地朝著四周看了看。

因爲是背對著郁棠她們的，加上郁棠覺得自己和徐小姐雖然是無意間站在這裡的，可到底是看見了別人的隱密之事，心裡有些不安，在陳大娘張望的時候就拉著徐小姐躲到了香樟樹後，陳大娘不僅沒有看見她們，還想了想，拽著二太太往香樟樹這邊走了過來。

郁棠叫苦不迭。徐小姐更是緊緊地握住了郁棠的手，手心溼漉漉的，還發著抖。

可見她從來沒有做過這種事。

郁棠覺得是自己連累了徐小姐，忙攬了她的肩膀，給了她一個安慰的目光。徐小姐這才好了一點。

郁棠鬆了口氣。

就聽見走過來的陳大娘低聲勸著二太太：「您和他們家生什麼氣啊？都是一群井底之蛙，在福安那個小地方霸道慣了，不知道天外有天，人外有人，妳就當是狗吠似的，聽過就算了，別放在心上。您沒看見老安人都變了臉嗎？也就他們家的女眷沒臉沒皮地看不出來。我們家三老爺肯定不會放過他們家的，您放心好了。」

這麼一番折騰，二太太好像冷靜下來了似的，她點了點頭，壓著聲音道：「也不用告訴三老爺，大家畢竟都是場面上的人，爲了這件小事鬧翻了不值當。我也是氣狠了，怕一時管不住自己，說出什麼不好的話來，這才出來避一避的。我現在好多了，妳也別擔心。我在這裡站會兒就進去了。婆婆那邊還有很多事需要妳忙呢，妳就別管我了。」

陳大娘笑道：「能有什麼比您這事更重要？我們都知道您是顧著大家的面子才沒有發作的，我還是陪您說說話好了。這氣撒出來，心情也就跟著好起來了。」

二太太點點頭，神色比剛才更平和了，道：「我從前在京城就聽說過彭家的人很霸道，沒有想到他們家能霸道成這個樣子。既然想和我們家結親，那就好好地派了人上門提親，哪有把我們家四丫頭和五丫頭都叫過去由他們家挑的？也不怕閃了舌頭！」

話說到這裡，她像是想起了什麼似的，突然又激動起來，道：「不行，這件事我得跟我娘家的父兄說一聲。女人家行事，不可能是自作主張，說不定這就是彭家的打算呢！如今咱們裴家沒誰在京城裡做官，彭家可能覺得我們家就沒什麼人了，不然也不敢口出狂言。說來說去，還是我們家老爺不爭氣，一味地遵循什麼無爲而治，現在好了，人家都這樣挑剔我們家姑娘了，他若還是什麼也不管，我也就顧不上他的體面了，就讓孩子們的外祖父和舅舅出面好了。

還有四丫頭那邊，也得去說一聲。就算是他們彭家的長子、長孫拿了宗婦的位置來求娶，我們家也不能答應嫁女兒過去。要不然，豈不是我們裴家的姑娘任由他們彭家的小子隨便挑選？我家的姑娘可沒這麼讓人瞧不起的。」

郁棠和徐小姐不由彼此交換了一個眼神。

難怪二太太氣成這樣子。就是裴老安人，心裡恐怕也不好受吧！

也不知道她老人家怎麼樣了？

兩人又不約而同地望了一眼正房。

陳大娘卻心急如焚。二太太要是把這件事告訴了金陵的舅老爺們，事情可就鬧大了。當然，二太太娘家也不是好惹的，可裴家的姑娘，若還需要外家庇護，這要是傳了出去，裴家還怎麼做人？

陳大娘好說歹說，才把二太太勸住了，並道：「您不知道老安人的脾氣，總知道三老爺的脾氣吧？這件事不會就這樣算了的。」

二太太「嗯」了一聲，道：「我看他們不是來交好的，是來結仇的吧！」

陳大娘不好評價，含糊地應了幾聲，又聽二太太抱怨了彭家幾句，兩人這才又重新整理了表情，進了正房。

郁棠和徐小姐不由長長地吁了口氣，這才發現自己的肩膀都是僵的。

「還好沒有被發現！」徐小姐拍著胸口，很是慶幸地道。

郁棠則覺得這兒是個多事之地，還眞如楊三太太說的，在外面逛很不安全。

「我們回茶房去吧！」她道，「聽楊三太太講講怎麼做點心也挺有意思的。」

徐小姐卻有些不願意，道：「二太太她們肯定不會再過來了。如果她再過來，我們也不用像剛才那樣慌慌張張的了，我們還是在這裡坐會兒吧！我看出了彭家這件事，只怕一時半會兒老安人也沒有心情和我們說什麼。」

她們估計得等好一會兒。

郁棠覺得她說得很有道理。

徐小姐已笑盈盈地轉移了話題，說起楊家和郁家的事來：「我們家妳肯定知道，是因爲我表兄和裴家三房的二小姐要訂親了，所以我們才會來裴家的。可我聽府裡的人說，你們家是因爲妳阿爹和三老爺關係很好，妳也因此機緣巧合得了老安人的青睞，才會常在裴家走動的，是眞的嗎？」

郁棠頷首。

徐小姐又問：「那妳能經常見到裴家三老爺嗎？他是個怎樣的人？我聽別人說，他相貌俊美，是眞的嗎？他有沒有說親？」

那口吻，對裴宴非常感興趣的樣子。郁棠不禁多看了她兩眼。

徐小姐果然很機敏，看她的樣子就猜到了她的想法。徐小姐抿了嘴笑，道：「不是我哦！我已經訂了親。但我們家和黎家是姑舅親，我和黎家的幾位表姐妹都玩得很好。當年我姑父想和裴家結親，結果被裴家三老爺給拒絕了。」說到這裡，她撇了撇嘴，「我姑父還說出了黎家的姑娘任他挑的話，把黎家老夫人給氣得，把我姑父叫去狠狠地訓了一頓，後來我三表姐和四表姐的婚事也都有些不順利。也是因爲這句話，我四表姐還用了手段想嫁給裴三老爺，被黎家老夫人關過祠堂。」然後她道：「講經會有什麼好聽的？我就是想看看裴三老爺長什麼樣子才非要跟著來的！」

郁棠口乾舌燥，覺得自己好像無意間打開了一間密室，徐小姐說的話分開她都聽得懂，前後呼應她卻一句也聽不懂。

徐小姐見郁棠好像受了驚嚇似的，咯咯咯地笑了起來，還小聲道：「妳也不相信吧？外面都傳什麼黎家瞧不上裴家，那是裴家給黎家臺階下。要真是裴家對不起黎家，裴家還能有現在這麼好？我看妳什麼也不知道，我就實話告訴妳吧，楊三太太，就是我表兄的三嬸娘，是黎老夫人的娘家姪女，也就是華陰殷家的姑娘，現在的淮安知府，是三太太的嫡親姪兒。前些日子，裴家就是透過殷家把彭家的船給扣了，要不然彭家怎麼會想和裴家結親呢？」

郁棠發現自己的腦子完全不夠用。

她扶額道：「妳等等，我覺得我要學學世家譜。」

徐小姐笑得更歡快了。她狡黠地道：「好妹妹，妳帶我去看看裴三老爺長什麼樣，我就給妳畫張世家譜，讓妳知道誰家和誰家是什麼關係。」

郁棠不過是這麼一說，她覺得她和世家譜估計扯不上什麼關係，更用不上。

她索性逗徐小姐：「二太太的娘家肯定也很厲害吧？我覺得我去請教二太太，二太太肯定也會告訴我的。」

徐小姐不以爲意地笑，道：「她肯定沒有我講得有趣啊！我還可以告訴妳很多有意思的事啊！」

郁棠道：「反正我什麼也不知道，也不知道妳講得對不對。」

徐小姐也挺沉得住氣的，道：「要不，妳等幾天，看看有誰比我知道得多，我們再說？」

非常自信的樣子。

郁棠哈哈地笑了起來。

徐小姐突然拉了拉她的衣袖，做了一個讓她噤聲的手勢。

郁棠下意識地就朝院子望去。只見二太太由計大娘和陳大娘簇擁著，正送幾位珠環翠繞的貴婦人出門。

徐小姐湊到郁棠的耳邊，小聲道：「看見那個穿大紅遍地金褙子的婦人沒有？那就是彭家的大太太。不過，她沒什麼頭腦，做事只知道一味強硬，反而沒有彭家的三太太，就是她旁邊那個穿寶藍遍地金褙子的婦人厲害，都被她自己的弟媳架空了還不知道。那個白白胖胖圓臉的是宋家大太太，她挺好說話的。但他們宋家是四太太當家，就是在和二太太說話的那位，看著文文弱弱的，我娘說，她可厲害、可精明了。當年宋家四老爺上位，就有她的一半功勞，宋家的太太、少奶奶們，沒有一個人敢惹她的。還有那個穿粉紅色淨面杭綢，戴著點翠步搖的年輕婦人，嘿嘿嘿，是我族姐，她嫁到了彭家，是彭家二少奶奶。其他的，我就不認識了。」

郁棠看著她沒有吭聲。

徐小姐就朝著她眨了眨眼睛，好像在說「妳看，我懂得很多吧，妳還不快向我請教」似的。

郁棠嫣然。

這個徐小姐，眞的很有意思。

她道：「你們徐家是什麼來頭？」

聽郁棠這麼問，徐小姐得意地挑高了眉，卻佯作出副漫不經心的模樣揮了揮手，道：「哎喲，我們也就是普通的官宦人家。高祖、曾祖的時候出過幾位能吏，現在嘛，也就是有幾個叔伯在朝中混日子罷了。」

這可不像混日子的樣子！

郁棠抿了嘴笑，尋思著她要再深入地問下去，不知道徐小姐會不會覺得被冒犯？不免就猶豫了片刻，兩人之間也就有了段短暫的沉默。

徐小姐畢竟年輕，還不怎麼能沉得住氣，也擔心裴老安人馬上就會見她們，她沒有機會再和郁棠這樣地說話，就急了起來，道：「我們老家在南直隸，說起來，和裴府的二太太還是同鄉。不過，我們家在我曾祖父那一輩就搬到了京城，和裴府的二太太雖然認識，來往卻不多。」

她以爲她這麼一說，郁棠肯定能想到他們家是誰。因爲這個時候，就算你在外面做再大的官，致仕後都得回原籍，除非立下了大功，被賜住在京城。

而符合這樣條件，當朝立國以來，姓徐的，只有他們一家。

她已經低調地炫耀了一番自家的家族史，偏偏郁棠是那個不知道的。

可她聰明，知道徐小姐大約是不好意思自吹自擂，剛才話裡其實已經告訴了她徐家的來歷。

徐小姐是個頗爲有趣的女孩子，郁棠還挺喜歡她的性格，琢磨著自己就算是這個時候仔細地問她，有些事還是得有知道世家譜的人解釋一番才行。看徐小姐那眉眼飛揚，好像誰都知道他們徐家是什麼人家的樣子，她心生頑意，突然想逗逗徐小姐，便做出一副沒有聽明白的樣子，面不改色地「哦」了一聲，驚訝道：「好複雜啊！楊公子的繼母和你們家是親戚，你們家又和黎家、彭家是親戚，現在還和二太太的娘家也是舊識……我還聽說，楊公子的繼母和裴老安人也是親戚。」她說著，敬佩地望著徐小姐，「這要是換了我，恐怕連怎麼互相稱呼都不知道。」

徐小姐的大眼睛又忽閃了幾下。

郁妹妹不是應該對他們徐家表示幾句佩服嗎？怎麼突然整理起各家的親戚關係來？

郁棠看徐小姐的樣子，好不容易才忍住了笑，繼續一本正經地胡言亂語：「你們家是南直隸的？也就是說，靠近江南。你們家和楊家、錢家是親戚我不奇怪，妳族姐怎麼又嫁到福建去了呢？難道妳族姐家裡搬到了福建？」

徐小姐急得不行，忙道：「沒有、沒有。彭家和我們家都有人在朝做官，我族姐的公公和我二叔是同科，後來又同在洛陽做過官，因而才結了親的。」

郁棠不讓她繼續說下去，聽到這裡立刻就打斷了她的話，道：「我知道裴家大太太是楊家的人，裴家二小姐的婆家也姓楊，不知道大太太的娘家和裴二小姐的婆家有沒有什麼關係？我聽說楊家也是大姓，想必大太太的娘家也是豪門大族吧？從前五小姐讓我教她做絹花的時候，我還以爲二太太的娘家只是有兄弟在金陵做官，可我看二太太的樣子，應該也不是普通人家吧？」

徐小姐一聽卻斜睨了她一眼，一副「妳這是聽誰胡說的」表情道：「大太太的娘家怎麼能跟桐廬楊家相比？桐廬楊家祖上曾經出過一品大員，他們定遠楊家上三輩不過是個販賣絲綢的行商而已，卻在外面裝讀書世家，做官，也只是這兩、三代人的事，還是和裴家結了親，得了裴家的提攜才能走得這麼順利！」說到這裡，她露出要和郁棠說八卦的興奮狀，和郁棠耳語道：「我跟妳說，妳別看大太太一副大家閨秀的樣子，又是祭酒家的女公子，實際上讀書不怎麼行的。從前她在京城的時候，有一次張家的賞花會行酒令，她每次都勉強通過不說，後來實在對不出來了，居然裝醉，還被人識破了。她能嫁給裴家的大老爺，完全是因爲她那張臉。所以我爹不是那麼瞧得上他們家的大老爺……」

言下之意，就是大太太有些蠢。

郁棠這短短兩刻鐘知道的事，比她兩世爲人加起來知道得還多。

她嘿嘿地笑，實在是不好評價大太太，道：「青菜蘿蔔，各有所愛，這種事誰又說得清楚？」

郁棠覺得自己說的這話很冠冕堂皇，找不出什麼錯來，誰知道她話音剛落，徐小姐更來勁了，道：「原來這件事妳也知道！」

什麼事？郁棠有些茫然，不知道自己又觸動了徐小姐哪裡。但徐小姐已嘰嘰喳喳地道：「我有次聽我娘和張伯母說，裴家大太太表面上一副端莊肅穆、凜然不可犯的樣子，私底下可會撒嬌了，多走幾步路都要回去跟裴家大老爺說腳疼的。我娘說，難怪她能過得順風順水的。」

可丈夫沒有了，她的日子就開始不好過了啊！

郁棠覺得自己這個時候說這樣的話有點過分，就順著徐小姐「嗯」了一聲，心裡卻想著裴宴的事。

黎家都做到這個分上了，裴宴爲什麼不答應黎家的婚事呢？是黎家的小姐長得太平常了嗎？或者是性子不好？但能和徐小姐玩得好，應該不會如此才是。

她不禁道：「黎家的小姐長得漂亮嗎？」

徐小姐一時還沒反應過來，半是感慨、半是無奈地道：「妳知道我娘爲何要說裴家的大太太嗎？因爲我大阿兄也和裴家的大老爺一樣，也找了個除了臉就什麼都沒有的女子，我娘怕她的兩個孫兒也和裴家大太太的兒子似的，就把我那兩個姪兒都養在了自己的膝下……爲這個，大阿兄沒少受我娘和我大嫂的夾板氣。我阿嫂，就是黎家的旁支！」

這小姑娘，什麼都敢講！

郁棠都不知道說什麼好了。

徐小姐卻誤會郁棠沒有聽懂，急道：「妳知道黎大人是他們那一屆的探花郎吧？他當初春闈的時候，可是第三十幾名。他們黎家，最出名的不是出了黎大人這個閣老，而是有名的出美人！」

還有這種事！那裴宴爲什麼不答應？

若是別人，肯定會覺得是裴宴腦子不好了。郁棠卻十分相信裴宴，她覺得裴宴和黎家的事肯定還有其他的內幕。只是她不知道有沒有機會知道這個內幕。

這樣一想，郁棠就有些悵然。

不過，徐小姐知道的眞多。

她要想知道世家譜，也許還眞的得聽徐小姐說。

郁棠端正態度，正想請教她幾句，就看見送完客的二太太領著計大娘往茶房去了。

這是要請她們去見裴老安人。

兩人忙站了起來，整了整衣襟，快步進了茶房。

二太太果然是來請她們過去喝茶的，見郁棠和徐小姐從外面進來，不僅沒有懷疑，還關心地問她們：「這是去了哪裡？我發現這院子後院種了幾株月季花，開得還挺好，妳們閒著無事的時候，可以去那邊看看。」

兩人都頗爲心虛，哪裡還敢多說，恭敬地應「是」，跟著長輩去了裴老安人那裡。

第二章

正廳窗櫺大開，清風徐來，滿室清涼。

裴老安人靠在羅漢床的大迎枕上，神色和煦，眼底含笑，顯得愜意而又逍遙，半點都看不出不久之前這裡曾經發生過把二太太氣跑了的事。

「昨天睡得可好？」裴老安人親切地問道，「讓妳們久等了。計大娘有沒有沏了好茶招待妳們？」

「不僅茶好，點心也好。」陳氏微微地笑。

她比楊三太太歲數大，楊三太太很謙遜地讓陳氏代表她們回裴老安人的話。

不說別的，就憑這份氣度，也可以看出那個殷家的不凡。

眾人閒聊了一會兒，裴府的幾位老安人、太太、少奶奶和小姐也都過來了。大家又是一陣寒暄。

郁棠看見了裴家大太太。

她由個十分美貌的丫鬟扶著，不苟言笑。

裴家的女眷也有意無意地把她排斥在外，不怎麼和她說話。

郁棠暗暗記在了心底。

等大家重新坐下，裴老安人就讓人去請了從南少林寺請來的高僧無能。

他是個皮膚黝黑，身材乾瘦的五旬男子，穿了件很普通的灰色粗布僧袍，神色嚴肅，說話簡潔，聲若洪鐘，震耳欲聾，把在座的女眷都嚇了一大跳。

郁棠覺得他講經，大家肯定都能聽得相當清楚。

無能之前就知道了裴老安人的用意，他也沒有多說，先給大家講了一段比較簡短的佛經故事，然後讓隨身的小沙彌用托盤拿了好幾個護身符過來給她們挑選，並把祈福會定在了明天的午時。「是個小法會，一個半時辰就能完。今天須得眾位太太小姐淨身沐浴，禁食葷腥，吃一天的齋即可。」

大家自然紛紛稱「是」，拿了無能送的護身符仔細地打量。

無能就帶著小沙彌告辭了。

大家就開始討論明天是自己做齋席還是請昭明寺做。

此時郁棠才知道，原來裴府的女眷上山，連廚子都帶了。

難怪三老爺要讓她們跟著裴府的女眷進寺了。吃、住都方便很多啊！

郁棠在心裡慶幸。

湖州武家的人這時也到了昭明寺，武家的女眷派了婆子來給裴老安人送帖子。

裴老安人笑道：「寺裡也就別講那麼多規矩了，讓她們進來好了！」

裴老安人要會客，陳氏等人留在這裡就不太合適了，大家起身告辭。

老安人想了想，道：「湖州武家我還是第一次見，妳們先去花廳坐坐也好。」

主要是怕武家的人帶的見面禮不夠，給武家的女眷帶來不便。

眾人也都心知肚明，三三兩兩地笑著去了廳堂後面的花廳，只留了裴家二太太幫著老安人待客。

裴家三小姐、四小姐和五小姐自昨天中午之後就再也沒有見過郁棠了，此時見面自然是分外高興，拉著郁棠嘰嘰喳喳地道：「苦庵寺做的香已經送到了昭明寺，我們昨天晚上還去看了。到時候肯定會出名的。」

因爲東西是隨著裴家女眷的車馬過來的，準備贈給昭明寺的佛香放在裴家派過來的管事手裡，郁棠就沒有過問，沒想到這幾個小姑娘昨天晚上就跑過去看了。

她笑咪咪地點著頭。

裴家二小姐和郁棠不太親密，她和徐小姐走在後面，一副想跟徐小姐搭訕又不知道說什麼好的樣子，讓徐小姐暗暗地翻了個白眼。不過看在楊公子的面子上，她主動和二小姐說著話：「妳昨天晚上睡得可好？我覺得廂房裡一股子檀香味，熏得我大半夜都沒有睡著，最後實在是太累了，才迷迷糊糊地睡著了。」說完，指了指走在她們前面的裴家小姐和郁棠，「我剛聽她們說什麼佛香，妳們家是不是有人擅長製這個？還有沒有其他味道的香？能不能送點給我？我已經讓人去買香了，可臨安這麼小，也不知道能不能買到好聞的香。」

裴二小姐知道徐家是怎樣的人家，自然不願意得罪徐小姐。何況徐小姐是要嫁到殷家去的，嫁的還是殷家長房的獨子，十九歲的少年進士……她忙道：「擅長製香的是長房大堂兄的未婚妻，妳應該也認識，杭州顧家二房的長女。」她低聲細語，把她們幫著苦庵寺製作佛香的事也告訴了徐小姐。

徐小姐聽得眼珠子直轉，待二小姐說完後「哦」了一聲，道：「我不認識這位顧小姐。不過，我認識顧家的顧朝陽。他和這位顧小姐是什麼關係？」

裴二小姐莞爾，道：「她正是顧朝陽的胞妹。」

徐小姐又「哦」了一聲，道：「我要是沒有記錯，他們家的當家太太是塡房？只是不知道是哪家的姑娘？」

她沒有印象的，肯定不是什麼大家出身，而且她聽人說過，顧家二房的當家太太眼界很小，自家丈夫讀書不行，還打壓幾個庶出的弟弟，如今二房都沒出什麼人才了。要不是有顧昶，恐怕早就不在江南世家之列了。

裴二小姐卻很好奇她怎麼會認識顧昶。

徐小姐道：「他和殷明遠是同科。」

殷明遠?!徐小姐的未婚夫。

裴二小姐望著徐小姐。徐小姐點了點頭，不見半點羞赧，大方地道：「我聽說顧朝陽才高八斗，貌勝潘安，殷明遠去參加詩會的時候，就讓他帶我去看了一眼。感覺還行，沒殷明遠好看，不過比殷明遠矯健。」

裴二小姐見過張狂的，卻沒有見過比徐小姐更張狂的，聞言一時間不知道該怎麼回答了。

走在前面的四小姐卻突然回頭，「哇」了一聲，道：「徐姐姐好厲害，居然敢去參加士子們的詩會。」

徐小姐不以爲意地揮了揮手，道：「殷明遠從小在我們家讀書，我讓他帶我去參加個詩會有什麼了不起的！」

能讓未婚夫答應帶著她一個女子去參加詩會，這已經很了不起了！

裴家的幾位小姐都敬佩地望著她。

郁棠的注意力卻放在那個「殷」字上，她看了看裴家的幾位小姐，略一思索，拉了三小姐，低聲道：「徐家是什麼來頭？那個殷明遠又是誰？」

三小姐飛快地睃了一眼徐小姐，見她正全神貫注地和其他幾位小姐說話，忙低聲道：「徐小姐的高祖父做過太子太保、吏部尚書，曾祖父和曾叔祖都曾做過首輔，如今徐家當家的是他父親，任武英殿大學士、兵部尚書。還有一位叔父任陝西布政使，一位叔父之前在都察院任御史，今年春上調任了江浙鹽運使。殷明遠是她未婚夫，庶吉士，在刑部觀政。」

郁棠過了一會兒才想明白。

也就是說，黎家的老夫人和楊三太太都是徐小姐未來婆家的姑娘。

難怪她對楊三太太那麼恭敬了。

裴三小姐見徐小姐還在和她的姐妹們說話，又飛快地道：「她是老來女。殷明遠雖然很會讀書，可身體不好。徐、殷兩家的親事是老一輩兒定下來的。聽說徐夫人非常不滿，放出話來，說給徐小姐算過命了，徐小姐不宜早嫁，因而要留她到二十歲。兩人還沒有成親。」

這是怕殷明遠早逝嗎？徐家還眞是剽悍！

郁棠心裡的小人兒擦了擦額頭的汗，飛快地看了身後一眼，繼續和三小姐八卦：「那殷家就不說什麼嗎？」

裴三小姐抿嘴笑，道：「殷明遠喜歡徐小姐，非她不娶。」

「啊！」郁棠驚呼一聲，下意識地壓著聲音，不由地又朝身後看了一眼。

這次她就沒有從前的好運氣了，和徐小姐的視線對了個正著。

郁棠心虛地朝著徐小姐笑了笑。

徐小姐眼睛一轉，丟下幾位裴小姐就快步走了過來，挽了郁棠的胳膊，笑道：「妹妹是不是向別人打聽我了？我不喜歡廟裡的檀香味，妹妹送我幾支別的味道的香唄！」

郁棠不好意思地朝著她笑，道：「我不喜歡熏香，我喜歡香露。要不，我先送妳半瓶香露？這次出門，我只帶了一瓶。」

這香露還是上次郁文和吳老爺去寧波的時候帶給她的禮物。據說是玫瑰香，還挺好聞的。但香露要密封好，不然很快就不香了。

好在她們只在寺裡住幾天，不然就算她送了半瓶香露給她，估計也沒瓶子裝。

徐小姐笑道：「哎呀，終於遇到一個和我一樣喜歡香露的了。等會用過午膳我就去妳那裡拿。」

郁棠覺得她的表情不像是去拿香露的，倒像是去探祕似的……

不過，既然答應了，就算徐小姐是去她那裡探祕的，郁棠也只能硬著頭皮接待她了。

眾人很快在花廳坐下。裴家的幾位小姐忙到各自的祖母面前盡孝，五小姐就跟著郁棠。

楊三太太坐在毅老安人身邊，和毅老安人敘著舊，聽那口氣，家裡的長輩好像和毅老太爺做過同僚。

徐小姐左看看、右瞧瞧，也跟著五小姐和郁棠站在了一起。

她問五小姐：「你們家什麼時候午膳？」

五小姐搖頭，道：「我也不知道。」

徐小姐一副無可奈何的樣子，又問：「那你們家平時是什麼時候午膳？」

五小姐道：「正午時差一刻鐘。」

徐小姐滿意地點了點頭，從兜裡掏出了一塊金色的懷錶，「啪」地打開，看了看，有些生無可戀地道：「還差一個時辰。」

郁棠和五小姐的眼睛都黏在了徐小姐的懷錶上，五小姐更是道：「這就是懷錶嗎？可眞漂亮。」

徐小姐微微頷首，伸出手道：「妳要不要看看？」

五小姐連忙搖頭，道：「我阿爹也有一塊。只是我沒有見過這麼小的。」

郁棠前世見李端用過，和五小姐一樣，也沒見過這麼小的。

徐小姐不以爲意地道：「是找人專門訂做的，走得還挺準的。」

五小姐就道：「妳肚子餓了嗎？要不我讓阿珊給妳端盤點心過來吧？」

「不用了。」徐小姐嘆氣，很無聊的樣子，蔫蔫地道：「我不餓，我就是想知道我們什麼時候才能散了。我想去郁妹妹那裡，看看她帶了什麼味道的香露過來。」

妳還不如說妳不耐煩這樣的聚會呢！

郁棠和五小姐都不約而同地給了她一個白眼。

她嘻嘻地笑，問五小姐：「妳大堂兄來了嗎？知道住哪裡嗎？」

五小姐道：「不僅我大堂兄到了，我二堂兄和我阿弟也過來了。他們當然是住在外院啊！但住哪裡我沒有問。妳要做什麼？要不要我找個管事來問問？」

徐小姐和她們附耳道：「楊家把妳大堂兄吹上天了，說比妳三叔父還要有才華，我想看看他長什麼樣子。」

五小姐一愣，喃喃地道：「比我三叔父還要有才華？」

這話怎麼聽著這麼彆扭呢？

郁棠想到前世的那些事，覺得楊家這是在為裴彤造勢。

前世她不知道裴彤娶了誰，但他是在京城成的親。今生已經有了很大的改變，不知道裴彤是否還會走前世的老路。

徐小姐見狀又問五小姐：「那妳知道不知道妳三叔父每天什麼時候來給裴老安人問安？」

五小姐不解道：「妳打聽這個做什麼？」

徐小姐不以為意地道：「我就問問。」

郁棠則看了徐小姐一眼。

徐小姐呵呵地笑，對郁棠和五小姐道：「我剛剛過來時看見外面有石榴樹，要不我們去摘石榴吧？」

五小姐和郁棠看著滿屋的女眷，齊齊搖了搖頭。

徐小姐決定自己去。

郁棠覺得如今的昭明寺非常複雜，拉住了徐小姐，道：「無能大師給我們祈福的時候，我們也要像平時那樣把姓名和生辰八字寫上嗎？若是有人翻動怎麼辦？」

生辰八字關係到前程運勢，等閒是不會告訴別人的，特別是女孩子的。

徐小姐被轉移了注意力，忙道：「從前我們在紅螺寺的時候也會寫，不過要裝在大紅色的封套裡，還要用特別的手法封住，裝在密封的匣子裡。妳放心，不會有人知道的。」

「那就好！」郁棠看似鬆了口氣似的，繼續向徐小姐討教祈福會的事。

徐小姐滔滔不絕地講著自己的經歷，沒再提要出去的事。

武家的女眷並沒有在裴老安人那裡待很長時間，陳氏卻被楊三太太帶著，把裴家的女眷全認了一遍。等到從裴老安人那裡用了午膳回來，徐小姐就跟著郁棠到了陳氏和郁棠休息的廂房。郁棠分了半瓶香露給她，徐小姐高興極了，道：「這香味好聞。」還道：「郁妹妹妳放心，我過幾天就還一瓶給妳。」

郁棠雖然很喜歡這香露，但她打聽到杭州城也有賣的，並不是什麼求而不得的東西，遂笑道：「不用了，妳喜歡就拿去用好了。」

徐小姐也沒有太客氣，道：「那我就先多謝妳了。」說完，她起身告辭：「妹妹先歇個午覺，我等會兒再來找妳玩。」然後指了指她們住的廂房隔壁，「我和楊三太太就住在旁邊。」

郁棠應了，笑吟吟地送了徐小姐出門，轉身卻被陳氏叫到了東間。

陳氏正坐在臨窗的大書案前寫字，見郁棠進來，忙朝著她招手，「妳快來幫我看看。」

郁棠笑著快步上前，發現她母親在寫今天見到的裴家女眷的稱呼和相貌特徵。

「您這是？」她有些不解。

陳氏笑道：「我們畢竟是臨安人，從前接觸不到裴家，現在常在裴府走動，裴府的幾位太太、奶奶怎麼能見面不相識呢？妳也知道我們家，人口簡單，我這麼多年跟著妳阿爹又什麼都護著我，我經歷的事也少，就怕自己忘記了，再見面的時候得罪人，想著好記性不如爛筆頭，趁著我還有印象，把今天遇到的人都記下來，對妳以後也有益處——不記錯別人的名字，對別人也是種尊重。」

郁棠覺得母親說得很對，端了把椅子在母親身邊坐定，和母親一起，一面回憶今天見到的人，一面記錄下她們都長什麼樣兒，還不時地低聲評論兩句，說上兩句裴府的八卦。

就像小時候和母親在一起做遊戲，郁棠不僅沒有感覺到疲憊，而且還興趣盎然，覺得非常有趣。要不是徐小姐過來找她玩，她還沒有發現時間已經過去一個時辰了。

她們忘記了睡午覺。

母女倆相視而笑，心裡卻十分快活。

郁棠抱著母親的胳膊，想著徐小姐學世家譜的時候，是不是也像她和她母親一樣，其樂融融的，因而徐小姐才會對那些世家的關係都門兒清。

她突然就對徐小姐生出幾分親切感來。甚至當徐小姐得意洋洋地拿出一瓶和她的一模一樣的香露時，還像哄自家小妹妹似的笑盈盈地誇獎她：「妳好厲害！這麼快就找到一瓶一模一樣的香露。妳是怎麼做到的？」

徐小姐聽她這麼說十分高興，聲調都不自覺地高了幾分，還朝郁棠挑了挑眉，道：「妳知道武家是做什麼的嗎？是跑漕運的。他們家每年都要花大量的精力打點京中的權貴。京中的權貴能缺什麼？最多也就是對海上來的東西稀罕一點。妳這香露一看就是海上的東西，我派了人去向他們家討，他們家一下子就拿出七、八種香露讓我挑。」說著，她像獻寶似的朝郁棠眨了眨眼睛，「要是武家沒有，我還可以問問宋家。他們宋家最講排場，這種稀罕東西，他們家的女眷肯定是要拿出來顯擺的。」最後她還真誠地道：「等會兒妹妹去我那裡玩，也挑幾瓶其他香味的香露帶回來。」

郁棠抿了嘴笑，道：「妳可眞聰明！」

「那是當然的。」徐小姐心安理得地受下了。

郁棠向她道過謝，收下了她帶過來的香露。

徐小姐就更喜歡她了。覺得她不扭捏，雖然出身一般，卻落落大方，眞正的不卑不亢。

她不由地繼續和郁棠聊天：「武家的人也是出了名地長得漂亮。要不然他們家的姑娘也不可能嫁到江家，還做了江家的長媳。我姑姑說，那是因爲武家從前是水匪，娶的媳婦都是搶的各地方的美人，他們家人才會都長得膚白貌美。不過，江家也給武家帶了個不好的頭。我可打聽清楚了，這次武家只來了兩位少爺，小姐卻來了不少，從十八歲到十四歲的都有，還一個比一個漂亮，包括那個據說不比他們家嫁到江家的那位大小姐差的武家十小姐。我覺得，武家肯定是想把他們家姑娘嫁給裴三老爺。」

郁棠嚇了一大跳，忙道：「妳小聲點！小心隔牆有耳，壞了別人的名聲。」

卻沒有質疑她的猜測。

徐小姐微微一愣，隨後哈哈大笑起來，兩眼亮晶晶地要去揉郁棠的頭，「妳可眞有意思！」

郁棠偏頭，躲過了她的手，嗔道：「我不想再重新梳頭了，妳別摸我的頭髮。」

徐小姐再次大笑，承諾道：「妳放心，我帶了一個會梳頭的婆子，一個會梳頭的丫鬟，到時候可以派一個人過來給妳幫忙。」

郁棠暗中咋舌。像他們家這樣，能有個僕婦兼顧著會梳頭就不錯了，就是前世的顧曦，當年嫁到李家，也不過是陪嫁了個會梳頭的婆子，這婆子還兼著幫顧曦收拾衣裳，給顧曦的乳母跑腿。而裴家的小姐們也都是一個人只有一個會梳頭的丫鬟。

可見徐家眞的很富貴。

徐小姐再次問郁棠：「妳眞的沒辦法去拜訪裴三老爺嗎？我好奇怪他長什麼樣子？妳說，我們這邊要是出了點什麼事，他會不會親自過來看看？畢竟這邊住了這麼多的女眷……」

郁棠聽得心慌意亂，阻止她道：「妳要幹什麼？要是因爲妳的緣故，住在這裡的女眷出了什麼意外，妳覺得妳以後還能睡安穩覺嗎？再說了，欲速而不達，妳爲何非要強求？我們不是還要在寺裡住好幾天嗎？妳怎麼就知道之後沒有機會見到裴家三老爺呢？」

「妳說得有道理。」徐小姐沉思片刻，道：「我的確太著急了一些。」

郁棠見了心中一動，道：「妳爲什麼這麼著急要見裴家三老爺？」

徐小姐臉一紅，沉默了片刻才小聲地告訴她：「我們家也想把我堂妹嫁給裴遐光。不過，我那堂妹今年才十六，年紀有點小，裴遐光除了服就應該要成親了，估計裴家人不會答應。但聽我叔父的意思，不管他答應不答應都要試一試。」

郁棠張大了嘴巴，惹得徐小姐又是一陣笑。她還敲了敲郁棠的腦袋，道：「要不然，妳以爲楊三太太過來幹嘛？妳不會眞的以爲大家都是來聽講經會的吧？就是裴老安人，也未必沒有這樣的心思。」

郁棠沒有說話，覺得胸口悶悶的，臉色也有點不太好看。

徐小姐還沉浸在自己的思緒中，並沒注意到郁棠的異樣，還在那裡繼續絮叨：「不知道還有哪些人家會過來？現在來了的這幾家，我看了看，可能也就彭家沒有這意思了……啊！」

她像發現了什麼了不起的事似的，突然低聲驚呼了一聲。

郁棠被她的一驚一乍鬧得心中發緊，忙道：「怎麼了？」

徐小姐就拉住了郁棠的手，和她耳語：「妳說，彭家會不會和裴家面和心不和？彭家在福建，千里迢迢的，他們家過來湊什麼熱鬧？」

郁棠的心怦怦亂跳。

徐小姐太聰明了！出了航海輿圖的事，裴家對彭家肯定有所戒備，可彭家如果對裴家也很戒備，那是不是說，彭家已經發現裴家對他們戒備了呢？若是如此，有一天彭家和裴家翻臉，裴家想對付彭家可能就沒那麼容易了。

裴宴知不知道彭家的態度呢？

郁棠深深地吸了幾口氣，心情才慢慢地有所平復，腦子也開始飛快地轉了起來。

徐小姐再聰明，肯定也聰明不過裴宴，既然徐小姐都能看透，裴宴肯定也能看透。

她應該相信裴宴。

郁棠又深深地吸了幾口氣。

「我是不是嚇著妳了？」此時才發現郁棠臉色有些蒼白的徐小姐後知後覺地道，「妳有沒有哪裡不舒服？」

「沒有、沒有。」郁棠心有點慌，想粉飾太平，可卻不知道自己爲什麼心慌，爲什麼要粉飾太平。「我從來沒有想過這種事，就覺得太驚訝了。」

徐小姐相信了她。她見過太多像郁棠這樣的女孩子，平時只關心衣飾花草，對外面的事都不感興趣。

「不好意思。」她歉意地道，「我這個人就是喜歡胡思亂想，妳別放在心上，我也是亂猜的。說不定是因爲福建離這裡太遠了，所以彭家才會只來了幾個女眷而已。爲這事，我娘已經說過我好幾次了，我就是太閒了。」

「沒有，妳這樣很好。」郁棠看見她沮喪起來，安慰她道，「我有的時候也喜歡這樣亂猜。只是，妳比我知道的東西多，我們猜的事情不一樣而已。像我，有時候看見隔壁僕婦出門的時候提了一籃子鹹菜，結果回來的時候籃子是空的，就會猜她是不是悄悄把鹹菜換銀子了。」

徐小姐大笑，眉眼都飛揚了起來，道：「那妳猜對了嗎？」

「不知道。」郁棠笑道，「我從來沒有機會去證實過。」

「可我多半的時候都會猜對。」徐小姐道，「殷明遠從小就病病殃殃的，吹不得風、見不得雨的，偏偏又要在我們家讀書，要我陪著他玩，我要是不帶著他，他就哭，然後他身邊的丫鬟婆子就會到我祖母那裡告狀。」她氣呼呼地，「我只好陪著他讀書。後來我長大了，就知道怎麼對付他了——我不和他說話。」

他們是未婚夫婦，還能這樣?!

郁棠目瞪口呆。

徐小姐也不以爲意，繼續道：「我不和他說話，他就沒辦法了，只好想盡辦法哄我，跟我說這說那的。我覺得他知道得很多，就慢慢又開始和他說話。」

郁棠聽著，腦海裡冒出兩個粉雕玉琢的小娃娃，一個板著臉在那裡生氣，一個轉著在那裡哄人，不由地就「噗哧」笑出聲來，道：「是不是因爲這個，妳才知道那麼多豪門世家的事？」

徐小姐訕訕然地笑了笑。

郁棠覺得這樣挺好。不管怎樣，兩個人有話說才是最好的。

兩世爲人，她看過很多夫妻，除了家裡的家務事和孩子，就沒有其他的話可說。

郁棠道：「那後來呢？是不是妳就開始喜歡胡思亂想了？」

「也不全是啦！」說起這件事來，徐小姐又有點生氣了，「是殷明遠考進士的時候，總要花很多的時間寫策論，我問他什麼，他總是『嗯、嗯、嗯』地敷衍我，我特別不高興。正巧那段時間皇長孫女不是夭折了嗎？就有很多人嚷著要立皇三子爲儲，他就給我布置功課，讓我猜最後會怎麼樣。我覺得很有意思，慢慢就養成了習慣，覺得這個比很多事都好玩。」

郁棠想了想，才明白徐小姐說了些什麼。

當朝天子子嗣艱難，只活下來了兩個成年的兒子，偏偏兩個兒子也子嗣艱難，皇次子沒有兒子，只生了兩個女兒，還夭折了一個，只有皇三子生了兩個兒子。加之皇后又病逝了快十年了，中宮空虛，是立長還是立嫡，朝中一直風波不斷。

皇太后想選秀，給天子後宮再添幾個人。因爲這件事，很多豪門世家都在背後推波助瀾。

郁棠微微一愣，道：「殷公子是恩科？」

當年選了五十位秀女進宮，天子卻沒有納妃，而是把這些秀女都賜給了自己的兩個兒子。皇太后不高興，第二年皇太后六十大壽，天子爲了討皇太后喜歡，特意開了恩科。

所以殷明遠才會那樣地刻苦，都沒空陪徐小姐玩。

徐小姐點頭，有些委屈地道：「我阿爹原是想讓他大比時再下場，可他非要去考恩科，還說什麼時不我待。殷家的人就以爲是我要他去考的，他們家老太君還特意從華陰趕了過來，把我叫過去說話。我娘那些日子氣得好幾天都沒有睡著，尋思著怎麼和殷家退親，後來還是黎老安人來家裡跟我娘說項，殷明遠又金榜題名了，我娘這才沒有去退親。」說到這裡，她又高興起來，「不過，也不是完全沒有收穫。殷家的人答應，等我成親了，我和殷明遠就單獨出去住，等殷明遠能做到三品大員了，再回殷家的老宅去住。嘻嘻嘻，有些人一輩子都做不成三品大員，我看我們這一輩子有可能永遠住在我陪嫁的宅子裡了。」

這樣的條件還眞是驚世駭俗！

郁棠忙道：「你們爲什麼要搬出去住？他們家在京城也有宅子嗎？」

殷明遠如今是庶吉士，如果在京裡有宅子，就不會是這種說法了。

徐小姐點頭，道：「妳不知道，他們殷家女多男少，生個男孩子就像個金寶似的，好多沒成丁之前都是由姐姐養大的。爲了傳承不斷，殷家的女孩子都當男孩子養大的，讀書寫字不說，還管著家裡的鋪子庶務。到了殷明遠這裡就更過分，他二叔父前前後後納了四房小妾也就只生了一個女兒，想在族裡過繼個兒子都找不到合適的，殷明遠還要一肩挑兩房……

妳是沒有看過，殷家但凡有個風吹草動的，他們家那些姑奶奶們只要能趕回來的就全都會趕回來，議事的廳堂可以坐一屋子女人。要不然殷家二哥怎麼會跑到淮安來當知府？就是不喜歡他們家的那些姑奶奶們插手他們家的事。」

然後她抱怨道：「殷明遠是不錯啊，可架不住他們家有那麼多的大小姑奶奶啊！我都不知道我祖父這是在坑我還是在心疼我。」

郁棠眞的是長見識了！別人家都是外嫁女不管娘家的事，殷家，全都顛倒了。

她不由問道：「那妳眞的不準備嫁給殷明遠了嗎？」

「那怎麼可能！」徐小姐聽了直跳腳，道：「別說我們兩家是有婚約的，就算沒有婚約，殷明遠對我那麼好，他要是來提親，我肯定也會答應的。我就是有點煩他們家的事，特別是在京城，黎老夫人、張老夫人，全都是殷家的姑奶奶，有個什麼事都喜歡來我家，總想指點我一番，我很不喜歡。」

郁棠心中一動，道：「張老夫人？」

「是啊！」徐小姐蔫蔫地道，「他們殷家挑姑爺那也是很有名的。黎老夫人就不說了，妳已經知道了。張老夫人就是裴遐光恩師張英的夫人。她和黎老夫人是堂姐妹，所以黎家才會那麼看中裴遐光，一心想嫁個女兒給裴遐光啊！現在黎家不成了，殷家肯定不會就這樣輕易放過裴遐光的。妳等著看吧，楊三太太到底是來給我們徐家說親的，還是給殷家看女婿的，還眞不好說。」

郁棠冒汗，遲疑道：「那妳怎麼在楊三太太面前……」

「像個小媳婦似的？」徐小姐不以爲意地笑著接話道。

郁棠面色一紅。

徐小姐嘆氣，道：「我這不也是沒有辦法了嗎？我家原本和殷家商量好了，今年九月就成親。殷家老太君來了京城，和黎老夫人、張老夫人隔三差五地就爲婚事來問我家，我娘又是個直脾氣，我兩頭不討好，就想避避風頭。殷明遠知道我很爲難，就把我託付給了回鄉辦事的楊三太太，讓我出來散散心。楊三太太生怕有什麼閃失，眼都不錯地盯著我，我要是還不裝乖，怕她會把我放在楊家供起來，等到她回去的時候再把我給送回去！」

郁棠哈哈大笑。

雙桃帶了徐小姐身邊的一個叫阿福的丫鬟走了進來。

「小姐。」她恭敬地給郁棠和徐小姐行了禮，稟道：「彭家二少奶奶聽說您也在這裡，派婆子過來給您請安，想等會兒和宋家的兩位小姐一起過來拜訪您。」

徐小姐想也沒想地道：「我陪著殷家的姑奶奶過來的，妳去跟她說一聲，今天恐怕不行，明天祈福會過後我再去拜訪她好了。」

阿福屈膝行禮，退了下去。

徐小姐就向郁棠解釋道：「彭家行事很霸道，我娘很不喜歡，也就不喜歡我和彭家的女眷往來。」

既然如此，爲何又把族中的女兒嫁到彭家去呢？可見家家都有本難念的經。

她不想和徐小姐多說這些，就轉移了話題：「我去幫妳問問三老爺什麼時候去給裴老安人問安吧？說不定我們能碰上。」

徐小姐連聲說好。

郁棠就派了雙桃去見阿茗，讓他把徐小姐想要見裴宴的事告訴裴宴，免得徐小姐亂闖，惹出什麼事端來更麻煩。至於裴宴要不要見徐小姐，也由他決定。

徐小姐不知道郁棠私下是怎麼交代雙桃的，又和郁棠說了半天的話，裴家五小姐和四小姐連袂過來了。

「沒想到徐小姐比我們還早。」四小姐聲音清脆地道，問起郁棠寫生辰八字的事，還拿了個雕著喜上眉梢的剔紅漆匣子給郁棠，「我們在路上遇到了計大娘，就給妳帶了過來。妳今晚寫好了放在匣子裡封好，明天一早去給老安人問安的時候帶過去交給計大娘，到時候大家全都用一樣的匣子裝著，誰也不知道哪個匣子是哪家的。」

這個想得周到。郁棠笑道：「我之前還擔心，沒想到正如徐小姐所說，是我杞人憂天了。」

五小姐忙問發生了什麼事。

郁棠就把之前徐小姐和自己說的事告訴了她。

四小姐就笑咪咪地和徐小姐說起話來。

大家你一句、我一句的，屋子裡十分熱鬧。

❀

陳氏站在廳堂裡聽了幾句，滿臉笑容地回了自己的東間。

虛扶著她的陳婆子將陳氏安頓在床邊坐好，一面轉身去給她倒茶，一面笑道：「小姐現在可比從前懂事多了。從前雖然也體貼孝順，可總帶著一團孩子氣，現在卻不管和什麼人都能說得上話了，讓人喜歡了。」

「可不是。」陳氏答著，和陳婆子道：「我覺得吳家和衛家的事還是應該跟老安人說一聲。雖說這是裴家的人情，可到底是因爲我們，裴家三老爺才會讓人給吳家和衛家安排地方的。還有應該讓老爺也知道這件事，如果有機會，應該當面謝一謝裴家三老爺的。」

就在剛才，衛太太貼身的婆子來拜訪陳氏，陳氏還以爲和吳家一樣，讓她想辦法幫她們在四月初八的時候安排個落腳的地方，不承想衛家卻是來道謝的。衛家和吳家一樣，來晚了，沒有了歇腳的地方，知道郁氏母女是隨著裴家女眷進的寺，就尋思著要不要借郁家的面子和裴家的管事提一提，卻迎面碰見了胡興，胡興知道她們的來意之後立刻去見了裴宴。

就這樣，裴家的管事在外院給她們騰了一間廂房。

不僅衛家，就是吳家，也跟著沾了光。

「就是裴老安人那裡，也應該去道聲謝才是。」陳婆子比陳氏想得更遠，「禮多人不怪。裴三老爺這麼安排，也未嘗不是看在裴老安人的面子上。」

陳氏覺得有道理，只是裴老安人那邊的事有點多，等到晚上也沒有機會去跟裴老安人說一聲，陳氏就把這件事先放在了心裡。和送走了徐小姐、裴四小姐、裴五小姐的郁棠一塊兒用了晚膳，移步到了西間，正想和郁棠說說話兒，徐小姐身邊的阿福過來問郁棠：「您和太太還去院子裡散步嗎？我們家小姐和楊三太太準備去院子裡走走。」

這是來邀她們出去玩嗎？郁棠笑望著母親，由著母親拿主意。

陳氏對楊三太太很有好感。

她也算是遇到過不少人的了，但像楊三太太這樣出身、這樣品格的人還是頭一回，她也就很喜歡和楊三太太作個伴。聽阿福這麼說，她立刻道：「妳去跟你們家小姐和楊三太太說一聲，我們也準備去後面的小花園裡走走。」

阿福高興地屈膝行禮，圓圓的臉，甜甜的笑，讓人看著心裡就覺得高興。

陳氏一面重新更衣，一面對郁棠笑道：「妳看他們這些人家都是怎麼選丫鬟的，有眼力不說，還一個個都笑得一臉的福氣，讓人看著就可喜。」

郁棠看了眼雙桃的瓜子臉，笑道：「以後我們也選個圓圓臉的丫鬟。」

陳氏呵呵地笑。

雙桃不好意思地往外跑，「我去給太太和小姐準備茶水。」

陳氏做主，把她許配給了王四。王四因爲這個，和郁家簽了賣身契。陳氏準備把這兩口子留給郁棠用，已經開始讓王四在郁家的鋪子裡打雜了。等雙桃和王四成了親，也要搬到鋪子裡去住一段時間，郁棠這邊就要重新買個丫鬟。

郁棠想起了前世在李家時曾經提醒過自己的那個丫鬟白杏。只是白杏在此之前和她沒有什麼來往，她只知道白杏是她嫁到李家第三年時被賣到李家的，從前叫招弟來著，進了李府才改名叫白杏的，是哪裡的人，爲什麼被賣到李家，她全都不知道，所以找起來有點困難。不然她早就派人去尋了。

但就算是這樣，她還是留了個心，想著那丫鬟說話帶著點陝西口音，尋思是不是從那邊逃荒過來的，便給牙婆留了信，只看她們有沒有這樣的緣分了。

郁棠就問陳氏：「雙桃的婚期定了嗎？您也別管我這邊，實在不行，就先買個小丫鬟。」買個小丫鬟回來得先跟著雙桃學規矩，而且還不知道人能不能頂事，要是不得用，還得換一個。雙桃的婚期因此也就不太好定。

郁棠從前是想等白杏的消息，可現在又怕耽擱了雙桃的婚事，心裡琢磨著，等到有了白杏的消息，再把她買過來也不遲。大不了她身邊養兩個丫鬟好了。

母女倆說著話，很快就到了後院的小花圃。

徐小姐已經和楊三太太在那裡等著了。

大家見面，熱情地打著招呼。

楊三太太笑盈盈地道：「這天黑得晚了，我們也能出門來消消食了。」

陳氏和她並肩走在草木扶疏的小徑上，「可不是。我也算是本地人了，卻不知道昭明寺的禪房後面還有景致這麼好的一個小院子，這次可眞是託了妳們的福。」

楊三太太呵呵地笑。

和郁棠並肩走在她們身後的徐小姐就和她耳語：「我剛才聽到妳們在說什麼買小丫鬟，雙桃要出閣了嗎？」

郁棠沒有想到她耳朵這麼尖，笑著點了點頭，道：「她年紀也不小了，回去就要準備出閣的事了。」

徐小姐就問起雙桃的婚事來，許配給了誰？人品、心性如何？以後還留在郁棠身邊服侍嗎？

不知道爲什麼她會有那麼多的好奇心。

可郁棠卻不覺得煩，反而很有傾訴的心情，她們沿著小徑還沒有走完一圈，郁棠家裡的情況徐小姐都已經知道得七七八八了。

她還躍躍欲試地要幫著郁棠挑丫鬟。

郁棠忍俊不禁。覺得徐小姐這樣就是閒的。

她道：「妳有空嗎？浴佛節過後妳們不立刻回桐廬嗎？」她想到徐小姐什麼都敢問她，她也就大著膽子問徐小姐：「楊三太太回鄉做什麼？她的事辦完了嗎？」

徐小姐左右看了看，然後拉著她附耳道：「有人抱著孩子跑到黎老夫人那裡說自己是殷家二哥養的外室，黎老夫人嚇了個半死，派了楊三太太過來處置這件事。我們到時候會從這裡直接去淮安。不然，殷明遠拿什麼把我騙到江南來啊！」

郁棠也被嚇了個半死。

徐小姐就這樣把這件事告訴她，不太合適吧？

徐小姐卻不以爲意，眼睛轉得骨碌碌地，狡黠地道：「妳以爲我誰都會說嗎？我是看著妹妹是個讓人能放心的。」

「可妳也不應該這樣啊！」郁棠道，「妳這不是把事甩到我這裡來了，讓我心裡有了個負擔嗎？」

徐小姐愕然。

郁棠解釋道：「爲別人保守祕密也是很累的！」

徐小姐再次大笑，看著她的目光熠熠生輝，道：「妳這個人還挺有意思的。我覺得我沒看錯人。不過，妳也不要有負擔，這件事最多兩、三個月就會水落石出了。」

「啊?!」郁棠瞪著徐小姐。

徐小姐朝著她直眨眼。

郁棠無奈搖頭。

徐小姐小聲道：「妳閨名怎麼稱呼？我單名一個『萱』字，因在家裡排行十三，家裡人也叫我十三。」

這就是要把郁棠當閨中密友的意思了。

郁棠也很喜歡徐小姐，輕聲道：「我單名一個『棠』字，家裡人稱我『阿棠』。」又道：「妳是和你們家堂兄弟一起排的序嗎？」

不然徐家十三個姑娘，人數也太多了點。

徐小姐笑著點頭，道：「那我以後也跟妳家裡人一樣喊妳『阿棠』行嗎？」

郁棠笑著點了點頭。

徐小姐認了個妹妹，歡喜地要去摸郁棠的頭，被郁棠機敏地避開了，還抱怨道：「妳別仗著比我高就總想摸我的頭。頭髮亂了又要重新打理。」

徐小姐咯咯地笑，歡快得像展翅高飛的小鳥似的。

楊三太太那邊傳來了陌生的年輕女子的問好聲。

郁棠和徐小姐循聲望去，見是彭家的二少奶奶領著兩個比她年紀略小的小姐。

徐小姐眉頭直皺，嘀咕了一聲「陰魂不散」。

郁棠猜道：「是妳族姐和宋家的兩位小姐？」

「可不是！」徐小姐不悅地道，「她來就來，帶著彭家的小姐我都覺得好一點，卻偏偏帶著宋家的小姐。要不是她得了宋家的什麼好，就是彭家和宋家結盟了，在打我們家或是裴家的主意。」說到這裡，她一驚，急道：「難道她又要幹什麼讓我們家丟臉的事？」

消息太多，郁棠想了想才消化，但她覺得跟在徐小姐身邊，她就是腦子轉得再快也沒有熟知世家譜的徐小姐快，她不如聽徐小姐說。

「這話怎麼說？」她道，「妳族姐都嫁到彭家去了，就算是丟臉，也是丟彭家的臉，與你們家有什麼關係？」

徐小姐道：「他們彭家的女眷丟臉是常事，怎比得上我們徐家的臉面？妳看她這個樣子，如果別人打的是我們家的主意，她卻幫著外人對付我們，別人知道要笑掉大牙的。要是有人利用她打裴家的主意，人家裴老安人和宋老安人是嫡親的姨表姐妹，有什麼事人家裴、宋兩家自己不能說，要她一個既不妻憑夫貴、也不賢名遠播的內宅婦人出頭？她要是不說她是徐家的人，誰認識她啊！我看她是被人捧得不知道天高地厚了！不行！我得去說說她才行。」

她說完，三步併作兩步朝楊三太太她們走了過去。

郁棠有些擔心，也疾步跟著走了過去。

「十三！」彭家二少奶奶看見她們，雀躍地揮著手和徐小姐打招呼，郁棠要不是剛剛才聽完徐小姐對她的抱怨，壓根看不出這兩人之間有那麼大的罅隙。

「二少奶奶！」徐小姐笑著和彭二少奶奶打著招呼，落落大方，眉眼溫婉，相比剛才與郁棠在一起時的慵懶，像變了一個人似的——此時的她才符合大家對世家貴女的印象？和郁棠在一起的時候，她顯得太過隨意。

郁棠暗暗吐舌。

這才是徐小姐真正的面目，可以隨時變化自己的形象。

她笑著過去也和彭家二少奶奶見了個禮。

彭家二少奶奶顯然是衝著楊三太太和徐小姐來的，對郁棠和陳氏很敷衍，介紹宋家兩位小姐的時候只是簡短地介紹了一下排行第幾。

陳氏也是個心思機敏的人，見狀就向楊家三太太和徐小姐告辭。

楊三太太和徐小姐都沒有挽留她們，只說以後有機會再一起到院子裡散步，甚至沒有具體約什麼時候，聽著讓人覺得她們比較怠慢陳氏母女。

回去的路上陳氏就顯得有些沉默。

郁棠忙道：「您是不是覺得楊三太太對我們有些冷淡？」

陳氏笑容有些勉強地道：「妳這小丫頭，就是想得太多了。」

郁棠知道母親言不由衷，輕聲幫楊三太太和徐小姐說話：「我聽徐小姐說，彭家二少奶奶對她們有所求，而且她們還不想搭理她。楊三太太雖然和您認識沒多久，您也應該感覺到她不是這樣的人。我倒覺得，她當著彭二少奶奶疏遠我們，是不想我們捲入到她們之間的紛爭裡去。」

陳氏想了想，道：「眞的嗎？」

「您要是不相信，我們拭目以待。」郁棠覺得她看人的眼光還是有一點的。

陳氏仔細想想，還眞是郁棠說的這理兒。等她第二天見到楊三太太的時候，就比平時還熱情幾分，笑著問楊三太太：「昨天睡得好嗎？我聽閨女說徐小姐有些認床，好些了沒有？」

從楊三太太臉上看不出和平時有什麼兩樣，她的笑容依舊溫和有禮，聲音依舊輕柔悅耳：「還好你們家閨女給了我們半瓶香露，不然還眞是有點難受。」

兩個人就說起香露來，一時間倒也其樂融融的。

郁棠鬆了口氣。

她覺得母親好不容易交了個朋友，希望母親能在昭明寺期間高高興興的。

徐小姐就在後面衝著她直笑，而且在去給裴老安人請安的路上悄聲對她道：「現在不是說話的時候，等會兒我們再說。」

看來昨天她們走後有事發生啊！

郁棠心裡蠢蠢欲動，隨著裴老安人等人去大殿的時候還一直在想這件事。直到在大殿中站定，知客和尚端了托盤來收寫著生辰八字的匣子，郁棠這才集中精神，不敢再胡思亂想，和徐小姐幾個一起在大殿西邊跪好，聽大和尚做法事。

一個上午就這樣過去了。

法事完後，就郁棠這樣的都是被丫鬟扶起來的，更不要說裴老安人等人了。

無能親自陪著裴老安人去了後面的禪房。

徐小姐趁機和郁棠走到了一起，悄聲道：「怎麼沒看見其他的人？」

今天參加法事的只有昨天坐在花廳的裴家女眷和陳氏母女、徐小姐、楊三太太。

郁棠點頭，莫名覺得突然和裴家更親近了，好像自己也成了裴家的親朋好友似的。

徐小姐就跟她道：「妳下午到我那裡去玩，正好挑幾瓶香露。」

禮尚往來。

郁棠朝她笑了笑。

兩人不再說話，在禪房用了午膳，陪著長輩和無能師父坐了一會兒，大家就各自回房歇晌了。

※

剛才在大殿郁棠不好說什麼，一回到廂房，她就蹲下來幫母親看膝蓋。

還好之前在膝蓋上綁了棉墊，因而只是腿有點僵，沒有其他的什麼事。

陳氏笑道：「我原還以爲自己能行呢！沒想到已經老胳膊老腿了，不認輸都不行了。也不知道裴老安人是怎麼挺過來的？我要是到了她老人家這個年紀還有這樣的身體就好了。」

陳婆子在箱籠裡翻找給陳氏換洗的衣飾，聞言笑道：「說不定老安人回去了也和您一樣，急著在按摩腿呢！」

郁棠和陳氏都笑了起來。

陳氏就讓郁棠挽了褲管給她看。

郁棠因爲自身的遭遇，特別虔誠，跪得膝蓋一片紅。

陳氏心痛得不得了，忙讓陳婆子帶她去西間的住處擦藥，還道：「晚上就在妳那邊用晚膳，妳好好在床上歇歇，下午哪裡都別去了。」

郁棠想去赴徐小姐的約，她搖著母親的胳膊，「我去那裡坐坐就回來。」

陳氏想了想，讓陳婆子給她準備了一份上門作客用的點心，叮囑她：「不要到處亂跑，睡了午覺再去，明天還有講經會呢！」

郁棠笑盈盈地答應了，回去睡了午覺，起來更衣梳洗，讓雙桃拿了點心，去了徐小姐那裡。

誰知道她剛剛踏進徐小姐住的院子，就看見徐小姐帶著阿福匆匆走了出來。

郁棠還以爲徐小姐是聽到了動靜來迎她，但徐小姐見到她卻是一愣，郁棠立刻知道自己來得不巧，徐小姐可能有事要出去。

就看見徐小姐不好意思地嘿嘿笑了兩聲，然後眼睛轉了轉，一把將她拽到了門外筆直的銀杏樹下，低聲對她道：「妳知不知道周子衿？就是那個中了狀元，擅長畫美人圖的周子衿。」

郁棠當然記得他。他之前在臨安城住了段時間，整天和裴宴形影不離的，她在杭州城拉肚子的時候，周子衿還派人去探望了她的。

她不解地道：「妳問他做什麼？」

徐小姐眉飛色舞地道：「他也來了昭明寺。我得去看看他長什麼樣子。」

「這樣不好吧！」郁棠遲疑道。

徐小姐不以為意，道：「我聽人說，他比裴遐光更風流倜儻！妳陪我一起去看看唄！」

郁棠皺眉。在她心裡，裴宴待人雖然冷淡，行事卻極有章法，不像周子衿，言行舉止間總帶著幾分輕佻，她不是很喜歡。

「周子衿怎比得上裴家三老爺！」郁棠想也沒想，脫口而出。

「妳居然見過周子衿！」徐小姐驚訝地道，上上下下地打量著她，「我就說妳怎麼不好奇呢？原來妳不僅見過裴遐光，還見過周子衿！」

郁棠心中一慌，道：「我是江南人，見到他們的機會原本就比妳多。何況周子衿從前曾經到過臨安，這臨安城裡也不止我一個人見過他們兩人，這有什麼好說的？」

徐小姐直跳腳，「當朝有名的士子，我只有裴遐光和周子衿沒有見過了。裴遐光已經致仕了，我這次要是見不著，恐怕以後就再也見不著了。周子衿就更不好見了，他不僅致仕，還行蹤不定，我這次也是運氣好碰著了，怎麼也要去見上一見！」

郁棠不理解這樣的執著。

徐小姐委屈地道：「我和殷明遠在編一本進士錄，想把這幾屆的前十甲的文卷都收集起來，寫出進士譜，畫出進士像。現在就缺周子衿了。」

她以為徐小姐是因為無聊鬧著玩的。

郁棠愕然，隨後汗顏。

「那我陪妳去吧！」因為昭明寺講經會臨近，裴家怕出事，派了護衛把昭明寺給圍住了，在郁棠的心裡，昭明寺就和裴家後院一樣安全，立馬就答應了。

徐小姐高興極了，一面拉著她往外跑，一面道：「妳到時候要指給我看。」
郁棠趺趺撞撞地被她拽著，好半天才跟上了她的步伐。
「周子衿在哪裡？」她喘著氣問徐小姐，「我們怎麼去見他？他是來參加昭明寺講經會的嗎？」
一連幾問，問得徐小姐都不知道答什麼好，只說：「妳跟我走就是了。」
兩人一路小跑，在一個小樹林裡站定。
徐小姐道：「我們在這裡等著就好了。這是從裴遐光那裡出來的必經之路，周子衿來了昭明寺，肯定會來拜訪裴遐光的……」
她的話還沒有說完，郁棠卻看見身穿寶藍淨面杭綢直裰，皮膚白皙、氣質文雅的顧昶，在四、五個隨從的簇擁下，從甬道那邊走了過來。
「顧朝陽怎麼會在這裡？」郁棠愕然，「他不是應該在京城嗎？」
徐小姐也嚇了一跳的樣子，但她很快就平靜下來，沉思了片刻，喃喃地道：「難道新派到江南的御史是顧朝陽？」
「什麼意思？」郁棠追問。
徐小姐深深地吸了一口氣，道：「我出京之前，大家都在傳高郵的河道出了問題，聖上讓都察院派御史去高郵查看，看樣子，這個御史就是顧朝陽了！」
郁棠道：「那他也應該在高郵啊！怎麼會在這裡？」
「他是走得有點遠。」徐小姐道，神色有些凝重。

郁棠道：「江南的御史可以隨意走動嗎？」

「他們要查案子，當然可以隨意走動。」徐小姐的眼睛盯著甬道，沉默了一會，低聲道：「只是不知道這件事與兩位皇子有沒有什麼關係？」

怎麼還和皇家的事扯上了關係呢？

郁棠倒吸一口涼氣。

徐小姐忙打著哈哈，尷尬地道：「我這不過是隨意猜一猜——大家都說工部當時撥到高郵修河道的銀子都給人貪墨了，我才這麼一說的。到底是不是，得查過才知道啊！」

她越解釋，郁棠心裡越不安。

「這與裴家又有什麼關係呢？」她不安地問。

徐小姐沉思了半晌才低聲道：「你們江南的這些世家別看內訌得厲害，可關鍵時候卻也團結得很，誰也說不準他們什麼時候就反目成仇了，什麼時候又把手言歡了。周子衿出現在這裡，說不定都與這件事有關！」

郁棠不想把事情往壞處想，沉吟道：「說不定人家是為了顧小姐和裴家大少爺的婚事來的呢！」

「但願如此！」徐小姐摸著下巴，像男孩子的舉動，道：「顧、裴兩家結親原本就很突然，肯定還有些條件沒有談攏，他親自過來一趟也有可能。一來是把兩家聯姻的事確定下來，二來也可以給他妹子撐撐腰。顧家二房，太不夠看了。」說完，她問郁棠：「怎麼這幾天都沒有看見裴大太太？她應該也跟著大家一道來寺裡了吧？」

「不知道。」郁棠道，「我沒有注意。」

她是眞沒有注意。

徐小姐「哦」了一聲，還想說什麼，郁棠眼看著顧朝陽離她們越來越近，忙道：「我們要不要躲到大樹後面去？我們這樣站在這裡，很容易被顧朝陽發現的。」

徐小姐聽了沉思片刻，拉著郁棠的手就要走出去，「我們應該主動出擊，而不是站在這裡被人懷疑。我們迎上前去，若是他攔著我們問，我們就說是去求見裴遐光的。要是他給我們讓路，我們就當沒有看見他，妳覺得如何？」

郁棠向來膽小謹愼，若是平時，她可能會覺得這樣不好，可現在，她想知道顧昶爲什麼會來，高郵的事與裴家有沒有關係？

她決定和徐小姐一起去看看。

第三章

徐小姐摩拳擦掌，覺得自己太幸運了。

她到了臨安就想見裴宴一面，可一直沒有機會，雖然拜託了郁棠，但郁棠這邊請了人去傳話也沒個回音，她隱約知道裴宴在忙些什麼，還真心不好這個時候上門打擾。

但周子衿就不同了。他們家和周子衿有點淵源——她的一個堂兄和周子衿是同年，不然他們也拿不到周子衿當年春闈和殿試時的卷子了。

可周子衿早早就致仕還鄉了不說，還喜歡到處遊玩，殷明遠託人約了好幾次都沒有約到，沒想到會在裴宴這裡見著了，不是緣分是什麼？

徐小姐立刻挽了郁棠的胳膊，拉著她往裴宴的書房去，還低聲對她道：「妳放心，不會讓妳為難的。我們到了裴遐光那裡，先請人通報。就是他這個人性格有點怪，軟硬不吃，我有點拿不準他會不會見我。不過，什麼事都說不準的。妳可知道周子衿為何擅長畫美人圖？是因為他喜歡美人。妳不要誤會，他不是那種下三爛的人，而是像欣賞器皿或是鮮花似的，喜歡欣賞美人。裴遐光見我們便罷，他要是不見，周子衿知道後肯定會心生憐惜，從中周旋，安慰我們幾句的。只是這樣一來就見不到裴遐光了，有點可惜。恐怕這件事最終還是得妳幫我這個忙了。」

郁棠之前不知道她和殷明遠要編這樣一本書，現在知道了，心裡不免就有了自己的小九九。

她道：「妳說只收錄每屆金榜題名的前十甲，那裴家三老爺肯定不在其中了。你們以後還會繼續收錄其他人的嗎？」
這時候一套四書五經很多人家都買不齊全，更不要說這種大比的卷子了。
徐小姐聞言嘿嘿笑，道：「妳要幹嘛？」
郁棠臉一紅，聲若蚊吟地道：「若是編好了，能不能送我一套？」
這種書都是無價之寶，她根本不敢提買。
徐小姐眼睛骨碌碌地轉，道：「那妳一定要想辦法幫我見到裴遐光。」
這就是答應了。
郁棠心生感激，謝了又謝，還想幫裴宴也討一套，道：「要是裴三老爺問起來，我能說妳編書的事嗎？」
徐小姐抿了嘴笑，覺得郁棠很有意思，是個周全人。
「可以、可以。」她疊聲應下，心裡卻在想，看來郁家和裴家的關係比她想的要好很多，不然郁棠也不會幫裴宴拿主意了。如果裴宴知道郁棠是爲什麼把他給賣了的……她現在更想看的是裴宴會是什麼表情。
徐小姐心情愉悅，迎面碰上了顧昶。
顧昶遠遠地就看見兩位小姐帶著貼身的丫鬟朝他走了過來。一個穿著鵝黃色素面褙子，一個穿著蜜合色素面褙子，都是十七、八歲的年紀，花一樣的長相。但他的目光還是在穿蜜合色素面褙子的那個小姑娘臉上多看了幾眼。
說實話，他見過不少人穿蜜合色，那種非黃非白的顏色，不管什麼樣的料子，穿在身上都讓人覺得老氣橫秋的。只有眼前這個小姑娘，素淨的蜜合色居然把她襯得膚光如雪，明眸皓齒，明豔不可方物，讓他忍不住地好奇。

等走近了，他更詫異了。

這小姑娘不僅長得好看，舉手投足間落落大方，娉婷嫋娜。不管穿得如何素淨也難掩麗質天成。

顧昶在心裡暗暗讚嘆，不禁又看了幾眼。

這一看，又覺得這小姑娘面善，他好像在哪裡見過似的。

他又看了一眼。

郁棠前世倒是見過顧昶，但也只是遠遠地見過幾次，今生還是第一次離得這麼近。她原想裝著不認識擦肩而過，可顧昶神色肅穆，看她們的目光犀利鋒銳，還是讓她心中忐忑，沒能忍住地睃了他一眼。

這一眼就那麼巧地和顧昶的視線碰到了一起。

顧昶看見了一雙彷彿含水的杏眸。

他不禁朝著郁棠笑了笑。

郁棠只好也露出笑意，朝他點了點頭，然後忙跟著徐小姐走了。

顧昶的眉鋒在他自己都沒有意識到的時候蹙在了一起。

他自認自己還算是儒雅有禮的，怎麼這小姑娘好像很怕他似的？

或者是因爲常年養在閨中？

他這麼一想，眉頭又舒展開來，自個兒笑了笑，帶著人繼續往前走。

但走了幾步，他突然問身邊的人：「知道剛才走過去的是誰家的小姐嗎？我怎麼看著有點面善？」

他的心腹隨從叫高升，聞言立刻道：「我這就去查查。」

顧昶點頭。

高升卻在心裡驚愕不已。

顧昶一直沒有訂親，是因為顧昶的老師孫皐看中了顧昶，但顧昶不知道什麼原因，一直推諉著不接招。而這次的昭明寺講經會，他們是湊巧碰到的，到了之後才發現幾個豪門大家都來人了，特別是彭家和陶家，一個從福建趕過來的，一個從廣州趕過來的，這就讓人要想了又想了。但不可否認，這幾家的姑娘都不錯，若是能從這幾家裡挑個主母，也不比孫家的姑娘差。

這麼一想，他覺得這件事他得打起精神來才行。要知道，他們家公子從來不問那些女子是什麼來歷的。

高升去打聽郁棠和徐小姐去了。

徐小姐卻悄聲地批評郁棠：「妳躲什麼躲啊！有我在這裡，他顧朝陽還能把妳怎麼樣了不成？他這個人雖然厲害，可現在還是被孫皐壓著呢！我阿爹早就看孫皐不順眼了。他們這種做大事的人，肯定不會為了我們這樣的人給孫皐添亂的。妳只管大著膽子當他不存在。」

郁棠哭笑不得，道：「這不是看見了嗎？點個頭而已。」

「頭都不用和他點。」徐小姐嗯嗯道，「他這個人就是看著光風霽月似的，心眼可多了。

殷明遠都差點上了他的當，我們就更不是他的對手了，最好的辦法就是保持距離。」

郁棠很想知道顧昶和殷明遠之間發生了什麼事，但看徐小姐一副不願意多說的樣子，她也就沒好多問。

兩人很快就到了裴宴書房所在的院落。

書房格扇四開，裡面隱約可見好幾個男子或坐或倚在各式的椅子上喝茶說話。

徐小姐踮了腳眺望，還朝郁棠低聲道：「快幫我看看，誰是裴遐光？」

郁棠莞爾，沒有理會她，而是吩咐雙桃：「妳去找找阿茗，說我陪著徐小姐過來，想拜見三老爺和周狀元。」

雙桃笑著去了。

郁棠把徐小姐拽到了一旁，道：「妳這樣更惹人注目，還是安生一點吧！等會若是見到了周狀元和裴三老爺，妳可想好了怎麼說沒有？」

徐小姐朝郁棠挑了挑眉，得意地道：「這個時候就得用用殷家二哥了！」

郁棠不解。

徐小姐賣關子：「妳等著瞧好了。」又怕裴宴責怪郁棠，道：「等會若是裴遐光問起，妳就說是我要妳帶我來的，聽我說有要緊的事，妳才帶我過來的。」

郁棠應諾，心裡卻想著要找個機會，把這件事原原本本地都告訴裴宴才行。

她覺得現在的昭明寺情況複雜，她若是有所隱瞞，讓裴宴判斷失誤，導致裴家吃了虧怎麼辦？當然，她的話也許對裴家沒有什麼作用，但她也不能自作聰明地不告訴裴宴。

她對裴宴的判斷力非常地信服。

兩人等了大約一盞茶的工夫，裴宴和周子衿連袂而來。

「哎呀，這位就是明遠的小未婚妻吧？」周子衿搖著他那把一年四季不離身的描金川扇，看見兩人就先打趣起徐小姐來：「妳堂兄給我寫了好幾次信，可惜都不巧，你們不就是要我一幅小像嗎？早說啊，我自己畫一幅給你們就行了。要論人像，我覺得當朝我可以排前三了。你們還是別亂畫畫，有損我的英武形象怎麼辦？明遠雖然也擅畫，可我覺得他的花鳥比我強一點，人像卻是遠遠不及我的。你們那書什麼時候能編好？我覺得發行之前我得先仔細看看。別把其他幾位都畫成了四不像才好。」

說得讓原本第一眼只看見了裴宴的徐小姐，氣得對著他直瞪眼。

周子衿哈哈大笑，道：「你們徐家的人長得還眞挺像的。妳九哥家的長女和妳長得一模一樣，像姐妹似的。」

徐小姐已經不想和周子衿說話了。

裴宴卻在旁邊補刀，神色冷淡地道：「徐小姐找我們有什麼要緊事？既然是殷兄讓妳過來的，可曾帶了他的書信？正好，陶老爺剛剛也到了昭明寺，他過幾天會去淮安，我讓他幫我把回信帶給殷兄好了。」

一副「妳要是說謊，看我怎麼收拾妳」的模樣，要多冷峻就有多冷峻，讓郁棠目瞪口呆，半晌才回過神來。回過神後就覺得裴宴對她還是挺不錯的，她給他找了多少麻煩，他卻從來沒有這樣對待過自己。

徐小姐也傻了眼。但她膽大聰慧，短暫的慌亂之後，立刻鎮定下來。殷家二哥從小就把她當妹妹似的，就算她說謊了，殷家二哥也會幫她圓過來，她怕什麼？只是裴宴的神仙顏色也不能挽救他在徐小姐心中的印象了。

她笑道：「也沒什麼要緊的事。殷家二哥讓我給你帶了個口信，讓你有空不妨在杭州府作個東。糖醋魚、東坡肉才是好東西，高郵也就出個鹹鴨蛋而已。」

郁棠感覺裴宴聽了這話，看徐小姐的眼神都變得冰冷鋒利起來。

郁棠嚇了一大跳。

從前裴宴有過很冷峻的時候，卻不像這會兒，目光冰冷不說，看徐小姐的眼神像個獵人看到獵物似的，隱隱帶著殺氣。

徐小姐估計也嚇得不輕，郁棠發現她悄悄地後退了兩步，拉住了她的衣角。

她朝徐小姐望去，徐小姐面上卻絲毫不顯，還面帶微笑地在那裡和裴宴說著話：「杭州城裡哪家的糖醋魚和東坡肉做得最好？我還沒去過杭州呢！郁妹妹，不如我們也去湊個熱鬧，妳覺得呢？」

郁棠不知道這件事怎麼就扯上了她，但若是徐小姐有意，她是願意做這個東道主的。只是她覺得裴宴的情緒不對，在回答徐小姐的問話之前先睃了裴宴一眼。

她發現裴宴的目光黑沉沉的，就如看似平靜的海面，被強壓在海底的波濤才沒有衝破海面。但也只是被強壓著，若是再用一點力，這海浪恐怕就要席捲而出，讓人置身於驚濤駭浪中不知生死了一般。

郁棠駭然。此時她才覺察到徐小姐剛才的話若有所指，而且所指之事還激怒了裴宴。她自然是要站在裴宴這邊的。

徐小姐雖好，裴宴卻於她有恩。這一點她還是能分得清楚的。

郁棠把到了嘴邊的話又嚥下，笑著換了個說法：「妳去杭州是想吃糖醋魚和東坡肉，還是想去看看杭州城的風景？若是前者，我們臨安也有做糖醋魚和東坡肉做得好的，我來作東，請妳吃糖醋魚和東坡肉。若妳最想看的是杭州城的風景，不妨和楊三太太好好商量商量，定個時間，我和我母親陪妳們一道過去。我母親也有好些日子沒有出門了，正好春光明媚，去杭州城裡玩一玩，還可以買些新式樣的衣飾。」

她的聲音清越明亮，又溫和有禮，不知怎地，就沖淡了剛才那股劍拔弩張的針鋒相對。徐小姐暗暗舒了口氣，看著裴宴卻對郁棠道：「那就這麼說定了。等我和楊三太太定好了行程，再約妳們好了。」

郁棠也暗中舒了口氣。她雖然不知道爲何裴宴聽了她的話，表情突然就鬆懈了下來，卻是個很會抓機會的。聽徐小姐這麼說，她不僅立刻就笑著點頭稱「好」，還朝著周子衿福了福，道：「您什麼時候來的臨安？上次在杭州城，多謝您和三老爺援手，我阿爹前幾天還在家裡念叨呢！若是他知道您這次也來了，肯定會提前趕到昭明寺的。我這就派人去跟我阿爹說一聲，讓他請您好好嘗嘗臨安的美酒。」

周子衿哈哈大笑，打量了郁棠幾眼，對裴宴道：「這兩年不見，小姑娘長成大姑娘了，越長越好看了。」然後又慫恿她：「給妳畫幅小像吧？保管漂亮。以後掛在屋裡，還可以留給子孫。」

郁棠聽了不免有些心動。

裴宴滿臉不快，道：「你這是畫遺像呢?!還留給子孫。你就別在這裡胡攪蠻纏了，郁小姐不畫小像，更不用你畫。」

周子衿大受打擊，道：「你這是什麼意思?我畫的小像千金難求，你還敢嫌棄。」

裴宴不耐地道：「就是因爲你畫的小像千金難求，我才覺得你不適合給郁小姐畫——要是有人知道郁小姐的小像是你畫的，爲了錢去盜畫怎麼辦?郁小姐的小像豈不是要流落他人之手?被他人收藏摩挲?」

郁棠聽著打了個寒顫，不待周子衿說話已道：「多謝周狀元了。我相貌尋常，不敢勞煩周狀元動筆。以後有機會，再請周狀元給家裡的人畫幅小像好了。」

可以讓他幫她阿爹畫一幅。

周子衿很是遺憾，卻沒有再提。

徐小姐就和周子衿說起他自己的小像來：「論畫小像，當然是沒有人能和周狀元相提並論了。您手頭有您自己的小像嗎?若是能趁著這機會帶回京城就好了。您閒雲野鶴的，找您太難了。」

周子衿笑道：「我原本就打算過些日子去趟京城，妳讓明遠也別折騰了，到時候我會去找他的。讓他給我準備好梨花白，我要和他大浮三杯。」

徐小姐連連點頭，道：「正好你也幫著看看我們的書編得如何。」

「那是自然。」周子衿滿口答應。

徐小姐就拉著郁棠告辭。

裴宴和周子衿都沒有說什麼。

※

徐小姐拽著郁棠，像身後有土匪在追似的，一溜煙地跑回了她歇息的廂房，迫不及待地自己給自己倒了杯茶就咕咚咕咚地連喝了兩口，這才一副驚魂甫定的模樣拉了郁棠在廂房中間的圓桌旁坐下，抱怨道：「裴遐光怎麼是這樣的個性？難怪大家都只是誇他有勇有謀而不論其他了。他這樣的人還想做官？我看他會致仕說不定就是在六部待不下去了。」

郁棠不喜歡別人這樣攻擊裴宴。她道：「三老爺人很好的，造福桑梓，我們都很感激他。」

徐小姐聽著不好意思地笑了笑，道：「我也不是針對裴遐光，他眞的把我嚇著了。我沒有想到他這麼不好說話。」說到這裡，她情緒有些低落，嘆氣道：「難怪別人說百聞不如一見，裴遐光我可算是見識到了，以後再也別想我爲他說一句好話了，我以後再遇到他，繞道走！」

一副恨恨的樣子。

郁棠想爲裴宴辯護，道：「妳剛才是什麼意思？糖醋魚和東坡肉又是指什麼？」

徐小姐欲言又止。

郁棠道：「妳也別唬弄我。糖醋魚和東坡肉杭州有，蘇州也有，妳說不定暗指的是蘇州。再說妳還提到了高郵的鹹鴨蛋，顧朝陽又是以御史的身分來的江南，查的是高郵的河道。妳難道是在暗指顧朝陽明面上是要查高郵，實際上有誰在蘇州犯了事？可妳託辭到殷知府的身上，殷知府知道這件事嗎？或者這件事與殷知府也有點關係？」

徐小姐對郁棠刮目相看。她想了想，讓阿福和雙桃在門外守著，「誰來都別讓人靠近。」

兩人面面相覷，卻順從地出了門，還細心地幫她們把門帶上了。

徐小姐這才對郁棠道：「有人說三皇子在江南斂財。高郵河道能有什麼問題？是我們家殷二哥當時在工部時主修的。他們實際上是想查蘇、杭兩地的官員。而且這次不僅都察院那邊派了御史出來，宮裡還派了司禮監的太監。顧朝陽他們是明，司禮監太監是暗。」她皺了皺眉，「只是不知道司禮監派的是誰？我算著日子，顧朝陽已經到了臨安，司禮監那邊也應該早就到了杭州或是蘇州。」

郁棠聽得目瞪口呆，傻傻地問：「這又與裴家有什麼關係？他們在工部任侍郎的大老爺已經病逝了，二老爺和三老爺也都在家守制。」

「妳怎麼一會兒聰明、一會兒糊塗的？」徐小姐瞥了她一眼，壓低了聲音道：「裴家可是非常非常有錢的，說是江南首富都不為過，只是裴家向來低調，若是三皇子想在江南斂財，那裴家肯定首當其衝，不從裴家入手，從哪裡入手？」

她說著，神情一震，和郁棠耳語：「妳說，這場講經會不會是個幌子吧？要不然怎麼江南幾家有名的富戶都來了？甚至連遠在福建的彭家和廣州的陶家也來了。」說到這裡，她自己都被自己嚇著了，臉色變得煞白，身子骨也軟得彷彿沒了骨頭，捂著胸口道：「我們不會被牽連吧？既然他們都被牽扯進去了，怎麼還能聚在一起？他們就不怕被人甕中捉鱉嗎？不行、不行，我得給殷明遠送個信去。」

徐小姐急得團團轉，「不行，京城太遠了，我得先給殷家二哥送信，讓他主持大局。但他不能過來，一過來就和這件事牽扯不清了。」
郁棠比她冷靜。主要是她想到前世，裴家安安穩穩地到二皇子登基爲帝都安然無恙。
裴家不是和這件事沒有關係，就是有辦法脫身。
但前世沒有裴老安人主辦講經會的事。那次顧曦給昭明寺獻香方，是在五年後，李端的父親李意回鄉祭祖，李家在七月半主持了一次盂蘭盆節。
因而這一世與上一世已經有了很大的不同。
她心裡雖然也沒底，卻也不至於像徐小姐這樣恐慌。
「妳聽我說。」她緊緊地握住了徐小姐的手，道：「妳若是有這樣的想法，不妨直接和裴三老爺說清楚。殷知府過來不妥當，我們知道於裴家不利卻不告知也不好。」
徐小姐既然能知道這樣祕辛的事，肯定能幫得上裴家。何況她已經住進了昭明寺，想脫身也晚了。不如大家同心協力，共創一片新局面。
徐小姐顯然也想到了這一點。她在屋裡走來走去，拿不定主意。
郁棠知道誰快誰就能掌握主動權，她乾脆給徐小姐出主意：「要不，快馬加鞭送信給殷知府，請他幫著拿個主意，但人先別來。」
徐小姐想了想，一跺腳，答應了，一面坐下來給殷知府寫信，一面後悔：「早知道我就不跟著楊家三太太來昭明寺了。殷明遠這傢伙，說話吞吞吐吐的，我說來江南，他不明著反對，只是輕描淡寫地讓楊三太太看著我，讓我別管閒事，分明就是知道些什麼。最討厭他這樣了！不清楚明白地說出來，我怎麼知道是什麼事啊！」

郁棠道：「妳不是說是殷公子讓妳來江南玩的嗎？」

徐小姐支支吾吾：「我想過來玩，他也沒有明確地反對啊！」

郁棠無語。

徐小姐很快就寫好了信，託郁棠給她找個牢靠的人幫著去送信。「我在這邊人生地不熟的，原本只想來參加個講經會的，沒帶什麼人手，這件事只能拜託妹妹了。」

郁棠卻覺得託誰也不如託裴家的人牢靠。

徐小姐猶豫再三。

郁棠道：「裴三老爺既然在這裡，那昭明寺裡發生的事肯定都瞞不過他。妳與其單獨行動，不如求助於裴三老爺。何況大禍來臨，求助於各自的家族，既是常理也是常情，我相信裴三老爺是能夠理解的。」

徐小姐沉思了片刻，道：「我知道我的行爲舉止肯定瞞不過裴家的人，我也相信裴家的人不會私拆我的信。但我還是想自己通知殷二哥。因爲我不知道發生了這件事之後，我們家和裴家還能不能站在一起？那就從現在開始，能少接受裴家一些恩情就盡量少接受一些的好。」

這種心情郁棠能理解，她道：「但這件事我還是要告訴裴家的。」

「那是自然。」徐小姐笑道，「我們各有立場，自然是各自爲政。妳這樣，我反而更喜歡和妳做朋友了。我很怕那些做事全憑感情，結果卻把事情弄得一塌糊塗還責怪對方沒有道義的人。」

郁棠也笑了起來。她上前抱了抱徐小姐，心中暗暗祈禱，但願在這件事上是徐小姐多心了，希望這件事過後，她和徐小姐還能是一路人。

郁棠想起兩個人來。

曲家兄弟！

因爲衛家的事，她和這兩兄弟雖有所交集，可也沒能改變曲家兄弟的命運。這兩人和前世一樣，如今在臨安城混著，漸漸有了些名氣。但這一世畢竟和前一世不一樣了，前世裴家無聲無息的，這一世或許是郁棠和裴家有了交往，或許是日子還短，感覺裴家比前世要高調，不時會出現在臨安人的眼睛裡，不時地提醒臨安人裴家才是臨安第一大家族，曲氏兄弟行事比前世小心了很多，一直以來都以裴家馬首是瞻，不敢輕易得罪裴家，倒沒有了前世的聲威。

這兩兄弟是有信用的，不過是出多少銀子的事。而徐小姐肯定是願意出銀子的。

郁棠把曲氏兄弟的事告訴了徐小姐。

徐小姐喜出望外，道：「不怕他是潑皮，就怕他沒有根基。既然是臨安的人，那就沒有什麼好擔心的。妳這就讓人去尋了這兩人來，讓他們連夜幫著把信送到淮安去，能提早一天，我多給十兩，不，二十兩銀子。」

臨安到淮安陸路要十天，水路要七天，若是能騎馬，十天可往返，快馬加鞭就不知道了。

郁棠想著要不要給曲家兄弟出個主意，向裴家借匹馬什麼的。

可她最後還是什麼都沒有說。

從此刻起，她們已各有各的立場。

郁棠讓雙桃帶信給阿苕，再讓阿苕帶了曲氏兄弟過來。

曲氏兄弟晚上就到了，雙桃將徐小姐的信給了曲氏兄弟。

曲氏兄弟見信是送給淮安知府的，不由得更加高看郁家一眼，欣然答應不說，出了昭明寺就想辦法弄馬去了。

❖

徐小姐心裡還是有些打鼓，不知道自己這麼做到底是對是錯。

她把這件事告訴了楊三太太。

楊三太太也覺得棘手。她不過是想來看看裴家二小姐為人怎樣，順帶著看能不能和裴家結個親，結果卻牽扯到這件事裡去了。她想了想，對徐小姐道：「這件事妳做得很對。妳二哥雖然不喜案牘之苦，卻不是那推諉的，若裴家的講經會真的是打這主意，妳二哥肯定有辦法把我們給摘出來的。這兩天妳就不要到處走動了，等這邊的講經會一完，我們立刻就啟程去淮安。」

徐小姐點頭。

楊三太太道：「郁家小姐在幹什麼呢？」

言下之意，郁棠未必就信得過。

徐小姐笑道：「她陪我坐了一會兒，安慰了我半天，就回了自己的住處，讓人去給裴遐光身邊那個叫阿茗的書僮帶了個信，要求見裴遐光，但裴遐光一直沒有回音。我尋思著，裴遐光那邊忙著招待陶家和彭家的人，沒空見她。要見，也是晚上的事了。」

可見她也派人盯著郁棠了。

徐小姐還把兩人之前發現的事告訴了楊三太太。

楊三太太頗為意外，頓時對郁棠高看一眼：「沒想到，她一個小門小戶的姑娘家，居然有這樣的胸襟和雅量。可見女子出身是一回事，見識又是另一回事。這姑娘能交！」又道：「她訂親了沒有？」覺得這樣的姑娘若是能嫁到她家或是黎家、張家都是不錯的。

徐小姐抿了嘴笑，道：「您作媒作上癮了嗎？他們家是要招上門女婿的。」

楊三太太不以爲然地揮了揮手，道：「什麼事都不是一成不變的，郁小姐的事以後再說，我們先把眼前的事應對過去。」

徐小姐點頭，道：「我尋思著講經會我們還是別參加了，不如找個藉口就待在廂房。」講經會到時候肯定人山人海，世家齊聚，她們徐家、楊家和殷家都不是無名之輩，出現在那裡太打眼了。

楊三太太很是欣慰。殷家到了殷明遠這一輩，五房只有三個男丁，只有殷明遠的這個媳婦兒還能頂事，殷家另外兩位太太打理內宅還行，其他的事就抓瞎了。

她道：「就說我突然染了風寒，妳要在屋裡照顧我。」

徐小姐怎麼能讓長輩擔了這樣的名聲？她忙道：「還是說我不舒服好了。」

楊三太太搖頭，做了決定：「這樣不好，不能讓妳擔這個名聲。」

徐小姐是要嫁到殷家的，殷明遠已經背了個身體不好的名聲，不能再讓徐小姐也背上這樣的名聲了。

這件事就這樣定下來了。

楊三太太道：「郁小姐那邊，繼續讓人盯著，我們說不定可以透過裴遐光，知道裴家這場講經會到底是無心的還是有意的。」

徐小姐應諾，等楊三太太走了，她坐立不安，想著郁棠與她脾氣相投，卻無依無靠的，若是出了什麼事，郁棠十之八九是被放棄的那個人，她就覺得不能就這樣在旁邊眼睜睜地看著。

思忖良久，她決定去提醒郁棠幾句。

她悄然起身，去了郁棠歇息的院子。

❈

郁棠此時正和裴宴在院子門口的香樟樹下說話：「……我知道的就這麼多了，也不知道對您有沒有用處？但願只是虛驚一場。」

裴宴還是穿著之前那身素色的道袍，自郁棠開口說話，他就一直認眞地看著郁棠，平靜無波的眸子漆黑無光，彷彿午夜的海面，讓人看不出凶險。

直到郁棠把話說完，他才淡淡地道：「妳爲什麼要告訴我這些？徐小姐都知道的事，我肯定也知道。我不可能連徐小姐都不如。」

敢情自己給他報信還錯了！

郁棠氣得不得了，甩甩手就想回去，可又有些不甘心，怕他輕敵，連累了裴家人都要跟著吃虧，只好耐著性子道：「反正小心駛得萬年船。我該說的都說了，你要是不願意聽，我以後不說了就是。你心裡有數就行！」說完，轉身就要回去。

裴宴望著她的背影，嘴角彎了彎就又恢復了原來的面無表情，朝著她的背影道：「妳猜我來之前見了誰？」

郁棠很想有骨氣地不理他就這樣走開，但她更知道，裴宴不會信口開河，這麼說肯定有他的道理，而且這件事還可能涉及到她或是他們郁家。

她只好轉身，定定地看著他，道：「您剛剛見了誰？」

裴宴依舊身姿如松地負手而立，但落在郁棠的眼裡，她莫名地就覺得裴宴好像剛才那一瞬間驟然就鬆懈了下來。

他挑了挑眉，道：「沈先生來找我。」

沈先生找他就找他，與她何干？

郁棠不解。

裴宴在心裡嘆氣。

郁小姐還是經歷的事少了一些，不像徐小姐，從小接觸世家譜，一點就透。

他只好道：「沈先生是李端的恩師，李意被言官彈劾，已經下了獄，應該是要流放了。李端四處找人營救，沈先生這裡也得了信，他剛才急匆匆地來找我，想讓我看在同鄉的分上，幫李意說幾句好話，罷官賠償不流放。」

那豈不是便宜李意了！

郁棠不禁上前幾步，著急地道：「那您怎麼說？」

裴宴輕輕地咳了一聲，面露猶豫色，道：「我有點拿不定主意，正好妳找我，我就過來了。依妳看，這件事怎麼辦好？」

郁棠氣得不行，道：「爲民除害，這有什麼好考慮的？同鄉固然有一份情誼在，可這樣的同鄉，誰幫他誰沒臉。您怎麼能做出這樣的事來？就是想也不應該想才是。」說到這裡，她瞪了裴宴一眼。

這一眼，卻讓她在他眼眸裡好像看到了淺淺的笑意。

郁棠愣住。

是她想的那個意思嗎？

可惜沒等她細想，裴宴已目露沉思，道：「不過，如果流放的話，李家估計也就完了，李端這個人還是挺能幹的，臨安除了李家也沒有別家能和我們裴家別一別苗頭了……」

這是要保李家的意思嗎？

郁棠憤然道：「你自家都是一堆破事，一不小心就會翻船，還立什麼靶子？嫌棄現在還不夠亂嗎？常言說得好，一力降十會。等你把那些人壓得都透不過氣來了，看誰還敢在你們家面前嘰嘰歪歪的？你就不能使把力，讓那些人只能羨慕你而不敢忌妒你？」

裴宴挑著眉「哦」了一聲，看郁棠的目光再次深沉得像海，道：「讓那些人只能羨慕你而不敢忌妒你？」

郁棠連連點頭。

這個道理，還是她前世嫁到李家後悟出來的。

她道：「打個比方，你若只是個普通的進士，肯定有同窗忌妒你年少會讀書，就會想要和你一較高低。但你若考上了庶吉士，在六部觀政，然後平步青雲，去了行人司或是吏部，你的那些同科去了句容縣做縣丞，你們之間的距離太大了，你看他還敢不敢給你使絆子。可若是和你一樣考上了庶吉士，在六部觀政之後也去了行人司或是做了給事中，他覺得和你差不多，踮踮腳就能趕上你，他肯定還得給你使絆子。我的意思，你就暫且別管是誰要拖裴家下馬了，你得趕緊的，找找你還在朝中的同科、同窗，想辦法給二老爺謀個好點的差事，再想辦法把裴家的生意大張旗鼓地做起來，讓別人知道你也不是好惹的。動了你，他也得脫三層皮。別人自然也就不敢拿你開刀了。」

裴宴很認眞地想了想，道：「可我們家祖傳的家風就是低調隱忍，這個時候去出風頭，與家訓不符，會惹得家中長輩不高興的。」

「這個時候了，你得變通才行。」郁棠急得不得了，道：「你們家裡不是有好幾房嗎？你們宗房若是隱忍，那就讓其他房頭的出風頭去。若是其他房頭想要隱忍，那你們宗房就站到風口浪尖上去。只要過了這道關，以後再慢慢地隱忍、退讓一些，大家也就忘了這件事了。」

裴宴沒有明確告訴她裴家是否給三皇子銀子了，可在她看來，裴宴這樣回答她，已經告訴她答案了。她覺得，強權之下，沒有誰敢硬碰硬的，就算裴家想要遠離這些是非，可只要給過一次銀子，就能成爲把柄，讓江南的這些豪門世家把裴家丟了出去做替罪羊，因爲只有裴家現在沒有在朝中做官的人。

這樣想想，裴老太爺去得眞不是時候！

前世，裴家肯定也遇到了這樣的事。

難怪他們家那麼低調隱忍。

難怪裴宴那樣消沉寂寞。

裴老太爺把裴家交給了他，他卻沒能像前人那樣保住裴家的輝煌。

李家那時候可上蹦下跳得厲害，她當時都覺得李家可以和裴家一爭高低了。想到這些，郁棠不由得冷哼了一聲，問裴宴：「李家的事你答應了？」

李家就是匹中山狼，他要是答應就這樣放過李家，她會瞧不起裴宴的。

裴宴卻一臉的正經，道：「我之前想，李家反正快要完蛋了，不如就讓他們家退隱臨安，老老實實地待上幾年，既能當個靶子，還又顯得我很寬容。現在聽妳這麼一說，我的眼光得放長遠一點，不應該只想著臨安這一畝三分地，應該跟江南的那些豪門大戶爭一爭高低才是。若是這樣，李家存不存在都無所謂了。妳看，是讓李家回臨安呢？還是讓他們滾得遠遠的，從此以後再也別在臨安出現呢？」

郁棠疑惑地望著裴宴。

裴宴什麼時候這麼好說話了？

她再看他。

那嚴肅認真的模樣……周正得不得了……怎麼看怎麼異樣……

電光石火間，郁棠心中一閃，突然明白過來——裴宴這是在調侃她呢！

她是他們裴家什麼人？他們裴家的事什麼時候輪到她說話了？

郁棠又羞又憤，不知道是因爲自己的一片好心被辜負了，還是因爲自己對面的人原來並沒有把她放在眼裡。

「對不起！」她眼眶內水光翻滾，胸口像壓著一塊大石頭，「是我僭越了。您見多識廣，這些道理想必比我明白。您覺得怎樣處置李家好就怎樣處置好了，我、我沒有置喙的餘地。我只是擔心裴家被那些豪門世家聯手坑害，是我多心了。您家一門四進士，若是連你們家都抵擋不住，其他人家就更不要說了。何況你們家還和顧家聯姻，顧昶這個人很厲害的，他肯定會幫你的。」

前世，李家那樣，顧昶都一直庇護著李家，今生，裴家比李家底子厚多了，兩家聯姻，是強強聯手，她在這裡亂嚷些什麼？

瞎操心！

郁棠如坐針氈，片刻也留不住了。「您那邊肯定挺忙的，我就不耽擱您了。我先告辭了。」明天參加講經會的人家都到齊了，肯定很熱鬧，她就不去湊這個熱鬧了。她在廂房裡跟著母親好好抄幾頁佛經好了。母親給裴老安人抄的佛經只差最後兩頁了，她就給自家的父兄們抄段佛經好了。

郁棠勉強朝著裴宴福了福，轉身就走。

裴宴呆在了那裡。

在他心裡，郁棠就像那海棠花，不管風吹雨打、怎樣凋零，只要遇到點陽光就會燦爛地開花。他不過是調侃了她幾句，她怎麼就突然傷心得眼淚都要落下來了呢？

難道是他太過分了？應該不會吧？當初她拿他們裴家做大旗的時候不是挺堅強，挺有道理的嗎？被他捉住了都能堅決不認錯，堅韌地和他虛與委蛇。

他望著郁棠身姿挺拔卻又顯得有些落寞的背影，一時間有些無措。

應該是他錯了吧？要不然她也不會這樣生氣了。

雖然她說的他都知道，但她來告訴自己，總歸是一片好心吧？

看她挺傷心的樣子，要不，他就低個頭……好男不與女鬥，他低個頭，也是他大度……

裴宴想想，覺得自己挺有道理的。

他喊住了郁棠，道：「我那邊雖然挺忙的，但妳不是要見我嘛？我想肯定是有要緊的事。正好李家的事我想妳也應該知道，也到了我散步的時候，就來跟妳說一聲。」

郁棠在心裡苦笑。她既然知道了自己在裴宴心中的地位，她肯定就不會去討人厭了。

「您比我考慮得周到，這件事肯定得您拿主意了。」郁棠客氣地道，面上帶著點笑，顯得溫婉又順從。

裴宴心裡卻覺得不對勁。他是見過郁棠大笑的，那種像陽光一樣灼熱的笑容，從眼底溢出來。再看她現在，雖也在笑，卻帶著幾分矜持。

裴宴知道哪裡不對勁了。

她眼底沒有笑。對他的笑，不過是客套罷了。

這讓裴宴不太高興。

她從前在他面前，就是客套都帶著幾分特有的狡黠，彷彿算計他也算計得理直氣壯，就好像……好像他是自己人，她知道他就是生氣也不會把她怎樣般地……信賴著他。

是的！是信賴。

可現在，這種信賴不見了。

她現在防著他。

她怕他。

這讓裴宴心神一凜。

從來沒有人，如此地對待過他。別人總是試探他，或是試圖說服他，想讓他變成對方值得信賴的人。

郁棠卻從來沒有試探過他，也沒有試著說服過他，她一開始就是小心翼翼地接近他，靠近他，看他的眼色行事，在他能接受的範圍內小小地開著玩笑……她是除去父母親外，唯一一個從一開始就相信他，從來不曾懷疑過他的人。

就像隻小貓小狗似的，天生就相信他。

他們怎麼就走到了這一步呢？

小貓小狗就是挨了打才會感覺到受了委屈，他、他也沒說什麼啊！

裴宴腦子轉得飛快，回想著他們之間的對話。

他很快就找到了關鍵轉折點。

是在他問她李家要怎麼處置的時候？

李家對她就這麼重要？他略一不順她的心，她就傷心難過？

裴宴心裡很不舒服。

李家算是個什麼東西，也值得她和他置氣？還一副不再信賴他的樣子。

裴宴道：「妳說吧，怎樣處置李家？沈善言坐在我那裡不走，我們快刀斬亂麻把這件事給解決了。我等會還要見顧朝陽呢！」

顧朝陽應該是要和他談裴彤的事。沈善言的突然到來，打斷了他們之間的談話。他大嫂想要和顧家聯姻，就是爲了讓裴彤出去讀書。而顧朝陽是不會死心的。至於調查三皇子的事，顧朝陽是個聰明人，他甚至拒絕和孫家的聯姻，就不會是個魯莽自大之人。若傷了江南的世家，他們顧家就等著被孤立吧！

郁棠愣住。

裴宴什麼意思？她有說什麼嗎？讓他全權處理李家的事也錯了嗎？

郁棠很生氣，冷冷地道：「李家原本就不關我們家什麼事，我只是同仇敵愾，不想有人家和我們家一樣成爲李家的受害者。既然李家事發了，他們家也不能再去害別人了，我也就放心了。怎樣處理都行，三老爺您做主就好了。時候不早了，我出來這麼久，家母也該擔心我了，恕我不能再和您多說，告辭了！」

這次，她是頭也不回地疾步進了院子。

裴宴氣得胸膛一起一伏，看看四周，覺得哪裡都不順眼，抬腳就把那合抱粗的香樟樹給踹了一腳。

樹葉沙沙作響，還落下幾片樹葉。

裴宴就更氣了。

妳不就是想要懲罰李家嗎？他偏不讓她如意。他就要把李家撈回臨安，天天放在眼皮子底下，沒事的時候就去撓兩爪子。

讓他不安生，那就誰也別想安生！

裴宴怒氣沖沖地走了。

❖

徐小姐從旁邊的大石頭後探出頭來。

哎呀！她可發現了不得了的事。

原來郁小姐不僅能隨時見到裴宴，而且還敢和裴宴吵架，還能把裴宴給氣跑了。

這兩個人，肯定有不可告人的祕密。

徐小姐眼睛珠子骨碌碌地轉著。

明天要不要把郁棠叫來陪她呢？

她捂著嘴笑。笑得像隻小狐狸。

❖

回到廂房的郁棠很快就平息了怒火。

原本就是裴宴出的力，裴宴肯定有自己的考慮，她強行要求裴宴按她的想法處置李家，裴宴生氣也無可厚非。她又不是裴宴的什麼人，裴宴憑什麼要處處照顧她的情緒？相反，她受過裴宴很多的恩惠，無論如何，該報恩的時候她都應該報恩才是。

郁棠開始擔心裴家吃虧。

三皇子之所以敢在江南斂財，有很大的一個原因是皇上子嗣艱難，先後立了三位皇后，生了七個皇子，只有二皇子和三皇子活了下來。皇上聽信道士之言，覺得自己是天煞孤星之命，不宜和子女生活在一起，不宜早立儲，因而這麼多年以來，兩位皇子都在宮外生活，皇上也一直沒有確立太子。而二皇子雖然占著嫡長，卻沒兒子，這不免讓很多有心人蠢蠢欲動。

前世，三年後，的確有一場危機——皇上突然重病，準備立太子，結果朝中大臣都覺得三皇子有個聰明的皇孫，更適合被立為太子。三皇子自己也這麼覺得，在皇上重病期間屢次私下密會外臣，二皇子卻老老實實地守在皇上身邊侍疾。結果虛驚一場，二十四衙門都開始置辦國喪的用品了，沒想到皇上吃了龍虎山道士的「仙丹」，莫名其妙地好了。之後又活了四年。

二皇子成了最後的贏家。

這件事肯定會對裴家有影響。

當然，前世的裴家也走得安安穩穩的，比她的壽命還長，可若是裴宴能提前知道結果，肯定會更從容、更堅定，知道怎樣的選擇對裴家最好。

她得把這件事告訴裴宴。

可她要怎麼告訴裴宴呢？說她是重生的？

她怕裴宴把她當瘋子給關起來。或者是認為她中了邪，請道士或是和尚來給她作法。

郁棠很苦惱，本來準備和母親一起抄佛經的，卻怎麼也靜不下心來。

陳氏不知道她在焦慮什麼，問她：「妳這是怎麼了？要是不想抄佛經就先別抄了。裴老安人慈悲為懷，為人寬厚，不會在意這些小事的。」

郁棠勉強點了點頭，仍舊使勁地回憶著前世的事，希望從中找到能提醒裴宴的事，以至於她夜不能眠，第二天早上起來的時候，人迷迷瞪瞪地不說，去給裴老安人問安的時候，還差點撞在了計大娘的身上。

計大娘看她如同自家人，不僅沒有責怪，而且還扶了她一把，關心地道：「妳這是怎麼了？是不是哪裡不舒服？要是不舒服，就別過來了。楊三太太說昨天下午就有些不舒服，晚上回去就開始咳嗽發熱，今天派了婆子來給老安人報信。徐小姐也留在了廂房照顧楊三太太。」

言下之意，她也可以不來。

郁棠訝然。

她昨天和徐小姐分手的時候徐小姐什麼都沒有說，怎麼今天一早楊三太太就病了？

計大娘見周遭無人，和她附耳道：「今天宋家、彭家、武家，還有臨安的一些鄉紳會齊聚一堂，說不定楊三太太覺得太吵了。」

郁棠感激計大娘的維護，輕輕點頭，道著「我知道了」，等給裴老安人問過安之後，就佯裝連著咳了幾聲，裴老安人很是緊張，立刻問她怎樣了，還讓人去請了大夫過來給她瞧瞧，道：「別和楊三太太似的。聽說妳們這幾天都在一塊兒散步。」

陳氏也有些擔心，帶著郁棠回了廂房。

郁棠忙安慰陳氏：「我沒事，只是不想和那些豪門大族打交道。」

陳氏覺得這樣也好，只是不滿意郁棠裝病。

郁棠道：「我這不也是沒有辦法了嗎？等大夫過來就知道我沒事了，我只是想找個藉口待在廂房罷了。」

事已至此，陳氏只有妥協。

大夫過來問了診，覺得她沒什麼病，可能是這幾天累著了，開了些補氣養神的丸子，就由累枝帶著去給裴老安人回信。

陳氏心中過意不去，隨著累枝去給裴老安人道謝。只是她剛走，阿福就來了，說是徐小姐聽說她身體違和，要過來探望她。

郁棠哭笑不得，婉言謝絕，但徐小姐還是跑了過來。

「哎呀，妳就應該好好休息休息。」她朝著郁棠眨眼睛，「外面人那麼多，亂糟糟的，還是待在自己屋裡好。」

郁棠笑著應是。

陳氏回來了，道：「裴老安人聽說妳無事，鬆了口氣，讓妳好生在屋裡歇著，今天就不要過去了，明天的講經會再說。」

郁棠連連點頭。

徐小姐就拉著陳氏的衣袖道：「那能讓郁妹妹去陪我嗎？三太太不舒服，多半的時候都在歇息，我一個人挺無聊的，讓郁妹妹去給我作個伴。」

陳氏向來喜歡徐小姐的開朗活潑，立刻就答應了，還吩咐郁棠：「妳就待在徐小姐那裡，別亂跑，免得衝撞了裴家的客人，讓裴家爲難。」

郁棠看著笑得滿臉狡黠的徐小姐，只好答應了。但在去徐小姐住處的路上卻直接就翻了臉，道：「妳給我說實話，妳到底要幹什麼？不然我這就去見裴老安人，她老人家擔心我生病，給我請了大夫，我還沒有當面去謝謝她老人家呢！」

「妳這個人怎麼這麼小心眼！」徐小姐氣呼呼地道，「我眞的只是想讓妳清靜清靜，妳別不識好人心了。彭家的那位大少奶奶，可喜歡管閒事了。裴大太太一直沒有出現，妳不覺得奇怪嗎？據說彭家那位大少奶奶從前和裴大太太是閨中密友，她肯定是要去探望裴大太太的，說不定還會說幾句不中聽的話，妳又何苦捲到她們之間的紛爭中去呢？」

這也是郁棠覺得奇怪的地方，她道：「裴大太太是怎麼一回事？她這樣一心一意地想要離開裴家，一副要和裴家劃清界線的模樣，她難道以後都不準備讓大少爺和二少爺認宗了嗎？」

不然裴大太太再怎麼和裴家劃清界線，在別人眼裡，一筆寫不出兩個裴字，他們還是一家人，這麼做有什麼意義？

徐小姐嘿嘿地笑，道：「妳還是離不開我吧？」

郁棠瞥了徐小姐一眼，冷冷地道：「我又不準備離開臨安城，有沒有妳有什麼關係呢？」

徐小姐洩氣，但還是忍不住和郁棠講裴大太太的事：「她父親就是靠岳家發的家，所以他們家更親母族。裴大太太也這樣，總覺得自己娘家比婆家親，覺得娘家人比婆家有情有勢，加之裴老安人不是能被隨意唬弄的，這婆媳關係就很緊張。要我說，裴遐光是對的。裴家大爺已經去世了，京城裡又很亂，這個時候裴家更應該韜光養晦，低調行事才是，而不是奮起直追，急趕急地督促孩子們去考個功名。裴大老爺前世可得罪過不少人，人死如燈滅，有些事大家也就不追究了，可若是這些後世子孫一點也不相讓，還強勢地要和那些人一爭高低，人家憑什麼不斬草除根？難道要給機會讓你春風吹又生？所以說裴大太太娘家的家風不行，她這個人的行事作派也跟著很激進。

且裴家又不像楊家。楊家沒有根底，不趁機發憤圖強，以後就沒有他們家的位置了。裴家富了好幾代，如今還有三位老爺有功名在身，犯不著這麼著急。」
郁棠覺得徐小姐說得很有道理。
徐小姐又道：「所以我才說她這個時候把孩子的功名放在第一位是錯的，與其有這個時間和功夫，還不如讓兩位少爺和幾位叔伯打好關係，畢竟舅家的關係在那裡，就是不走動，有老太爺和老夫人在，也不會斷了。幾位叔伯卻不一樣，兩位少爺本就不是在裴家長大的，也不是裴家最有潛力的子弟，父親不在了，母親不被待見，那些叔伯兄弟憑什麼要照顧他們？」
郁棠道：「誰是裴家最有潛力的子弟？」
「裴禪、裴泊啊！」徐小姐想也沒想地道，「裴禪的母親和裴老安人一樣，是錢塘錢家的。裴泊的母親則和二太太的母親是堂姐妹，都是金陵金家的人。錢家自不用說，金家也是世代耕讀之家，早年間，我們徐家還在金陵的時候，兩家曾經聯過姻，我有位叔祖母就姓金。不過後來金家人丁不旺，這才漸漸來往少了。裴泊讀書也非常厲害的，不過是裴家低調，不怎麼張揚而已。」
裴泊厲不厲害郁棠不知道，但裴禪幾年後和裴彤一起考中了進士，這她是知道的。
至少證明徐小姐沒有亂說。
兩人來到徐小姐和楊三太太住的廂房。
楊三太太紅光滿面、妝容精緻地見了郁棠。
郁棠不免有些詫異。就算楊三太太是假裝的，也要做出副樣子來吧？她這樣，完全是一副不怕別人知道的樣子，也太……囂張了些吧！

楊三太太像是看出了她的心思一樣，笑道：「看破不說破，來的人就沒有一個不是人精的，我不願意麻煩，也就不噁心別人了！」

這樣磊落的行事作派，讓郁棠耳目一新，心有所悟又心生嚮往。

她的心突然就定了下來。

第四章

出了楊三太太的廂房，郁棠去了徐小姐內室。

徐小姐拉她看自己的香露，「那天就說讓妳挑幾個味道的，結果這事那事的，卻把這件要緊的事給耽擱了，妳快看看妳喜歡哪個味道或是哪個瓶子，我送妳。」

徐小姐的那些香露瓶子個個都是晶瑩剔透，大的如酒盅，小的如指甲蓋，或淡金或暗金色地流淌在小瓶裡，看上去流光溢彩，如同稀世罕珍。

徐小姐拉了郁棠在床上坐下，指了那些香露，「妳試試？」

郁棠也沒有和她客氣，一個個拿起來聞，還道：「妳覺得哪個最好聞？」

徐小姐挑了一個遞給她，道：「百合香，我覺得最好聞了。」

郁棠卻喜歡木樨香。

徐小姐很大方地把兩瓶都給了她，道：「其他的我準備作爲禮物送給裴家的小姐們。」

郁棠當然贊成。

徐小姐就讓阿福把其他的香露都包起來。

郁棠覺得有趣，和阿福一起包香露。

徐小姐也在旁邊幫忙，一面包香露，一面和她說著話：「妳今天準備一整天都待在廂房裡嗎？要是沒有別的事，就過來和我作個伴好了。我聽說妳很會做絹花，妳教教我。我到時候也可以做幾朵絹花去討我母親高興。」

郁棠原來是準備抄佛經的。而徐小姐可能就是想拉著她作個伴，覺得也可以，便道：「那我們一起抄幾頁佛經好了，反正我也是閒著無事。」

郁棠抿了嘴笑。

徐小姐就打發阿福去送香露，然後關了門，湊到她身邊低聲問她：「妳和裴遐光是怎麼一回事？我看妳和他挺熟的啊！」

郁棠看了徐小姐一眼。

一直拉著她不讓走，原來是有個坑在這裡等著她呢。

她道：「我們兩家算得上是世交，很早就認識了，有什麼好奇怪的？」

不過「世交」是指郁家單方面地認識裴家，要說「很早就認識」，就得算上上輩子的時間了。

徐小姐眼睛珠子又開始轉了。她道：「那你們倆的關係也太好了些吧？妳沒有看見妳走了之後，裴遐光的樣子，嘖嘖嘖，就像一下子脫下了面具似的，七情六欲全上臉不說，還很沒有風度地踢了那老香樟樹一腳，像個脾氣暴躁的挑腳漢子，真是辜負了他玉樹臨風佳公子的美譽。」

郁棠警惕地看著徐小姐，「妳在哪裡看見我和三老爺的？三老爺還踢了香樟樹一腳？不可能吧？」

在她心裡，她還不值得裴宴生氣。想當初，她拿著裴家的名聲作筏子，裴宴也只是教訓了她一頓就把這件事拋到了腦後。

徐小姐說的不會是昨天下午的事吧？

徐小姐在哪裡看見的？怎麼會也在場？既然在場，又爲什麼不和她打個招呼？

徐小姐倒是臉不紅、心不跳，半點沒有偷窺的羞赧，道：「我昨天不是想去找妳，提醒妳幾句嗎？沒想到碰到妳和裴遐光在說話，我正猶豫著要不要和你們打個招呼，你們就吵了起來，我就更不好意思出現了，只好站在旁邊等著。結果妳和裴遐光不歡而散，妳『啪』地一聲關了門，裴遐光也怒氣沖沖地走了，我就是想找妳也沒辦法找啊！只好今天問妳囉！」

說得很委屈似的。實際上她昨天一看見裴宴和郁棠站在一起說話，就躲到了旁邊……

郁棠懷疑地望著徐小姐。

徐小姐大喊冤枉，道：「我又不是長舌婦，看到你們吵架有什麼好說的？」

郁棠一點也不相信。

徐小姐的好奇心非常重，爲了親眼看見裴宴長什麼樣子，她都能跟著楊三太太來昭明寺了，何況看見自己和裴宴爭吵？

郁棠才不會告訴她呢！但她覺得自己還是得盡快再見裴宴一面，把最後到底是哪個皇子勝利的消息告訴裴宴才是。

可惜，找不到提醒他的藉口。

郁棠悵然。

徐小姐卻還惦記著裴宴和郁棠吵架的事。她低聲和郁棠耳語：「妳跟我說實話，妳和裴遐光的關係是不是特別好？妳可別怪我多嘴，他這個人，很冷酷無情的，要是他做了什麼對不起妳的事，妳大可不必忍著，越忍，他這種人就越瞧不起妳，妳就應該和他當面鑼、對面鼓地說清楚——」

郁棠打斷了她的話：「妳到底要說什麼？三老爺對我們家有恩，他又是我的長輩，他說話我當然得聽著，怎麼可能像妳說的那樣和他頂嘴？」話說到這裡，她恍然，道：「妳該不是誤會我和三老爺有什麼私交吧？」

所謂的私交，是委婉的說法，不如說是私情。

徐小姐還眞是這麼想的。

不過她覺得郁棠的家世太弱，裴宴就算是喜歡郁棠，郁棠嫁到裴家也會吃虧的，並不是一門好姻緣。何況裴宴未必就有娶郁棠的心。

她不由正色道：「我覺得裴宴這個人不好。妳家裡是不是一定要妳招上門女婿？實際上我們徐家和楊家都有和妳年紀相當的男孩子，妳若是能出閣，我可以跟三太太說說。她可喜歡做媒人了！」

郁棠羞了個大紅臉，「呸」道：「我不和妳說這些胡言亂語的。妳還抄不抄佛經？妳要是不抄佛經，我就先回去了。我還準備今天把《阿彌陀經》的第二卷第三節抄完的。」

徐小姐聽著就著急起來，拉著郁棠的衣袖道：「郁妹妹，我很喜歡妳，覺得妳性格疏朗，爲人正直，不像別的女孩子，所以才願意和妳說這些的。自己的日子是自己過出來的，靠誰都不行的，哪怕是父母。有些事，妳該爭取的就得爭取，天上不可能掉餡餅的。」

她這句話，不僅僅是指郁棠可以爭取出嫁，而且還指她和裴宴的關係——若是裴宴對她不眞誠，她大可去爭取一個自己想要的結果。

這是她的眞心話。

「當然我和殷明遠的婚事，我家裡人都覺得好。」徐小姐眞誠地道，「我開始不願意，就一心一意地想退親。後來我發現殷明遠對我是眞心地好，就覺得嫁給他也不錯，結果我娘又覺得不好了，百般地挑剔，我一開始也受影響，後來發現，我娘要的並不是我想要的，我就堅持和殷明遠過了禮。我知道孩子要孝敬父母，可也不能愚孝。他們想妳招個上門女婿，不過是怕家業沒人繼承，他們沒有人養老，妳要是想留在家裡就另當別論，若妳不想留在家裡，大可以想辦法解決這兩件事，不一定非要聽父母的。

再就是有些事，很多人喜歡以『配得上』或是『配不上』相論，可在我看來，不管是『配得上』還是『配不上』，首先是我要不要。若是我要的，就不能因爲『配不上』就不去爭取，但在爭取的同時，也不可因爲要爭取而不管別人的心思。不然就太委屈自己，太爲難別人了！

我說這些，妳可明白？」

徐小姐急得額頭出汗，一副恨不得把這段話刻在她腦子裡似的。

這樣的說法，郁棠還是第一次聽說。

她想到了楊三太太光明正大地裝病。

是不是所有的世家女都有這樣的底氣呢？

郁棠看著徐小姐。

徐小姐的一雙丹鳳眼睜得大大的，其實也沒有顯得多大，目光卻透露著些許的焦慮和煩躁，顯然對她的關心直白而坦蕩。

不是。顧曦就不是這樣的人。徐小姐、楊三太太，都是不同的世家貴女。

郁棠心中一暖，忍不住笑了起來，道：「我還是第一次聽人這麼說。不過妳放心，妳的話我會好好想一想的。」

徐小姐鬆了一口氣。

她待人是很真心的，但有時候別人未必需要這樣的真心。郁棠能理解她的善意，她覺得很窩心。

她再次大放厥詞：「妳別勉強自己就行。萬一要是妳的婚事不順，妳可以寫信給我，我幫妳找個合適的人家。」

徐小姐一副媒婆的樣子，郁棠哈哈大笑。

徐小姐惱羞成怒，去撓郁棠的胳肢窩，「我看妳還笑不笑我？」

郁棠躲不掉，只好起身往外跑。

徐小姐怎麼會放過她？在她身後追，還嚷著：「妳可別讓我捉住了，不然罰妳幫我抄三頁佛經。」

兩人嬉鬧著跑到了院子裡，迎面卻碰到一群目瞪口呆的女眷。

郁棠心裡咯登一下，忙清了清喉嚨，做出一副嫻靜的模樣原地佇立，還動作優雅地整了整衣襟和鬢角，心裡卻止不住地腹誹：這是哪裡來的一群人？到別人家來作客也不提前投個拜帖或是讓身邊的丫鬟婆子來說一聲，就這麼直直地闖了進來，也太沒有規矩了。

那邊徐小姐則皺了皺眉頭。

她和郁棠一樣，忙也整理下衣襟，目光卻飛快地看了來人一遍。

領頭的就是她家那位族姐，彭家的二少奶奶，跟在她身後的，除了宋家的兩位小姐和彭家的兩位小姐之外，還有兩位是她不認識的。

其中一位和她差不多的年紀，穿了件天青碧的褙子，戴了南珠珠花，秀麗端莊，氣質綽然。另一位和郁棠差不多的年紀，穿了件藍綠色遍地金的褙子，插著點翠簪子，富麗華貴，雍容如朵牡丹花，非常明豔。

徐小姐上前幾步和郁棠並肩而立，道：「堂姐，您怎麼過來了？怎麼不讓丫鬟婆子提前跟我說一聲？我也好準備些茶點招待妳們啊！」

頗有些責怪她不請自來的意思。

彭二少奶奶氣得臉色都有點發白，毫不客氣地道：「我聽說三太太病了，我們特意來探病。看妹妹這個樣子，想必三太太已安然無恙了。早知道這樣，我們何苦急巴巴的趕過來？還不如在幾位老安人、太太跟前盡孝。」

何苦來看她徐萱的臉色？

可人都來了，總不能把人都趕走了。

但徐小姐也不想留個惡名，淡淡地道：「堂姐來得晚了些，三太太早已歇下。」又喊了另一個丫鬟，「去準備茶點。」

彭二少奶奶非常地不滿，可探病是她的主意，這個時候也不好領著人立刻就走，只好悄聲地對周圍人道：「她是家裡的老么，從小被慣壞了，只好委屈妳們都擔待著點了。楊三太太倒是個體貼周到的人，就當是看在她的面子上了。」

眾人頷首，覺得就是沒有這番話，她們也只能擔待著。要不然還能怎麼樣？和徐小姐對回去不成？她可是京城徐家的姑娘，馬上就要嫁到華陰殷家了，除非她們不想留在這個階層了，否則不是遇到徐姑娘自己，就是遇到徐家的姻親，她們沒有必要為這點小事就惹得徐小姐不高興。再說了，人家也有這本錢。

那位像牡丹花一樣富貴的小姐就沒有生氣。而且不僅沒有生氣，還笑吟吟地上前幾步，主動和徐小姐打著招呼：「徐小姐，我姓武，是湖州武家的姑娘。去給裴老安人問安的時候才知道楊三太太身體有恙，就跟著彭家二少奶奶一起過來了。說起來，我們家和楊家也不是旁人，我姨母的小姑就嫁到楊家。論起來，我還得喊楊三太太一聲嬸嬸呢！」

武家早些年想把自家洗白了，拿出大量的陪嫁嫁女兒。當然，最成功的還是嫁到江家的大小姐了。

徐小姐立刻明白這位武小姐姨母的小姑嫁的是楊家的誰了。她不由看了這位武小姐一眼。能開口就說是跟著彭家二少奶奶過來的，把不告而來的名聲甩到彭家二少奶奶身上的人，只怕也不是個好相與的。

再看她那位堂姐，臉色就有點難看，估計是也沒有想到武小姐這麼剽悍吧？可真是搬起石頭砸了自己的腳！

徐小姐想想就覺得心情愉悅，看武小姐就順眼了不少，態度也變得熱情起來，笑盈盈地對武小姐道：「那可眞是巧了！」然後把目光落在了和武小姐同來的陌生女子身上。

武小姐忙介紹道：「這位是顧小姐，杭州顧家的姑娘，胞兄就是那位在都察院任御史的顧大人。」

「顧朝陽的胞妹？」徐小姐有點意外，轉念一想又覺得在情理之中。

顧家剛剛和裴家訂了親，趁著這機會雙方見見面，增進增進感情，不僅顧小姐會過來，裴家的那位大公子裴彤應該也會出現在講經會上。只是不知道裴彤長得是像裴家的人還是像楊家的人——楊、裴兩家都出美男子，不過楊家的男子五官雖然好看，但氣質就因人而異了，而裴家的男子卻個個都芝蘭玉樹般地氣質卓然，更有看頭。

她心裡胡亂地想著，面上卻不顯，笑著和顧曦見禮。

顧曦就看了武小姐一眼，笑著問徐小姐：「您知道我哥哥？」

徐小姐道：「殷明遠和妳哥哥也有些私交。」

對顧曦又比對武小姐更親近些。

顧曦莞爾，和郁棠打招呼：「沒想到郁小姐也在這裡。妳是隨著裴家的女眷過來的吧？妳的佛香製得如何了？有沒有要我幫忙的地方？」

郁棠也沒有想到顧曦一來就和這些世家女子玩到了一起，從前她可是很清高的，輕易不和人來往。不過，也許是因爲前世想和她來往的都是臨安鄉紳家的姑娘，不像現在，都是江南數一數二的豪門大戶家的姑娘。

不過，顧曦還和從前一樣，見面就喜歡給她挖坑，好像不把她踩在腳下就不舒服似的。

聽顧曦這麼一說，在場的女眷目光就都落在了郁棠的身上。

宋家的小姐估計對裴家的姻親很瞭解，知道郁棠不是裴家的姻親，加之宋家素來眼高於頂，說起話來也就毫不在乎，其中一位小姐就很直接地問顧曦：「郁小姐是哪家的姑娘？佛香又是怎麼一回事？難道郁小姐是裴家請來做佛香的？」

顧曦忙笑道：「不是、不是。」然後把來龍去脈說了一遍，也把郁棠的出身來歷彷彿無意般地透露給了在場的女眷們。

幾位世家小姐，包括彭二少奶奶看郁棠的目光就有些不一樣了。

好像是在看那些依靠他們家生存的鄉紳家的姑娘，彭家的小姐乾脆就無視了郁棠，上前給徐小姐行禮問好。

徐小姐看著，心裡非常不舒服，覺得顧曦聞名不如見面，沒有顧朝陽的半分氣度和胸襟。也不知道是怎麼養成這樣的性格的！

她索性挽了郁棠的胳膊，對眾人道：「大家進屋坐吧！站在這裡說話也不是個事。」

幾位小姐、少奶奶聽著呵呵地笑。

大家魚貫地進了廳堂。

徐小姐的丫鬟端了茶進來，眾人分尊卑坐下。

郁棠和顧曦正巧面對面。

顧曦看著就心煩。怎麼到哪裡都能遇到這位郁小姐？

郁棠心裡也不怎麼高興。怎麼她到哪裡都會遇到顧曦？

顧曦以後會嫁到臨安來，不會像前世那樣，又和她理不清還剪不斷吧？

兩人相看兩相厭。特別是郁棠，想著這些人明擺著就是瞧不起她，她犯不著在這裡委屈自己去應酬這些人，反正這些人以後可能一輩子也不會再見。但她就這樣走了，未免讓親者痛、仇者快，她幹嘛要慫著自己讓別人暢快？

郁棠決定繼續留在這裡，而且該幹什麼就幹什麼！

徐小姐還準備和郁棠討論裴宴的事，只想早早地把這幫所謂來探病的人給打發走了，遂坐下來就不是很客氣地道：「三太太剛剛歇下，我們此時就別打擾她了。等她醒了，我會跟她說大家來探望過她的。」

她們這些人過來就是爲了在楊三太太面前露臉，和徐萱搭上關係的，如果就這樣走了，那豈不是白來了一趟？白白地慫恿了彭二少奶奶一回？

宋家那位六小姐就道：「三太太歇下也好，我們正好和徐小姐說說話兒。」

宋家的那位七小姐就道：「三太太好些了嗎？大夫過來怎麼說？我們來時帶了些成藥和藥材，我讓祖母身邊的婆子等會兒送張藥單過來，妳看看有沒有能用得上的。」

這話說得就很誠心了。

徐小姐和宋家的小姐沒什麼交情，並不瞭解別人的性子，也不好見過一次就判斷別人的品行，大面上沒錯，她也就待人更禮遇幾分：「多謝七小姐了。不過是普通的風寒，大夫都沒有開藥，只讓多喝點熱水，焐一焐就行了。三太太是昨晚沒有睡好，今天身子骨就有點兒乏，這才歇下的。」

眾人都說慶幸。

顧曦既然跟了來，肯定是想和徐小姐交好的，但她比宋家的小姐聰明，知道這樣的場合她不可能和徐小姐發展什麼私交。她能跟著過來也是機緣巧合，路上碰到了，宋家的小姐一副對楊三太太關懷備至的模樣，她不來說不過去，況且她也有意趁著這個機會來探探徐小姐的爲人如何。

如果沒有郁棠在場就好了。她覺得自己和郁棠氣場不合，每次遇到都沒有什麼好事。

顧曦眉頭輕蹙，看都懶得看郁棠一眼，悄聲地和坐在她身邊的武小姐道：「我們要不要先走？這樣鬧哄哄的，也不利於楊三太太養病啊！」

武小姐也覺得還是另找機會私下裡來拜訪徐小姐和楊三太太的好，帶著宋家的兩個蠢貨，什麼事情也做不成不說，說不定還會被這兩個人給嚷出去，讓別人知道她來臨安的目的。

「那我們先走？」她問顧曦。

顧曦點了點頭。

武小姐就率先站了起來，笑道：「既然如此，我們就不打擾了。」

彭二少奶奶和宋家的兩位小姐都呆住了。

來這裡拜訪楊三太太是武小姐的主意，這還沒有跟楊三太太打個招呼，她又要走了……那她們丟下幾位老安人來這裡是做什麼的？

宋家的小姐和彭二少奶奶都不願意走。

顧曦跟著站了起來，和武小姐一起，沒有勉強宋家的小姐和彭二少奶奶，藉口自己那邊還有很多事，等楊二太太好些了再來拜訪，連袂而去。

彭二少奶奶和宋家小姐都非常地不高興。宋家六小姐毫不掩飾地諷刺武小姐：「她不會眞的是想嫁到裴家來吧？平時眼高於頂，誰也瞧不上的樣子，這次卻和顧小姐立刻就成了手帕交，她武英蘭也不過如此！」

徐小姐不由和郁棠交換了一個眼神。

宋六小姐見了，更氣憤了，道：「徐姐姐妳別不相信，來之前，他們家派了人來請我祖母出面說項，被我祖母婉拒了——他們武家有個女兒嫁到江家就得意洋洋看不起旁人了，若是再有個姑娘嫁到裴家來，那尾巴豈不是要翹上天了！」

徐小姐低下頭。覺得宋家得有多想不開，才讓這位六小姐來參加講經會。

她強忍著才沒有笑出聲來，眼角的餘光瞥了郁棠一眼。

徐小姐這才發現不知道什麼時候郁棠也低了頭，正端著個茶盅在那裡假模假樣地喝著茶，嘴角卻翹得高高的，怎麼也撫不平。

她沒能忍住，笑出聲來。

宋六小姐愕然。彭二少奶奶和其他人也都不解地看著她。

眞是一群蠢貨！她那位族叔應該是和彭家有仇，才會把女兒嫁給彭家。

徐小姐在心裡腹誹著，然後清咳一聲，正色道：「武家也心太大了些。」

宋六小姐頓時喜笑顏開，對宋七小姐道：「妳看，不是我一個人這麼覺得吧！」

這是坑害姐妹不手軟嗎？徐小姐又想笑。

宋七小姐的臉色已經有點發青，語氣生硬地道：「妳少說兩句。若是武小姐眞的嫁到了裴家，妳這麼說她，以後大家怎麼好再見面？」

宋家這幾年有點走下坡，江南的豪門世家是都知道的，但宋家的飛揚跋扈也是有名的。武家是新晉的豪門，按道理宋家根本不必這樣地顧忌他們。

難道武家和裴家聯姻已經是鐵板釘釘了？

徐小姐和郁棠都心中一緊，彼此對視一眼。徐小姐就有些迫不及待地笑道：「還有這種事？據我所知，裴家的大少爺和顧小姐訂了親，二少爺和三少爺還年幼，至於其他的旁支……」

她賣了個關子。

裴禪她不瞭解，但裴泊是肯定不會和武家訂親的——裴泊這麼好的讀書種子，不說是金陵了，就是他們徐家甚至是殷家也會爭一爭的。裴泊如今還只是個秀才，沒有中進士之前，裴泊的母親是不會給兒子訂親的。

宋六小姐顯得很煩這件事似的，皺著眉道：「武小姐可能會和裴三叔訂親。」

裴宴?!這可眞是件新鮮事！

徐小姐望了郁棠一眼。郁棠也正好朝她望過來。兩人都在彼此的目光中看到了驚訝。

徐小姐心中之前怕郁棠和裴宴有私情而緊繃著的那根弦，突然就鬆了下來。

原來郁棠和裴宴不是那種關係。但也不一定，可至少現在郁棠沒有沉迷其中。若是沉迷其中了，應該是傷心或是憤怒，而不是現在這個樣子。這就好，冷靜些，完全可以從裴宴這個泥沼裡脫身。

她長長地鬆了口氣。

郁棠心裡卻是極不舒服。怎麼裴宴像蜜糖似的，誰都想來舔兩口？偏偏這些來舔的人還沒有一個讓她覺得是內外兼修，貌美聰穎，能夠配得上他的。

這次，是郁棠沒有忍住。

她道：「木小姐，女兒家名聲為重，這件事兩家長輩可是已經定下來了？妳可不能隨便亂說。」

可能是她話裡的「亂說」兩個字刺激到了宋六小姐，宋六小姐一下子暴走，跳起來道：「妳說的這是什麼話呢？我什麼時候亂說了？人家武小姐出閣會帶武家一半的家財做陪嫁，武小姐又長得貌美如花，裴家怎麼會拒絕這門親事？妳出身市井，不懂就不要在這裡胡言亂語才是。」

郁棠一聽，氣得不得了。

她臉一板，毫不客氣地道：「宋六小姐，我雖然出身市井，可我們家也不會娶妻娶財。怎麼？宋六小姐出身江南的簪纓之家，沒想到婚嫁居然是這樣的標準。何況妳到處散播武小姐要嫁到裴家的話，那裴家可曾正式向武家提親？可曾正式請媒人？可曾正式下聘？若是有，還請宋六小姐給我們說說是誰家向誰家提的親？請誰做的媒人？定了什麼時候下聘？若是沒有，我說妳亂說都是看在我們同為裴家客人的分上對妳客氣了，我說妳是在造謠生事都不為過。這難道就是你們宋家的修養？你們宋家的作客之道？我看你們宋家還比不上我們這樣出身市井的小門小戶呢！」

「妳——」宋六小姐聽著氣得兩眼發紅，指著郁棠的手抖個不停。

「妳什麼妳！」郁棠半點也不相讓，冷笑道：「你們宋家沒有給妳請教養嬤嬤嗎？誰讓妳說話的時候還拿手指著別人的？妳不知道妳一個指頭指向別人，還有四個指頭是向著自己的嗎？沒規沒矩的！宋家這兩年名聲不顯，我看都是給妳這樣的人給糟蹋的！」

宋六小姐「妳」了半天，這才哆哆嗦嗦地說出一聲「妳放肆」。

郁棠吵架那可是前世和李端的母親林氏練出來的，宋六小姐這樣的，根本不夠看。她乘勝追擊，半點也不饒人，挑著眉譏笑道：「怎麼？覺得我放肆，還要回去跟長輩告狀不成？那正好，我也想找個地方說理去。別的不說，我們就先評評武、裴兩家的婚事。怎麼就礙著你們宋家了？需要你們宋家來打抱不平，還到處嚷嚷，生怕別人不知道似的。也正好說給武家聽聽，他們家嫁姑娘就嫁姑娘，拿了武家的一半家財說親，是什麼意思？姑娘出閣的時候是不是得先把武家的家財算一算，免得沒有將一半家財帶過去，新姑爺覺得吃了虧，心中不平。」

這話說的，不管裴家和武家要不要聯姻，這鍋都讓宋家給背了。

宋七小姐臉都白了。

彭二少奶奶和彭家的兩位小姐端著茶盅，嘴巴張得大大的，都不知道怎麼合攏了。只有徐小姐，心裡的小人兒笑得前仰後合，要不是顧忌著她那個不著調的堂姐在場，她都要跟郁棠擊掌相助了。

從前她只覺得郁棠進退有度，沒想到她還這麼會吵架。就衝著這個，她也要和郁棠好好交往一場。

這番話可太讓人痛快了！

她得給郁棠助個陣。

念頭一動，徐小姐立馬就神色冷峻地站了起來，道：「宋六小姐，事有大小，不是什麼話都能隨便往外說的。今天昭明寺來了這麼多的人，若是裴家和武家的婚事成了，大家只會覺得是一場佳話，要是不成，妳可想過怎麼收場？」

宋六小姐此時才驚覺事情鬧大了。她喃喃半晌，也沒有說出個子丑寅卯來。

徐小姐心中暗暗大笑。

宋七小姐回過神來，知道宋六小姐這是讓人抓住了把柄，若是處理不好，宋家姑娘的名聲就要丟在這裡了，宋家百年的清譽也會因她們而受損，等回到宋家，就算是宋家的人不處理她們，她們以後也別想嫁個好人家了。

她立刻給宋六小姐求情：「郁小姐、徐小姐，這件事都是我姐姐不好。她也是無心的，也是因爲武小姐總在她面前炫耀來著，她一時氣憤，這才沒有什麼顧忌，把心裡的話都說了出來。說起來，那也是因爲把您二位都當成了自己人，要不然也不會有什麼說什麼了。還請兩位小姐多多包涵。」說完，還起身鄭重地給郁棠和徐小姐行了個福禮。

郁棠劈里啪啦說了一大通，心裡的那點鬱氣也漸漸消了，現在再看宋七小姐給姐姐背鍋，也不好和她太計較，聞言就看了徐小姐一眼。

徐小姐畢竟給她幫了腔的，是放過還是繼續深究，怎麼也要徵求徐小姐的意思。

徐小姐越來越覺得郁棠有意思。知道玩伴不丟伴，有什麼事要同進同出。她就更想幫郁棠了。

徐小姐朝著她輕輕地搖了搖頭，又使了個眼色，意思是眼前不要計較，有什麼事以後再說。

郁棠就上前扶了宋七小姐，溫聲道：「難爲妳這個做妹妹的，還要幫著姐姐收拾殘局。」

一句話說得宋七小姐眼淚都快出來了。

宋六小姐和她是堂姐妹，可宋六小姐的父親有本事，在外面做知縣，她阿爹只是個靠著公中吃閒飯的，她雖是妹妹，可也得事事處處讓著這個姐姐。

「多謝郁小姐！」她聲若蚊吟地道。

宋六小姐聽著卻不舒服，上前幾步就要繼續和郁棠理論，卻被回過神來的彭二少奶奶給攔住：「六小姐，武家要和裴家結親，是眞的嗎？妳是聽誰說的？」

兩位彭家小姐也虎視眈眈地盯著她。

她可以在郁棠面前瞎說，卻不敢在彭家人面前瞎說。

「是、是聽我大伯母說的。」她結結巴巴地道，「武家找了陶家出面幫著說媒，我大伯母說，裴三叔和陶家的關係非常好，看在陶家的面子上，裴三叔不會拒絕的。而且武家還怕裴家嫌棄他們家是新貴，準備拿出二十萬兩銀子做陪嫁……我想，二十萬兩，肯定是武家一半的家財了……」

所以說，所謂的聯姻，所謂的一半家財陪嫁，全都是宋六小姐自己想當然的了。

不要說郁棠和徐小姐了，就是彭家的二少奶奶和小姐們也都不知道該說些什麼好了。彭二少奶奶還難得善心大發地對宋七小姐說了聲「這件事妳還是跟妳大伯母說一聲，多派幾個人來服侍妳姐姐」，意思是有什麼事的時候，也有個明白人能攔一攔。

宋七小姐含淚應「是」，覺得有彭二少奶奶這句話，今天的事自己也能交差了，她的臉都沒有剛才那麼僵硬了。

只是彭二少奶奶得了這樣的消息，再也坐不住了，和郁棠、徐小姐寒暄幾句，就要起身告辭。

郁棠和徐小姐當然不會留她們。

但她們走的時候卻和來時不一樣。

來的時候她們沒有一個人把郁棠放在眼裡，走的時候卻一個個恭恭敬敬地給郁棠行禮，態度雖然有些疏離，卻很鄭重。

等她們走後，徐小姐大笑不止，拉著郁棠道：「看不出來，妳平時不聲不響地，惹著妳了，妳也是個不饒人的！不過人善被人欺，馬善被人騎，妳這樣做是對的。妳看，她們現在不就沒人敢再怠慢妳了嗎？我之前還怕妳吃虧，看來是我亂操心了。」

別人的善意郁棠都會珍而藏之。她笑著挽了徐小姐，道：「妳是擔心我，才會那麼緊張的。害人之心不可有，防人之心不可無。別人不惹我，我肯定不會去主動欺負誰的。」

比如顧曦！

徐小姐連連點頭，拉著她往楊三太太的內室去，「我們講給她聽去，她肯定很感興趣。」

郁棠腳隨著她走，心卻想著裴宴。

也不知道他現在在幹什麼？若是知道了這裡的鬧劇，又會是怎樣一副模樣？

被郁棠惦記著的裴宴正在幹什麼呢？

他正手裡撚著串紫檀木十八子的佛珠，斜歪在羅漢床的大迎枕上，聽著武、彭幾家的人在那裡針鋒相對。

陶清坐在裴宴的下首，見此情景垂下了眼瞼，低聲對裴宴道：「你到底是個什麼意思？你給我交個底，我等會兒也好知道怎麼說。」

裴宴聞言嘴角翹了翹，以同樣低的聲音回覆陶清道：「我能有什麼辦法？這又不是我們裴家一家之事！當然，如果有人以爲這是我們一家之事，也行，大家就都回去好了，有什麼事，由我們裴家擔著，我們裴家絕無二話。」

「你這是什麼意思?!」陶清聽著不樂意了，道：「覆巢之下，安有完卵？我們現在是要團結一心、共度難關的時候，你怎麼能說這樣的話？我要是早知道你是這個態度，我就不過來了。反正是否撤銷寧波和泉州的市舶司與我們陶家又沒有關係，要急，也不是我急。」

裴宴撇了撇嘴，發現原本還像菜市場似的大廳突然安靜下來，他的呼吸聲都隱約可聞。裴宴不由朝四周看了看，這才發現，不知道什麼時候，大家全都靜靜地坐在那裡望著他，一副等他開口說話、拿主意的樣子。

他什麼時候變得這麼重要了？還是說，這些江南世家突然發現他還是有點作用的？

裴宴在心裡冷笑了兩聲，面上卻不露，依舊神色冷峻地道：「大家還有什麼想法？一併說出來吧！免得在背後議論、抱怨、做手腳。」

陶清是很贊同他這個觀點的，隨即道：「出了這個屋，大家就要一致對外，齊心協力，有什麼異議或是不滿，都給我忍著、藏著，等把這危難挺過去了再說。」

彭大老爺聽著心弦一鬆。

什麼三皇子在江南斂財這種事，根本沒有什麼可擔心的。這麼做的人無非是兩個目的：一是想藉此打擊三皇子，二是想藉著這個理由再搜刮一遍。不管是前者還是後者，於他們來說都不過是多出點錢的事。但如果有人拿這個做藉口，覺得江南世家大族生意做得太大，建議關閉通商碼頭，那就麻煩了。廣州那邊還好說，一直以來都是最重要的通商碼頭，寧波和泉州就不一定了。閩浙一帶倭寇橫行，如今越來越猖獗，有時候還會上岸燒殺掠奪一番，很多人覺得這些倭寇屢剿不止，就是因爲有那些通商的船隻給他們做掩護，讓人難以分辨哪些是倭寇，哪些是船工，最好的辦法是堅壁清野，關閉寧波和泉州的市舶司，禁海。而且這樣的政令，前朝和本朝開國之初也都試行過，倭寇果然少了很多。

彭家和宋家等或是靠著泉州的碼頭、或是靠著寧波的碼頭做海上生意，若是這兩處的市舶司撤了，於他們的生意是個致命的打擊。可對陶家來說，占著廣州的地理位置，生意卻能更上一層樓。

他想讓陶清誤以爲這次朝廷實際上針對的，不僅僅是江南的世家大族，而是眼紅他們手中的財富，而對付裴家，不過是朝廷拿他們開刀的藉口罷了。這樣一來，他就可以藉著這次機會，讓陶家對他們這些江南世家開放在廣州的碼頭了。

而陶清果然中了他的計，同意和他們共同進退了。

他滿意地喝了口茶，覺得陶清還是嫩了點，太過感情用事，陶家最多也就這樣了。

可惜了廣州這個碼頭！

彭大老爺在心裡盤算著能不能和陶家聯個姻什麼的，然後透過這個關係慢慢地把彭家的生意做到廣州去。

那邊宋四老爺卻掩飾不住心中的喜悅。

他是知道裴家的厲害的，但那是在裴老太爺手裡，現在的裴宴，一切都是遵循著從前裴老太爺留下來的規矩，並沒有表現出什麼超常的能力來。現在陶家和裴家站在了一塊兒，以陶清的能力，肯定能帶著他們渡過這次難關的。

宋四老爺頓時信心百倍，第一個站出來表態：「陶兄放心，別人我們管不了，可我們宋家肯定是和大夥兒共同進退，有什麼話現在就說出來，出了這個大廳，絕不抱怨半句。我等會兒要是說話太直，我在這裡先請大家多多擔待了！」說完，還自以爲幽默地朝著眾人揖了揖。

武大老爺強忍著才沒有哼出聲來。

這蠢貨，也不知道怎麼就做了宋家的宗主的，宋家也是家大業大，他這麼折騰也沒有敗光，眞是讓人眼紅。

他想著，看了裴宴一眼。

在光線有些昏暗的廳堂裡，白得發光，英俊得令人窒息，還手握裴家幾代人奮鬥後建立起來的財富和人脈，怎麼不令人妒忌？

若是有這樣一位姑爺，他們武家不知道能得多少好處呢！

特別是自從他看著宋家和彭家開始合夥造船之後，彭家是多麼跋扈的人家啊！卻硬生生地被給宋家撐腰的裴家弄得沒了脾氣，可見裴家是完全有能力造船，做海上生意的，但他們家爲什麼不做呢？是怕錢多得讓人眼紅，拿他們家開刀嗎？

裴家到底有多少生意呢？

武大老爺摸了摸自己的下巴，覺得武家想和裴家聯姻這件事，他得親自出馬才行。只要武家和裴家也成了姻親，至少太湖到蘇州這一帶的水面，他就有把握讓宋家在旁邊乾看著了。

武大老爺在心裡琢磨著，決定最後一個開口，先聽聽看別人家怎麼說。

彭大老爺根本沒把武家放在眼裡。一時的新貴，還是靠著江華這兩年才抖起來的，他們說話武家的人聽著，原本就應該如此，因而也沒有理會武家，而是直接對裴宴道：「顧朝陽是什麼意思？難道顧家不是江南一族？他居然奉命來江南查三皇子案，他想幹什麼？顧家是什麼意思？他不是一來江南就先來拜訪你了嗎？」

他問的是裴宴。

顧家雖然是杭州大姓，世代官宦，耕讀世家，但這幾年敗落得厲害。家中子弟過四品的官員沒幾個，庶務就更不用說了。在彭家看來，那就是勉強能餬個口，這種場合都沒有出現的必要。

裴家剛和顧家聯了姻，顧家的姑娘嫁的還是裴家的長房長孫。

裴宴再次感覺到和顧家聯姻的麻煩。

他淡淡地道：「顧朝陽做御史更好，彭大老爺您也說了，他們顧家也是江南一族，他不可能做出那種數典忘祖的事來，除非他不想讓顧家在江南待了。說起來，我們這次聚在一起，雖是我們裴家主辦的，卻是彭家的意思，我就想問問，我們是先解決三皇子案呢？還是先解決撤銷市舶司的事？正好顧朝陽也在這兒，若是有必要，大可讓他也過來聊聊。集思廣益嘛！」

宋四老爺覺得好，「人就怕見面。有什麼事還是見面說的好！」

他就不相信，顧朝陽敢當著大夥的面做出不利於江南世家的決定。

彭大老爺在心裡把宋四老爺鄙視了一番。

連個剛剛步入仕途的顧朝陽都怕，還能幹出點什麼事來？當初要知道他是這樣一個慫包，他就和武家一起造船了。

現在後悔也晚了！

「那就請顧朝陽過來聊聊好了。」陶清當機立斷，「有什麼話大家當面說清楚，總比在背後猜測要強。」

裴宴無所謂。顧朝陽來找他，是來和他說顧小姐、裴彤的婚事的。他可能不太看好這門親事，想給顧小姐撐腰，主動說明了來意，還問他要不要幫忙。

那就給個場地讓他發揮好了。

他喊了守在門口的裴柒一聲，讓他去請人。

裴柒應聲而去。

武大老爺就和裴宴說起裴老太爺：「九月就要除服了吧？太湖離這裡有點遠，你提前給我個信，到時候來祭拜他老人家一番。」

因爲裴老安人的輩分高，武大老爺和宋四老爺稱了兄弟，從宋家這邊論起來，裴老安人勉強能稱得上是武大老爺的長輩。但江南世家多聯姻，還有姑姪成妯娌的，攀親從來都是從男方算。

裴宴有段時間和江華交往密切，對武家奉承人的手段非常瞭解，待武家的人也就客氣中帶著幾分疏遠，笑道：「到時候一定提前跟您說一聲。」

然後武大老爺說起了海上的生意：「船已經下水試過了，感覺還挺不錯的。我原本還想著從寧波出海，若是寧波那兒的市舶司關了，那我們這船豈不是要拖到廣州去？這可虧大了。」說著，露出苦澀的笑。

裴宴不以爲然。

武家還有漕運呢！不能從海裡走，不能走大運河，可以繞道走河道。

一直支著耳朵聽他們說話的彭大老爺立刻道：「今年的漕運生意如何？我聽說兩湖欠收，鹽引都去了哪裡？」

武大老爺不想多談自家的看家產業，和彭大老爺支支吾吾了半天也沒有說出個一二來。

還好顧朝陽來了，讓兩人再無暇短兵相接。

顧朝陽告訴大家，司禮監的秉筆太監王七保也過來了：「是隨著魏三福過來的，魏三福在明，他在暗。我現在也不知道王七保走到哪裡了。」

大家一陣面面相覷。

魏三福是司禮監有頭有臉的太監，深得皇上的信任，要不然也不會派了他來江南。可這位王七保，卻是皇上在潛邸時的大伴，是眞正的心腹之人，二十四衙門的大佬，輕易不出京城的。他這次也跟著來了，恐怕不只是三皇子案這麼簡單了！

要知道，三皇子小時候是在王七保的背上長大的，而魏三福呢，據說和二皇子私下裡向來過從甚密。

彭大老爺頭都痛了。他不怕這些皇子向他要錢，他怕這些皇子逼他們站隊。

❖

郁棠這邊，則和徐小姐並肩坐在楊三太太面前，聽著徐小姐眉飛色舞地講著剛才發生的事。楊三太太眉目溫柔地望著兩人，不住地點著頭，還間夾著讚揚徐小姐兩句「妳說得有道理」，讓徐小姐說得更起勁了，而楊三太太對徐小姐的寵溺，簡直從眼底都要溢出來了。看得出來，殷家的人對徐小姐都很喜歡。

郁棠很是羨慕。世上原來也有像徐小姐這樣順風順水的人生。

她暗暗祈禱徐小姐能一直這樣好下去。

等到徐小姐把話說完，楊三太太就笑著拍了拍她的手，對她和郁棠道：「妳們不用擔心，裴家是不會和武家聯姻的。」

郁棠懷疑楊三太太是不是知道什麼內幕，徐小姐卻驚喜地嚷道：「我知道、我知道。裴宴和他的二師兄江華不和。」

楊三太太點了點頭，繼續笑道：「也不全是這樣。把雞蛋放在不同的籃子裡實際上更保險。主要是裴大老爺在世的時候，得罪的人太多了，裴遐光的脾氣又太倔強，偏偏他這個樣子居然能得了皇上的青睞，他在庶吉士館的時候，皇上有好幾次都親自點了他幫著寫青詞，這也是爲什麼那張家、黎家甚至是江家都那麼看重他的緣故。所以啊，江南的這些世家大族，既忌憚裴家在老太爺除服之後起復，又怕江南的世家有事的時候他不搭把手。

裴遐光的婚事就很麻煩了。不用別人出手，就是彭家，估計都不會讓武家和裴遐光聯姻。但裴家其他的人年齡又不適合。裴泊就不用說了，他母親是個有主見的，他的婚事肯定是要議了又議的。而裴禪我們雖然不瞭解，但他能和裴泊分庭抗禮，他父母就不是個糊塗人。就算他父母是個糊塗人，他不是還有長輩嗎？」

郁棠這才後知後覺地道：「裴禪是哪一房的？」

楊三太太笑盈盈地道：「是勇老安人的嫡次孫。裴禪還有個哥哥，叫裴禮，書也讀得不錯，若是不出什麼意外，考個進士應該不成問題的，只是沒有裴禪那麼早慧罷了。」

郁棠腦海裡浮現出勇老安人的模樣，感覺那位老安人也是個精明人。

她不由對楊三太太心生佩服。

楊三太太也有意指點她，道：「有時候我們不僅要看誰家和誰家是什麼關係，還要知道誰家都出了哪些優秀的子弟，而且耳聽爲虛，眼見爲實，眞眞假假的，得弄清楚才行。遠的不說，就說彭家，之前他們家的十一爺，那也是小小年紀就文名顯著之人，可最後怎麼樣了？說是在去參加完秋闈的路上遇到了土匪，破了相。

那彭家可是福建的地頭蛇，彭家最有前途的子弟十一爺居然能在福建的地界上遇到土匪，誰知道那彭十一爺到底遇到的是什麼人？

家裡最怕的就是出這種事。你爭風吃醋、妒忌不甘都行，卻不能鬧出人命案來。那成什麼了？一言不合就殺人！誰還沒有幾個雇殺手的銀子？鬥來鬥去，逞凶的人都活下來了，寬懷慈悲的都死了，這個家還有什麼奔頭？這又不是亂世，誰拳頭厲害誰就掌握話語權。」

郁棠連連點頭，心裡卻猜測著，這恐怕是殷家的相人之術吧？知道誰家出了優秀的子弟，除了瞭解對手之外，應該還可以選姑爺。說不定這才是殷家這麼多年長盛不衰的祕訣吧？

她抿了嘴笑。

徐小姐就在那裡猜測：「武家肯定不甘心，您說，武家會和彭家聯姻嗎？」

楊三太太笑道：「那就看彭家怎麼想了。」

如果他們想和江華扯上關係，肯定是願意和武家聯姻的。怕就怕他們不在一條道上。幾個內閣輔臣中，江華是根基最淺的，但他也是最不要臉的，爲了利益，他什麼事都做得出來。這也是爲什麼那些世家不喜歡和江家聯姻的緣故，怕是羊肉沒吃著，反惹一身羶。

徐小姐就道：「那顧朝陽爲什麼還不成親？他年紀不小了吧？若是再不成親，怕是不懂孫大人不高興，那些閣老們也會覺得他爲人輕浮了。」

成家立業！這個時候的人覺得成了家的人比較穩重，更有責任感，更能沉下心來辦事。

楊三太太笑著沒有吭聲。

郁棠狐疑地看了楊三太太一眼。

第五章

此時的顧朝陽正和裴宴左右坐著，和彭大老爺等人說著話：「我不會忘本。但大家也不可太過分。雖說高郵的河道案是個託辭，但我自從來了江南之後卻毫無進展，大家好歹也讓我去交個差嘛！」

彭大老爺眯著眼睛，心想杭州也好，蘇州也好，都不是他們彭家的地盤，他們彭家才不在乎蘇浙一帶的世家準備怎麼辦。他來，是爲了撤銷市舶司的事。

裴家瞞得過別人，卻瞞不過他們彭家。

如今裴宴和陶清勾結在了一起，準備在廣州那邊聯合成立一間商鋪，想壟斷廣州的海上生意。到時候不管泉州和寧波的市舶司撤不撤，裴家都能立於不敗之地。

他就是一直納悶，裴家是怎麼說服陶家的？按理說，廣州是陶家的地盤，裴家這是從陶家的嘴裡搶食吃，陶家無論如何也不應該答應的。

能讓陶家低頭，除非……裴家後面站著個皇子。

只是不知道裴家後面站的是二皇子還是三皇子？

彭大老爺有點焦慮。

裴家從前太低調了，他感覺到不對，想和裴家搭上話的時候，卻怎麼也找不到機會。這也是爲什麼他們家能容忍宋家這麼長時間的緣故。

他斜眼望著顧昶。

不知道能不能從顧昶這裡入手？

顧昶也是個狼崽子，他是應該以利誘之呢？還是威脅打壓呢？

彭大老爺輕輕地叩著手下的椅背。

宋四老爺卻覺得這是個機會。他立刻道：「你想我們怎麼做？不如明說。猜來猜去的，誰有這個時間？萬一猜錯了，更麻煩。」

武大老爺覺得宋四老爺說得有道理，他目不轉睛地望著裴宴，想聽聽裴宴會怎麼說。

裴宴沒有說話。

這裡多的是「能人」，他不準備出這個風頭。

顧昶有自己的小九九。

顧家這幾年敗落得厲害，他也想藉著這件事讓顧家多些資本。況且這次的事還是他恩師籌劃的，若是東窗事發，他們顧家還有什麼顏面在江南立足？

他想到孫皋削瘦而顯得有些刻薄的面孔，看了裴宴和陶清一眼，又看了彭大老爺一眼，這才低聲道：「兩年前，二皇子曾經遇刺，可錦衣衛和東、西廠都沒能查出誰是幕後指使，二皇子也只是虛驚一場，加之西北大旱，皇上又要重修大相國寺，朝廷裡也騰不出更多的人手來，這件事也就成了懸案，不了了之了。可前些日子，孫大人查高郵河道的款項時，突然發現有人藉著高郵修河道之事，給三皇子府送了二十萬兩銀子，且查出這筆銀子是通過漕運從江南送到京城的。皇上震怒，派了我和魏三福來查這件事。至於王七保是什麼時候出的京？為什麼事出京？與我們要查的案子有沒有關係？我和魏三福完全不知。」

說到這裡，大家的視線都落在了裴宴的身上。

在座眾人，他和王七保交情最好。

因為涉及到漕運，武大老爺第一個坐不住了，他急急地道：「這件事我怎麼不知道？二十萬兩，可不是小數目，怎麼可能無聲無息地就進了京呢？肯定是有人要陷害我們武家。遐光，你什麼時候去杭州？你去杭州的費用我全都包了。」

宋四老爺則是看戲不怕臺高，而且還想著若是能透過這件事和王七保搭上關係就好了，索性笑道：「既然朝陽把話說明了，我看我們不如一起去趟杭州，或者是把王大人請到臨安來，正好來昭明寺轉轉，還能聽聽無能大師的高論。」

彭大老爺原本閉著的眼睛也頓時瞪得像牛眼似的，但他沒有說話，而是朝陶清望去。

陶清猶豫了片刻，低聲對裴宴道：「遐光，這件事不簡單。正如武大老爺所說，二十萬兩現銀，可不是小數目，是怎麼經由漕運運進京城的？我怕就怕這從頭到尾都是個圈套，等著我們去鑽呢！」他說著，還看了顧朝陽一眼。

他懷疑這是孫皋的詭計。

孫皋出身寒微，對權貴有偏見。他從前任順天府尹的時候，若是有窮人和富人打官司，他必定偏向窮人，若是有權貴和富人打官司，他必定偏向富人。有人因此鑽空子，特意裝成窮人去打官司。

只是顧朝陽在這裡，他不好把這話明說。

但顧朝陽能說出這番話，就是準備和孫皋翻臉了。

他苦笑道：「陶舉人也不必往我臉上貼金，我看過孫大人給我的案卷了，孫大人的確沒有冤枉誰。只怕這次江南各家沒辦法善了了。」

說話的時候，他一直看著彭大老爺。

彭大老爺被他看得心裡怦怦亂跳。

彭家也不會把雞蛋全部放在一個籃子裡。他們彭家有子弟站二皇子，也有人站三皇子。但在他心裡，他更傾向三皇子一點。

這無關兩人德行、人品，而是按律二皇子繼位是名正言順的，他們這些世家就算是支持二皇子，那也是應當的。支持三皇子就不同了。如果三皇子繼位，他們就有從龍之功，可以保他們彭家最少三代榮華。

誰能不心動？

誰能不眼熱？

顧昶這麼看他是什麼意思？

是知道了彭家有人一直在接觸三皇子，幫三皇子辦事，所以懷疑這二十萬兩銀子是他們彭家的手筆？

這鍋他們彭家可不背！

彭大老爺重重地咳了一聲，沉著臉道：「武大老爺和陶舉人都說得對。二十萬兩銀子，可不是一個小數目。在座的不管是誰家拿出來都有些吃力，而且是怎麼運到京城裡去的，也是個謎。若是孫大人查到了什麼，還請顧大人明言。大家現在都坐在同一條船上，翻了船，對誰都沒有好處。如宋四老爺說的那樣，時間緊迫，也不是客氣寒暄的時候，大家還是有什麼話說什麼話吧！」

顧昶一直懷疑彭家。因爲只有彭家才有這個財力和物力。可此時看彭大老爺的樣子，他又覺得自己有些想當然了。二十萬兩的銀子雖然多，但在座諸位還真的都能拿出來。

主要是怎麼運進京城的？如果不是武家，不是彭家，那是誰家呢？

孫皋查得清清楚楚，這銀子就是從蘇州的大運河進的京。

宋家沒這麼大方，裴家沒這等手段。那到底是誰呢？

顧昶很頭痛。

他乾脆道：「三皇子的事，我只要個結果。至於大家怎麼想，我年紀輕，比不得諸位大風大浪裡來來去去的，一時也沒有什麼好主意。魏三福也和我是同樣的想法。我們準備在這裡待到端午節過後，若是端午節過後還沒有什麼消息，那我們就只能查到什麼報什麼了。」

到時候江南的世家一個也別想落下。

特別是宋家。他們家既有船，又有錢。

宋四老爺的冷汗止不住地冒出來。

他騰地就站了起來，朝著在座的諸人拱手行禮，嘶聲道：「諸位哥哥們，還請救我們宋家一命，這可是誅九族的事啊！」

江南世家之間的關係盤根錯節，誅九族倒不至於，可宋家倒了，怕是家家戶戶都要受牽連的。

彭大老爺和陶清都沒有說話。

他們雖然也屬於南邊，可他們是閩粵，是可以置身事外的。

顧昶卻記著彭家的霸道，怎麼會輕易地就放過彭家呢？

他淡淡地道：「這銀子不是走河道就是走海運，大家還是好好地想想讓我怎麼交差吧！我呢，也只能幫大家到這裡了，再多的，我也沒這個能力了。」

彭大老爺就輕輕地瞥了顧昶一眼，又重新半合上了眼睛。

有宋家頂在前頭，他並不怕這件事。

陶清一直看不慣彭家獨善其身，見狀略一思索，問顧昶：「若真的查明這件事與江南世家有關，市舶司……」

顧昶不由在心裡給陶清豎了個大拇指，暗想：難怪陶家能在陶清手裡這麼快就崛起，陶清果然能力卓越，一句話就把彭家給拖下了水。

他道：「江南世家動輒就能送三皇子二十萬兩銀子，可見江南世家的富庶。皇上前些日子剛剛重修了西苑，帑幣告急，正逼著戶部想辦法呢！孫大人之前還在抱怨，錦衣衛、東西廠的人越來越瀆職了，刺殺二皇子這麼大的事居然都沒能查清楚，到底是沒把二皇子當回事？還是怕得罪了兩位皇子，在中間和稀泥？畢竟事情都過去兩年了，且這麼大的事，查的時候還遮遮掩掩的，好多朝臣都不知道發生了什麼事。」

言下之意，說不定皇上準備拿這件事向江南世家勒索銀子。

這也不是不可能的。要不然爲何又派了王七保出京？王七保那可是能隨意進出皇上寢宮而不用通報的人。

在座的諸位面面相覷，只有裴宴，低垂著眼瞼看不出表情。

陶清向來覺得裴宴多智近妖，見他這個樣子心裡反而平靜下來。

若是皇上想向江南世家勒索銀子，那閩粵世家也別想躲過，他跟在裴家身後就行——裴家捐錢他也捐錢，裴家不捐他們家也不捐，前提就是他們緊跟著裴家不掉隊。

他有點後悔。陶家應該早點和裴家聯姻的，不能嫁個姑娘進去，娶個媳婦進來也不錯。何況裴家姑娘少，因而特別重視姑娘家。

他們家現在沒有訂親的也就是四小姐和五小姐了。五小姐是裴宴胞兄的女兒，他們陶家得找個能讀書的才行。二弟家的長子或他們家的老三？

陶清在心裡琢磨著。

大家各有想法，廳堂內漸漸變得落針可聞。

外面的歡笑聲和說話聲隱隱傳了過來，讓廳堂內顯得更加靜謐，卻也讓他們想起外面的事來。

裴宴招了阿茗問話：「你讓人看好了，別讓人衝撞了女眷。昭明寺的講經會，可是我們裴家主辦的。」

這句話一大清早裴宴就已經說過一遍了。阿茗忙道：「三老爺您放心，外面的人就算是有名帖也不能進東邊的禪房，宋家、彭家的幾位少爺，我們派了認識他們的人在門口當值，不會讓他們亂走的。」

昭明寺的禪房大部分都被裴家包下來了，特別是東邊的禪房，歇息的都是女眷。

裴宴點頭，心裡還是有些不踏實。

昨天和郁棠不歡而散，他當然知道她是個沒心沒肺的，再大的事最多歇一晚也就忘了，就像從前一樣，扯著裴家的大旗狐假虎威被他逮住了，再見面她都能當什麼都沒有發生似的。

今天她也應該是高高興興地和他的幾個姪女一起在逛昭明寺吧？

念頭閃過，他又問阿茗：「衛家和吳家的人上山了嗎？」

雖說明天才是講經會，但按理衛家和吳家的人應該會派人提前來打掃和布置給他們落腳的廂房，派人守在那裡。

這件事阿茗還眞不知道。他微微一愣，立刻道：「我這就去問清楚了。」然後一溜煙地跑了。

等他打聽清楚回來的時候，大廳裡不知道又爲什麼爭了起來，裴宴則和陶清附耳說著什麼。

他想了想，還是輕手輕腳地走到了裴宴的身邊，卻聽見裴宴正對陶清道著：「你也別聽顧朝陽危言聳聽。什麼事都是有法子解決的。既然皇上缺錢，我們未嘗不能用錢來解決這件事。王七保那裡，我還能說得上話。殷明遠既然讓他媳婦給我帶信，要吃糖醋魚、東坡肉，我們少不得要走趟蘇州。要是淮安那邊的事很急迫，你就先去淮安，我一個人去蘇州好了。」

說話的時候可能感覺到阿茗過來了，他抬起頭，立刻就轉移了話題，問阿茗：「兩家人都到了嗎？」

陶清還以爲他有什麼要緊的事，在旁邊等著。

阿茗緊張地嚥了口口水，這才低聲道：「來了！正在打掃廂房，見我過去問，謝了您，還賞了兩個封紅。」

裴宴擺了擺手，一副這是小事的樣子，繼續道：「他們有沒有去給郁太太問安？」

阿茗道：「去了。說是郁太太和郁小姐都在抄佛經，郁太太和他們說了幾句話就端茶送了客。他們準備等會打掃完了再去給郁太太問個安。」

阿茗摸頭不知。

「沒有出去玩嗎？」裴宴皺著眉，臉繃得緊緊的，彷彿六月的天氣，隨時都會下雨似的。

明天就是講經會，聞風而來的小販已經在昭明寺外面擺上了攤，甚至還有玩雜耍的。

沒有出去玩？是指郁太太嗎？郁太太一看就是個嫻靜溫良的，怎麼可能像個小姑娘似的跑出去玩？

但當著陶清，他要是問出這樣的話來，會被人笑他們三老爺的貼身書僮連件小事都辦不好的。

他只能硬著頭皮，茫然不知所措地道：「郁小姐身體不舒服，郁太太肯定不會出門了。」

「郁小姐不舒服？」裴宴盯著阿茗，眼中寒光四射。

阿茗不由打了個寒顫。

他很少看見這樣的裴宴。在外人面前發脾氣不說，還掩都掩飾不住了。

阿茗忙道：「我是剛才聽老安人院子裡的姐姐說的，我這就去問問，看請了大夫沒有？開了什麼藥方？」

裴宴這才驚覺自己情緒太激動了。如果郁小姐眞病得厲害，早有管事的報到他這裡，回城請大夫了，不會只請了他們裴家帶過來的大大瞧病了。

他長長地吁了口氣，覺得胸口沒有剛才堵得那麼厲害了，道：「那你去郁小姐那裡看看，回來告訴我。」

裴宴語氣很淡然，暗中卻思忖著：不會是昨天被我給氣的吧？

他想到昨天他離開時看到的背影。

那小丫頭向來氣性大，被他那麼一懟，心裡肯定不得勁，氣病了也是有可能的。

但她也太小氣了點。不過是逗她的話，她還當眞了！

裴宴不悅，卻又莫名生出些許的心虛來。

想去看看就去看看吧，免得眞把人氣出個三長兩短來。到底是個小丫頭，說是活潑開朗、豁達豪爽，可和眞正的小子比起來，還是嬌氣得很。

這麼一想，裴宴就冷哼了幾聲，吩咐阿茗：「快去快回！」

阿茗覺得自己歪打正著，哪裡還敢多問多想，飛也似的跑出了廳堂。

裴宴看著心生不滿。阿茗勉強也算是從小就跟著自己的，怎麼行事還是一副小家子氣？

他在心裡搖了搖頭，抬眼卻看見陶清一雙戲謔的眼睛。

裴宴愕然。

陶清已道：「郁小姐？是誰？你們家的親戚嗎？我們這都在生死關頭了，你還惦記著別人生了什麼病？你說，我要不要看在你的分上，派人去給郁太太問個安？」

陶清揶揄的口吻讓裴宴非常不滿。

他把郁棠當晚輩看待，陶清這樣太不尊重郁棠了。

裴宴當即就變臉，冷冷地道：「陶舉人說什麼呢？郁太太是家母的客人，怎麼到了您嘴裡就成了我的什麼人呢？」

陶清看著，暗自在心裡「嘖嘖」了幾聲。

這就是一副惱羞成怒的樣子啊！還說和他沒有什麼關係？

不過，他也是從年輕的時候走過來的，這種事他懂。

陶清嘿嘿兩聲，不再在這個話題上繼續，心裡卻惦記上了，尋思著等下得派個人去打聽一下這位郁小姐是什麼來歷，若是和裴宴的婚事有關，得想辦法提前搭上話才是。

他和裴宴說回正題：「我明白你的意思，估計顧朝陽也是準備用這個辦法來化解我們這次的危機。不過，撤銷泉州和寧波市舶司的事，你是怎麼看的？」

既然陶清不提了，裴宴也就不說了。

他神色微肅，和陶清小聲討論起剛才沒有說完的話題：「我怎麼看都不重要，重要的是，我們要不要這麼幹？」他說著，目光落在了大廳內正和武大老爺唇槍舌戰的宋四老爺身上，「這可是牽一髮而動全身的事。就怕事後不好交代！」

陶清不以為然，道：「不破不立。就算是我們不動手，也會有人替我們動手。」

「那就等那些人動手再說。」裴宴低下頭，大拇指輕輕地摩挲著茶盅的邊緣，道：「我們不能先動手，不然不好交代。」

陶清半晌沒有說話，再開口，已經是武、宋等人爭論完了，在那裡拉著顧朝陽道「我們先查清楚那二十萬兩銀子到底是誰家拿出來的吧！不然再言其他都是廢話」。陶清面無表情，聲音壓得很低：「那就聽你的。」

如果沒有那幅航海圖，他可能永遠也不會眞正瞭解裴宴是怎樣一個人，也就不會有之後的合作了。

裴宴也壓低了聲音，道：「那就先把淮安的事處理好了……」只是還沒等他的話音落下，那邊彭大老爺已經轉身望著裴宴和陶清，道著：「你們倆在那裡坐著幹什麼呢？有什麼話就當著大家的面說，有什麼爲難的事也可以說出來，三個臭皮匠頂個諸葛亮，我們大夥兒一起幫著你們出出主意。」

他總覺得裴宴和陶清早已達成了攻守聯盟，不能放任他們兩人單獨行動。

陶清笑了笑。

彭大老爺怎麼想的，他一清二楚，可在這個場合，他犯不著得罪彭家，橫生枝節。

「行啊！」他磊落地道，「我和遐光都是喜靜不喜鬧的，看你們說得興奮，就沒有過去湊熱鬧。我們倆剛才在說王七保的事，商量著去見他的時候送什麼東西好。」

這下子大家都來了興致。

如果能從裴宴這裡知道王七保的喜好，若是有機會撇下裴宴，他們也可以和王七保搭上話不是嗎？

廳堂裡又熱鬧起來。

阿茗卻打聽到郁棠根本沒生什麼病。不僅如此，郁棠還在徐小姐那裡玩了半天。

他怎麼回三老爺呢？

阿茗撓著腦袋，想了半晌也沒有個主意，跑去找裴滿支招。

裴滿忙得團團轉，哪裡有空管他？又見他纏著自己不走，不耐煩地道：「當然是有什麼說什麼。難道還要在三老爺面前說謊不成？何況一個謊言總是需要無數個謊言去彌補，你覺得你有本事能瞞得過三老爺嗎？」

阿茗腦袋搖得像撥浪鼓，果真就照著裴滿的意思去回了裴宴。

裴宴聽說郁棠是裝病，表情很是異樣，心裡卻尋思著，果然是在和他置氣，不僅裝病不出，還躲到徐小姐那裡。明天就是講經會了，郁家要捐個功德箱，裴家的女眷要捐佛香，她不可能繼續躲下去的！

不過，也不一定。她向來不按常理出牌的。

她現在和他置氣，如果只是今天一天閉門不出，他說不定根本不會知道。只有明天的講經會她再不出現，他肯定會發現。

或許她只是想把事情做得自然一些，今天裝病，明天不出，就顯得理所當然，就算是他知道了，也不一定知道她是裝病。

他要不要就陪著她演戲算了呢？

念頭在腦海裡一閃而過，裴宴立刻覺得不合適。

明天的場合太重要了，她要是不出現，太不划算了。

現在怎麼辦才好呢？裴宴的腦子飛快地轉著。

想來想去，覺得還是得讓郁棠回心轉意才行。至於她和他置氣的事，他得有點大局觀，等到講經會結束了再好好地和她算帳不遲。

裴宴打定了主意後通常都會雷厲風行。

他站起身來，對正在商議怎麼才能查出那二十萬兩銀子是誰家送的彭大老爺等人，道：「有點要緊的事，我先出去一會兒。大家討論出什麼結果了，再告訴我也不遲。」

說完，也沒等彭大老爺等人開口說話，就快步出了大廳，在大廳外的屋簷下站定，吩咐隨行的裴柒：「你去請了舒先生過來！」

話一說出來，就覺得不合適。

各家都來了不少幕僚和師爺，舒青要代他招待這些人。況且舒青這個人心思縝密，多思多慮，他要是和舒青商量怎麼給郁棠賠禮的事，舒青肯定會覺得他小題大做。

雖然他也覺得自己有點小題大做，可這不是郁棠這個人特別不好打交道嗎？她可是眞幹得出明天講經會不出現這種事！

「舒青有事，還是別找他了。」裴宴改變主意也很快，「我想想，要不就找青沅來……」

青沅細心，又同是女子，應該知道同爲女子的郁棠喜歡什麼東西。

裴柒沒有多想，應聲轉身就走。

裴宴又覺得不妥。青沅是他身邊的丫鬟，和郁棠的眼界肯定不一樣。青沅喜歡的未必郁棠就喜歡。若是讓她知道他給她賠禮的東西是青沅所愛，說不定會覺得他是在羞辱她，更生氣了。

「裴柒，你等等。」他又喊回了裴柒，站在那兒絞盡腦汁地想著怎麼給郁棠賠禮。

裴柒不知道裴宴要做什麼，但見他滿臉爲難的樣子，忍不住道：「三老爺，您這是遇到什麼難事了？要不要請阿滿過來？」

他的話提醒了裴宴，裴宴道：「不用，你去把胡興叫過來。」

裴柒一路小跑著把胡興叫了過來。

裴宴直接問胡興：「我得罪了郁小姐，你覺得我送點什麼東西給她，能讓她對我冰釋前嫌？」

什麼叫做「得罪了郁小姐」?!

胡興腦子裡嗡嗡嗡的，以爲自己聽錯了。

他定睛朝裴宴望去，卻見裴宴正滿臉嚴肅地等著他答話。

胡興不由自主地揉了揉眼睛，卻換來裴宴毫不留情的嫌棄：「你這是怎麼了？沒睡好？那你就先下去歇息好了，我再找個人問問。」

他怎麼能在這個關鍵的時候下去歇息呢？這正是體現他能力的時候，正是他爲主分憂的機會，他怎麼能就這麼輕易地放棄呢？

胡興忙不迭地道：「沒有、沒有。我是在想您說的話。」實際上他心裡一點都沒有底，根本還沒有主意，但這並不妨礙他一面拖延時間，一面使勁地想辦法，還要用眼角的餘光窺視裴宴的喜怒，衡量自己的回答是否讓裴宴滿意。「姑娘家嘛，都喜歡個花啊朵啊的。可男女有別，雖說您是長輩，可到底有點不合適。同理，胭脂水粉什麼的也一樣不合適。郁小姐呢，是個爽利人，不是一般的閨閣女子，爲人大方，我覺得她說話、做事肯定喜歡明明白白的。我們平時給人賠禮的時候，什麼東西送得多呢……」

裴宴覺得他囉哩囉嗦的，當初沒有重用他眞是件再正確不過的決定了。

「那就送些點心、糖果什麼的過去好了。」胡興的話也的確是提醒了他，既然穿戴什麼的不合適，那就送吃的。

郁家不也常給他送點心糖果嗎？他現在回想起來，郁棠好像還挺喜歡吃水果的。

「櫻桃應該上市了吧？」裴宴繼續道，「給郁太太和郁小姐送兩筐過去。還有這幾天新上的李子、香瓜什麼的，也送兩筐過去。京裡的窩絲糖、兩湖的龍鬚酥、江西豐城的冰米糕，我上次聽老安人說好吃來著，也一併送些過去。然後跟郁小姐說，讓她早點好起來，明天一早要好生生地出現在講經會上。」又覺得光這樣說還不能十拿九穩地保證郁棠能乖乖地聽話，又道：「你過去的時候，記得跟她說，明天顧小姐也會出現。」

這是把這件事交給他去辦嗎？

胡興喜出望外，生怕這差事掉了，立馬應諾，沒等裴宴來得及再說兩句就疾步而去。

裴宴就覺得胡興辦事不太穩妥，想把他叫回來再叮囑兩句，彭大老爺找了出來，道：「你這是做什麼呢？大家都等你半天了也不見你回來。快，就等你一個人了。我們準備把那二十萬兩銀子分攤下去，就說是我們一起送的。」

這是誰出的主意？蠢貨！

裴宴在心裡罵著，不想讓廳堂裡的那些人知道他剛才都幹了些什麼事，乾脆就順著彭大老爺回了大廳。

眾人果然都在等他。

宋四老爺還在那裡嚷道：「印家和利家也是出了名的富貴，他們也應該承擔一部分責任吧？」

這一次泉州印家和龍岩利家都沒有來人。不知道是不想參與到這其中來，還是因爲消息不夠靈通，還不知道朝廷有意撤銷泉州和寧波市舶司的事？

裴宴並不關心這些。

他知道，宋四老爺的主意在座的諸位不可能答應。有背鍋的，誰又願意把自己的家族拖下水呢？

偏偏宋四老爺還看不清形勢，追著問裴宴：「你覺得呢？」

裴宴看一眼宋四老爺，卻從他清明的眸光中看到了無奈。

是啊，能做宗主的人就沒有誰是個傻的。宋家如果朝廷沒人，就是塊他人刀俎下的魚肉，除了裝聾作啞、渾水摸魚，還能做什麼？

這一刻，裴宴無比慶幸裴家的子弟爭氣，讓他還有後手可以翻盤，還有威懾這些人的能力。

他淡淡地道：「我之前不是說過了嗎？我是少數服從多數，聽大夥的。」

宋四老爺眼底難掩失望之色，望著裴宴的目光突然閃過一絲狠毒，然後笑咪咪地靠近了裴宴，低聲道：「宋家雖然不如從前，可蘇州城到底是我宋家的地盤。若是說蘇州城裡有什麼事我不知道，那是笑話。遐光，你我是姨表兄弟，你看，我們要不私底下說幾句話？陶家再好，畢竟也是不相干的人。」

裴宴絲毫不為所動，彷彿不知道他話裡的意思，笑道：「不相干有不相干的好處，至少不會打著親戚的旗號占我的便宜。」說完，像是想起了什麼事似的，朝著宋四老爺張揚地笑了笑，聲音卻十分凶狠，還帶著幾分陰沉地強調道：「我最恨有人占我便宜了。」

宋四老爺被裴宴這副如殺人惡魔似的模樣嚇了一大跳，心中一悸，臉色有些發白，喃喃不知所語。

裴宴卻恢復了之前的面無表情，閒庭信步地在陶清身邊落坐。

陶清卻對他剛才去幹什麼了非常感興趣，笑著低聲對他道：「我看我們再怎麼說，也就是一通車軲轆的話，來來去去、反反覆覆說的都是那些事、那些話。不如用過午膳就散了，你我也可以出去走走。寺外那些小商小販的攤子應該都支起來了吧？我們也去看看有什麼賣的好了。」

裴宴腦海裡就浮現出一幅明媚的春光裡，一群衣飾精美、相貌俏麗的小娘子們手挽著手，在昭明寺外那些小攤前挑選喜愛之物的景象。他莫名就有些心煩意亂，甚至都有點坐不住了，特別是看到顧昶還在那裡和彭大老爺反覆地道：「這件事於情於理都應該跟印家和利家說一聲。講經會不是要開九天嗎？我看不如趁早給他們兩家送個信。就算是當家的一時趕不過來，來個大掌櫃也行啊！印家有個女婿在行人司，若是鬧了起來，還是很麻煩的。」

說來說去，顧昶就是為了積攢自己的人脈，想讓大家都欠他這個人情。

他心裡就更不舒服了。

憑什麼他幹事讓顧昶領人情？特別是顧昶還成了裴彤的大舅兄。

裴宴突然就站了起來。

有影響力的人一舉一動都會被格外關注，裴宴也一樣。所以他站起來之後，眾人的目光全都落在了他身上不說，說話的人也都打住了話題，豎了耳朵想聽他有什麼話說。

裴宴也沒有讓他們失望。他神色冷峻，聲音嚴厲，沉聲道：「現在有兩件事。第一件事，怎麼讓顧朝陽交差？第二件事，市舶司到底撤還是不撤。第一件事，昭明寺有講經會，把魏三福請到昭明寺來看熱鬧，大家坐下來商量這二十萬兩銀子怎麼辦。這件事由朝陽負責。第二件事，我趁著這機會走趟蘇州城，問問王七保這次出京的目的。誰留在這裡等魏三福，誰和我去蘇州城，眾人此時議出個章程來，大家分頭行事。」他說完，把在座諸人都掃視了一眼，這才又道：「大家可有異議？」

這樣的安排自然是最好不過。只是將原本應該由江南諸世家背鍋的關鍵——二十萬兩銀子，反倒變成了替顧朝陽解決問題。

顧昶嘴角微翕，想說些什麼，可抬頭卻看見彭大老爺躍躍欲試的表情，他緊緊地閉上了嘴巴。

裴宴出了個有利於大家的主意，他這個時候說什麼都只會侵害眾人的利益，讓人心生不快，甚至會猜測他是不是有私心。

他怎麼做都不對，唯有沉默不語。

彭大老爺是真高興。

那二十萬兩銀子他懶得管，市舶司的事能把裴宴弄到前面打頭陣，他來的主要目的就算是基本達成了。

他滿臉笑容地站了起來，誇獎裴宴：「還是遐光主意正。我看行！至於說去拜訪王七保的禮物，我們彭家願意供遐光差遣！」說到這裡，他覺得自己很幽默地笑了起來，繼續道：「遐光，我這不是說你們裴家就出不起這個銀子。我的意思是，不能讓你出力又出錢，我們這些人在旁邊坐享其成，怎麼也應該出把力才對得起你不是？」

他的話提醒了其他幾家，紛紛表示去探望王七保的禮品所需的花費他們願意平攤。

裴宴不置可否。

郁棠這邊卻已收到了裴宴派人送來的糖果、點心。

她望著堆在地上的竹筐和擺滿圓桌的匣子，懷疑地指了指自己，再三向胡興確認：「您說，這都是三老爺送給我的？」

胡興連連點頭，望著郁棠桃李般瀲灩的面孔，一面在心裡暗暗感嘆郁棠越長越漂亮了，一面笑盈盈地答道：「三老爺還讓我帶句話給您，說明天顧小姐也會出席講經會，讓您也早點去。」

早點去幹什麼？和顧曦鬥法？到時候各府的當家主母都在，她自認還沒有這麼大的臉！

郁棠聽著心中有氣，又看一眼這快堆了半邊屋子的東西，心裡像沸騰的水咕咕地冒著泡。

裴宴這是什麼意思？主動和她和好嗎？

昨天她生氣了，他看出來了？

郁棠揪著手中的帕子。

實際上裴宴這個人還是不錯的。雖然嘴如刀子，可心思卻好，就是有點倨傲，就算做錯了事，也不願意承認。

郁棠嘴角微翹，尋思著裴宴這點小缺點實際上還是挺可愛的，像個小孩子。難怪她姆媽說，別看男子是家中的頂梁柱，但身體裡住著個小孩子，不時就要冒出來皮幾下，這個時候只能哄著，不能斥責。

那她就原諒裴宴好了。

郁棠拿起個裝著窩絲糖的匣子。

胡興忙道：「這是從京裡送來的。我們府裡每年都會買好多，家裡人吃，也送人。不過，送的都是些親朋故舊，等閒人家是不用這個做回禮的。」他說著，起身翻了翻，拿出個牛皮紙做的，四四方方、中間用隸書寫著個紅紅的「福」字的紙匣子道：「您得嘗嘗這個。陶家送的，江西豐城的冰米糕，我們這邊挺少見的。」

郁棠笑著道了謝，越發認為自己剛才肯定是誤會裴宴了。

裴宴讓人來給她帶信，說顧曦會出席明天的講經會，應該是怕她會和顧曦別苗頭，特意提醒她一聲的。

「我知道了！」郁棠收了禮單，笑著示意雙桃給胡興續茶，道：「多謝您了！還讓您親自跑一趟。」

「不謝、不謝。」胡興恭敬地道，覺得自己對郁家的人應該更客氣一點了。

郁棠就問他：「三老爺在做什麼呢？我收了他的禮，尋思著怎麼也要還個禮過去才好。」

這就是打聽裴宴的行蹤了。

胡興認爲這不是個事兒。裴家作東，來禮佛的幾家宗主坐在一起說說話兒，這再正常不過了。

他道：「借了昭明寺禪房西邊的大廳在一起聊天呢！估摸著午膳會在大廳那邊用，晚膳就不知道了。就是回住處，應該也很晚了。」

也就是說，今天沒有什麼機會。

但裴宴和世家宗主聊天，肯定不會像她們內宅女眷似的只議些衣服首飾，他們應該會說時事經濟，那他們會不會聊到當朝的皇子呢？

郁棠心裡有點急。

她道：「聽說顧大人也過來了，不知道他這次過來是私事還是公事？」

胡興自然是知道什麼說什麼了：「我也不知道。幾位宗主在大廳說話，端茶倒水的只安排了裴柒一個人。他是三老爺的貼身隨從。」

也就是說，大廳裡的人說了些什麼，是要保密的。

郁棠心裡有數了，笑盈盈地對胡興道：「我若是想去謝謝三老爺，您看，什麼時候合適？」

胡興也有意奉承郁棠，笑道：「這不好說。不過，我幫您瞧著，一有消息我就讓人告訴您。」

郁棠謝了胡興，端了茶。

胡興自然不好多坐，起身告辭，去了廳堂。

裡面的人還在說話。

他讓裴柒給裴宴遞話：「郁小姐想過來謝謝三老爺。」

裴柒雖然不喜郁棠在這個節骨眼上來麻煩裴宴，但見不見不是他說了算的，他還是盡心地去通報了一聲。

裴宴知道了就有些得意。

可見小姑娘得哄，一哄就聽話了。

他想著以後是不是有事沒事就送點糖果、點心給郁棠好了？免得她總在自己面前使小性子，不過逗她幾句她就來事了，還生氣呢！

裴宴想晾一晾郁棠。

他淡淡地道：「道謝就不必了，明天按時出席講經會，別和顧小姐鬧騰起來，吃了虧就行了。」

郁棠得了信，再次氣得說不出話來。

這都是什麼人啊！敢情專門差了人來給她遞話，就是爲了告誡她別和顧曦置氣？

她什麼時候主動招惹顧曦了？

裴宴說話不公平。難道就因爲顧曦成了他姪兒媳婦，他就開始向著顧曦不成？

郁棠在那裡皺著眉生氣。

在旁邊聽著的雙桃卻兩眼發亮，感慨地道：「三老爺爲人眞好，顧小姐都要做他姪兒媳婦了，可他怕您吃虧，還特意派了人來說一聲。小姐能遇到三老爺，眞是小姐的福氣！」

郁棠一愣，佇足原地，眨了眨眼睛，半晌都沒有說話。

是啊！剛才裴宴分明讓人給她帶信，讓她別吃了虧，可她爲什麼總是只想到了裴宴的壞而感受不到裴宴的好呢？

是不是因爲她自己對裴宴有看法，連帶著對裴宴的話也有了偏見？

郁棠在圓桌前坐下，支肘在那裡反省自己。

自從她和裴宴認識以來，兩人每次見面都不是很愉快，但不能否認，每次裴宴都幫她解決了大問題。不過是他嘴太毒、話太碎，鬧得她得了他的恩惠也只記住了他的壞。

可她又不是不知道裴宴就是個又傲又驕的性子，就算是做了好事也不會明明白白地告訴妳。

反過頭來想，那也算是做了好事不留名吧！

郁棠想到裴宴那張冷峻的臉，「噗哧」就笑出聲來。

活該！誰讓他脾氣那麼壞的。

可他這脾氣也太容易吃虧了。她也得慢慢轉變態度才是，不能遇到什麼事了就先想著他的壞，忘了他的好。

郁棠在那裡思忖著，雙桃卻睜大了雙眼望著她，小心翼翼地道：「小姐，您這是怎麼了？一會兒愁一會兒喜的……」讓她心裡有點害怕，總覺得有什麼了不得的事在郁棠身上發生了，但她又無跡可尋，不知道該如何是好。

「沒事、沒事。」郁棠回過神來，望著滿桌的糖果糕點，想了想，吩咐她道：「妳把這些東西拿去給陳婆子，就說是裴家送過來的。然後問問太太，徐小姐、楊三太太和裴小姐她們那裡，要不要都送些過去？」

新鮮上市的櫻桃，不僅品相好看，價格也很好看。這個時節送出去，是件非常有面子的事。

雙桃應聲而去。

陳氏覺得郁棠考慮得很周到，放下抄佛經的筆，對陳婆子和雙桃道：「裝得漂亮一點。徐小姐和楊三太太、裴家的小姐們眼界都高，可別好東西被妳們給弄糟蹋了。」

兩人嘻嘻地笑，把裴宴送過來的東西分了出來，然後拿去給郁棠過目，郁棠點了頭，雙桃這才去送東西。

徐小姐接到東西不免滿頭霧水。

她剛剛才和郁棠分開，怎麼郁棠就又送了這麼多的東西來？這裡又不是城裡，可以隨時到集市上去買。可若說是從寺外的小商小販手裡買的，她好歹也是見過市面的，這些一看就不是普通商販能做得出來的東西。

雙桃就按照郁棠的吩咐笑著回道：「是裴家的長輩送的，小姐覺得好吃，就讓送些來給您和三太太嘗嘗。」

講經會要開九天，聽得懂的人如癡如醉，像她們這樣沒有什麼經歷的閨閣女子，也就只能當個故事聽聽，怎麼可能會有感觸？怎麼可能坐得住？有這些零嘴，還能混混日子。

徐小姐高興地收下了，讓丫鬟拿了些桃子、李子給雙桃，算做是回禮了。

雙桃也沒客氣，代郁棠道了謝，收了果子，又要去給裴家的幾位小姐送糖果、糕點。

徐小姐見她又是提又是抱的，知道郁家只有兩個僕婦，索性吩咐阿福：「妳幫雙桃把東西送過去。」

阿福因爲徐小姐的緣故，和郁棠身邊的雙桃這幾天漸漸熟悉起來，兩人還頗能說到一塊兒去，聞言滿臉是笑地應了，幫著雙桃拿了一半的東西。

雙桃謝過徐小姐，和阿福出了門。

裴家的女眷住在徐小姐的隔壁，可若是想過去，卻要繞過外面的一條竹林甬道。正是春光明媚的時候，小道幽靜，兩旁不時傳來幾聲鳥鳴，雙桃和阿福都覺得心曠神怡。

阿福就問起雙桃郁家的事來：「聽說你們家是做漆器生意的，可以讓你們家小姐跟我們家小姐說說，把貨販到京城去賣啊！」

這樣郁家就能多賺錢，就能多請幾個僕婦了，免得什麼事都只能差了雙桃。

雙桃笑道：「這是東家的事，我們怎麼好插話？」

兩人說著話，迎面卻碰到宋家和彭家的小姐，正站在竹林旁，指使著幾個小丫鬟在摘涼亭旁的夾竹桃。

阿福嚇了一大跳，道：「這花可是有毒的。」

雙桃也嚇了一跳，道：「夾竹桃有毒？我都不知道呢！」

阿福道：「這是我們姑爺說的，我們姑爺從來都不會錯的。」

雙桃猶豫道：「我們要不要說一聲？」

主要是宋、彭兩家的小姐都很傲氣，她怕直接說出來傷了兩家小姐的顏面，人家不僅不聽，還記恨上了，給郁家惹出麻煩來。

阿福到底比雙桃見識多，她略一思忖，悄聲道：「我們等會兒見到裴家幾位小姐的時候說一聲，若是裴家的幾位小姐也不知道，回去的時候我再跟我們小姐提一聲。免得出了什麼事，裴家脫不了關係。」

雙桃看著阿福的眼睛發光，真心地讚道：「阿福，妳比我年紀還小，可比我有主意多了，我得向妳學才是。」

把阿福說得滿臉通紅，不知道說什麼好。

她們兩個準備就這樣和宋、彭兩家的女眷擦肩而過，宋、彭兩家的女眷卻沒打算放過她們兩人。特別是宋六小姐，回去後被宋家四太太狠狠地斥責了一通不說，還被罰了一個月的月例，回去後抄三遍《女誡》，讓她顏面盡失。要不是各家的女眷都在，依宋家四太太的脾氣，一早就把她送回蘇州城了。

她見到阿福和雙桃自然是氣不打一處出，喊住了兩人，嫌棄地看著兩人手中的東西，道：「妳們小姐呢？病還沒有好嗎？她這是不準備和我們一道出去逛逛了？」

這樣的蠢貨阿福見得多了，她笑盈盈地給宋六小姐行了禮，神色謙恭地道：「我們小姐要在家裡照顧三太太，郁小姐則在抄佛經，今天恐怕出不了寺了。只有等以後有機會再和宋小姐一塊兒出去玩了。」

宋六小姐聽著板了臉，彭家年紀小的那位小姐排行第八，她不想節外生枝，趕在宋六小姐開口之前笑道：「妳們這是要去送東西嗎？快去吧！免得時間太久了讓妳們家小姐等著急。」

阿福和雙桃忙給彭八小姐道謝，抱著東西就想走。

宋六小姐卻不甘心，道：「這是給誰送東西呢？」

阿福覺得這不是什麼大事，就算她藏著掖著，宋家要是有心，也打聽得出來，遂老老實實地道：「是裴家的長輩贈了些吃食給郁小姐，郁小姐給我們家小姐和裴家幾位小姐也分了些。這不東西有些多嗎？我們家小姐就讓我幫著雙桃姐姐送過去。」

宋六小姐聽著就納悶了，道：「妳們這是從哪裡來？」

阿福道：「從我們家小姐那邊過來的。」

宋六小姐又道：「郁小姐爲何要先給妳家小姐？」

阿福覺得宋六小姐有點胡攪蠻纏了，語氣也就帶著幾分不耐，道：「郁小姐和我們家小姐住隔壁，離我們家近一些，就先送去我們那裡了。」

宋六小姐聽著就要跳腳，卻被宋七小姐一把按住，對阿福和雙桃道：「妳們快去送東西吧！我們也要回去了。」

阿福和雙桃不知道出了什麼事，卻看得出宋六小姐很暴躁，宋七小姐很著急，不敢在這裡多留，匆匆福了福，就快步離開了這裡。

宋六小姐就忍不住發起脾氣來：「那個姓郁的到底和裴家什麼關係？徐小姐和楊三太太跟裴家的女眷住了最好的禪房我無話可說，那姓郁的憑什麼也住了進去？他們裴家這不是欺負人嗎？」

話音一落，她頓時知道自己說錯了話。

妻憑夫貴。同理，裴家怎麼對待宋家，正說明了宋家在裴家眼中的地位。

宋家這幾年對裴家奉承得厲害，宋家覺得只有自家知道，自然不願意讓彭家的人知道。

她忙補救道：「彭家姐姐，我昨天可是一夜沒有睡著。妳們睡得好嗎？」

彭家和宋家連袂而來，也就比鄰而居。誰知道她們看似住在裴家女眷的隔壁，廂房後面的小花園卻緊挨著寺院的外牆，平日非常幽靜，現在山下的小商販上山擺攤了，不免有人在牆外搭了棚子暫居，市井之人，說話大聲不說，還喜歡深夜喝個小酒、吹吹牛，在寂靜的夜晚裡，動靜就顯得格外地大。

宋六小姐起床就發了通脾氣，找到宋四太太，委婉地問能不能換個地方住。

宋四太太還在這裡住，就是因為和裴家的女眷能離得近，怎麼會聽宋六小姐的抱怨？

宋六小姐回到自己屋裡就又發了通脾氣。

這個時候突然發現郁棠住進了東邊最清靜的禪房，她怎麼能不氣憤！

彭八小姐望著郁棠院子的方向，目光閃爍，沒有說話。

彭七小姐溫和地笑道：「我們昨天也沒能熟睡。不過，在外面都是這樣的，忍一忍也就過去了。」

宋六小姐卻是個忍不住的。

宋七小姐臉色很難看，抓住她道：「妳想怎樣？和郁小姐換個地方住嗎？那也要看四伯母答應不答應？裴家願意不願意？妳是不是準備不管不顧，想幹什麼就幹什麼？」

宋六小姐想到今早宋四太太緊繃著的臉，喃喃地道：「我、我就是氣不過！」

氣不過又怎樣？他們宋家如今求著裴家，難道還能去質問裴家不成？

宋六小姐神色一黯。

彭七小姐看著，笑了笑，道：「這位郁小姐，是得打聽打聽了。不知道誰和她熟？」

郁棠當然不知道她一個小小的舉動，引來了宋、彭兩家女眷的注意。

重新調整了心態後的郁棠，不僅很順利地抄完了佛經，還興致勃勃地嘗了冰米糕。

和他們臨安的水晶糕有點像。不過他們臨安的水晶糕是用木薯粉做的，亮晶晶的，更晶瑩一些。豐城的冰米糕是用江米做的，更白一些。

可見很多糕點都是差不多的，只是換了原料再換個名字而已。

郁棠決定給裴宴也抄幾頁佛經，讓菩薩保佑他一切都順順利利。

去送糖果、點心的雙桃回來了，還帶回了徐小姐送的回禮。她道：「徐小姐為人真好，見我拿著有些吃力，還讓阿福陪著我去了幾位裴小姐那裡。不過，幾位裴小姐不在，說是出去逛集市了，我把東西留下後就回來了。」然後還講了路上遇到了宋、彭兩家女眷的事，但沒有告訴她宋六小姐的刁難，只說了她們採了夾竹桃回去。「阿福見幾位裴小姐都不在，就跟五小姐屋裡的婆子說了一聲。阿福說，反正我們把該說的都說了，至於五小姐屋裡的婆子跟不跟二太太提，宋小姐和彭小姐她們會不會因為夾竹桃出什麼事，那就看她們的運氣了。就是菩薩知道了，也不能說我們沒有幫宋家和彭家的小姐們。」她還充滿了感激地道：「小姐，我覺得我這次跟妳出來跟對了。認識了阿福她們我才知道我有多笨，我以後一定多看多想少說話，好好地跟她們學學怎麼服侍小姐妳。」

郁棠直笑，道：「妳這是準備一輩子都做僕婦了？不準備放籍了嗎？」

前世，郁家敗落之後她沒有把雙桃賣掉，而是放了她的籍，給她選了個老實的商賈爲夫，但她過得也不是很舒坦。具體是爲什麼，郁棠問過幾回，都被她支支吾吾地就含糊帶了過去，後來郁棠的事也多，就沒來得及顧上她。因而今生大伯母給雙桃作媒，讓她嫁給王四，郁棠覺得挺好的。至少郁棠還能護著她。

雙桃聞言不以爲意地揮了揮手，道：「放籍有什麼好？老爺、太太都和善，小姐待我也好，我喜歡待在郁家。」

等到小姐招了女婿，郁家還是小姐當家，她盡心盡力地，小姐也不會虧待她。

這件事如春風，一吹而過，她更關心宋、彭兩家小姐採回去的夾竹桃：「我沒有想到這世家也分三六九等，徐小姐身邊的一個丫鬟都知道夾竹桃有毒，宋家和彭家的小姐們卻不知道，可見徐小姐家眞的很厲害，那些小姐們奉承徐小姐也是有原因的。」

郁棠道：「我常見別人採摘夾竹桃，也沒聽說誰中過毒。只是夾竹桃的味道不好聞，大家不喜歡用它來插花罷了。說不定是因爲南北的差異，不是有『淮橘爲枳』的說法嗎？」

兩人說了會兒閒話，幾位裴小姐呼啦啦地跑了過來。

見過陳氏之後，五小姐拉著郁棠的手道：「我們今天一早就去寺外逛，好多賣小食的，可惜阿珊不讓買，我沒有買成。不過，我也淘到了好東西。」

她的臉紅撲撲的，興奮地從兜裡拿了把巴掌大小的黃楊木梳子。

那梳子材質尋常，卻雕著個胖胖的鯉魚模樣，比起常見的什麼喜鵲登枝、百年好合之類的樣子，太讓人驚豔了。

「可眞好看！」郁棠眞心地讚道。

三小姐和四小姐都抿了嘴笑。

五小姐這才將梳子放到了郁棠的掌心，道：「這是送給妳的。」

郁棠既驚且喜：「給我的嗎？」

五小姐就得意地朝著二小姐揚了揚下頷。

二小姐目光不明地瞥了郁棠一眼。

郁棠雖然不知道是什麼緣故，但這個時候，她肯定不會拆五小姐的臺。她忙道：「哎喲，我可太喜歡了。只是君子不奪人所好，這麼有趣的梳子，我看看就行了，妳還是快收起來，帶回去以後用。」

五小姐嘻嘻地笑，從兜裡又拿出把一模一樣的梳子，道：「妳看，我也有一把。」

郁棠微愣。

三小姐和四小姐哈哈地笑了起來，道：「我們一口氣買了好幾把，把攤子上的梳子全都買完了。結果武小姐她們沒買成。我們正好一人一把。」

是宋六小姐說的那位想要嫁進裴家的武小姐嗎？

郁棠心裡有些不舒服，但還是按捺不住好奇道：「這到底是怎麼一回事啊？妳們講給我聽唄！」

四小姐就喜形於色地講起在寺外小攤上遇到了武小姐和顧曦的事：「兩人戴著帷帽，一堆的丫鬟婆子簇擁著，還帶了護衛……遠遠地就能看見……挑三揀四的……這個也是她在京城見過的，那個也是她在蘇州買過的，生怕別人不知道她出身豪門似的……她也不怕賊惦記……可憐顧姐姐，在旁邊陪著，臉都笑僵了！」

這其中還有顧曦的事？

郁棠支起了耳朵，就聽見五小姐在那裡嘆息：「我們當時就應該把顧姐姐拉走的。」

二小姐直皺眉，道：「顧姐姐又不是妳，可以仗著年紀小，把別人攤子上的東西全買了不說，還故意當著武小姐的面說我們姐妹一人一把。武小姐一大早就到顧姐姐住的地方堵門，換成是妳，妳能拒絕嗎？再說了，誰能想到武小姐這麼高調！顧姐姐也是受了她的連累。」

三小姐聞言擔憂道：「武家從前曾經做過水匪，他們家不會現在還暗中做著老本行吧？」

「怎麼可能！」二小姐立刻反駁道，「他們家要是還做老本行，三叔父肯定不會讓我們家和他們家來往的。武家在湖州霸道慣了，武小姐只是受家裡面的影響而已。」

四小姐聽了小聲地嘀咕道：「反正我不喜歡武小姐，我不想她嫁到我們家來。」

二小姐氣得笑了起來，道：「就算我們家想娶，也得有合適的人選才行。妳就少操心這些了。還是關心關心妳自己的事吧！」

「我有什麼事？」四小姐紅了臉，很是心虛地道：「我要告訴伯祖母，妳欺負我！」

二小姐像看傻子似的看了她一眼，沒再理她。

五小姐則悄聲地向郁棠解釋道：「彭家的人想娶一個我們家的姑娘進門。」

那模樣，一點也沒有想到自己。或許是因爲她的年紀最小。

郁棠抿了嘴笑，覺得不管是彭家還是武家，估計這次都要落空了。

她把梳子放好，鄭重地謝了裴家的幾位小姐。

她們問過郁棠的身體之後，知道她早就好了，就開始嘰嘰喳喳地說起了明天獻佛香的事。

第六章

那邊的顧曦也回了自己的住處。

只是她剛剛踏進廳堂，就看見原本應該還在和裴宴議事的哥哥顧昶，正沉著臉坐在中堂的太師椅上，一副正等著她的樣子。

她心中咯噔一聲，強打起精神朝著顧昶笑了笑，溫聲道：「阿兄什麼時候過來的？不是說中午有可能在三老爺那邊用膳嗎？是不是那邊有了什麼變故？」

昨天她阿兄一到寺裡就先來見了她，她這才知道阿兄為了她的婚事，特意討了現在的這個差事回了一趟杭州，知道她在這裡，又追了過來。

兄妹倆昨天就為她和裴彤的婚事起了爭執，要不是阿兄的隨從跑進來說裴宴那邊有了空閒，兩人恐怕就吵了起來。

阿兄板著張臉，這是要繼續和她說裴彤的事嗎？

顧曦心裡就有點害怕。

阿兄從小就護著她，她有什麼事也都和阿兄商量，只有和裴彤的婚事，是她先斬後奏的，阿兄肯定非常生氣。

顧曦想著，就主動端了杯茶給顧昶，並柔聲道：「阿兄，你別生我氣了。我知道你是為了我好。可我也有自己的想法。那裴遐光再好，他看不上我，又做了裴氏的宗主，與仕途決絕了，我不願意嫁給他這樣的人。你看黎家，之前不是叫著、嚷著說他們家的姑娘隨裴遐光挑選嗎？可你再看現在，還說不說這樣的話了？不就是因爲裴遐光再也不可能做官了嗎？裴彤再不好，會讀書是真的，有個願意給他助力的外家是真的，裴家宗房的長孫是真的。何況裴遐光對他有愧，錢財上肯定不會少了他的，我們趁機擺脫掉裴家宗房的繼承權，讓子孫好好地讀書做官，難道不比一輩子都得窩在臨安這個小地方強？

你之前不也說了，裴家是良配。大太太又三番兩次地派了人上門說親，答應我若是嫁了過去，就讓我陪著裴彤回顧家讀書。您是知道的，大太太孀居，不可能離開臨安的。就憑這一點，我就願意嫁過去。」

「胡說八道！」顧昶聽著一驚，起身就朝四周看了看，「哪有兒媳婦不服侍公婆的？我看我不在家，妳的膽子越來越大了。」

顧曦就捂了嘴笑。

阿兄到底是心疼她的。

她想起倒楣的李家來，不由說起了李家的事：「他們家還有翻盤的機會嗎？我聽說沈先生在爲他們家到處奔走。這種事也太齷齪了。我覺得沈先生這樣，會壞了名聲的。」

「妳知道些什麼？」顧昶見周圍沒人，心中微安，重新坐下，斥責妹妹道：「李端是沈先生的學生，他這個時候只有兩條路可走，一是跟李家劃清界線，二是爲其奔走，以沈先生的爲人，肯定得爲其奔走，不然他又怎麼會落得個辭官歸鄉呢？至於李家的事，那得看裴遐光願不願意給他們家幫忙了。如今的大理寺少卿是張英的次子，和裴遐光私交甚密，他若是打招呼，李家罰些錢財，全身而退也不是不可能的。」

顧曦知道哥哥是想她嫁進裴家的，但哥哥想她嫁的人是掌握實權的裴宴，而非空有長孫名銜的裴彤。

但她接觸過裴宴之後卻改變了主意。與其和裴宴一輩子做個相敬如賓的夫妻，不如嫁給有求於她的裴彤。

這是她對顧昶的說法。可實際上，她心裡隱隱覺得，裴宴不是那麼好擺布的，至少在她的感覺裡，裴宴待她沒有任何的特殊之處，看她的眼神如同陌生人，甚至比看陌生人還要冷漠，還帶著幾分不屑和鄙視，彷彿一眼就能看穿她的想法，知道她的打算，這讓她心裡忐忑不安的同時，還感覺到害怕。

特別是裴宴長得還那麼英俊，英俊到讓生為女子的她都有種珠玉在側的不自在。

她覺得她在裴宴面前沒有任何的優勢，還有點怕裴宴。

這和裴彤給她的感覺是完全不同的。裴彤也長得很英俊，比起李端毫不遜色，在氣質上還要超過李端幾分。重要的是他待人溫和有禮，謙虛幽默，坦率真誠，看她的目光也無比地柔和，讓她在他面前瞬間有了信心，且是生為女子的特殊信心。

相比裴宴，她更中意裴彤。哪怕裴家現在是裴宴掌權。

若是裴宴不能為她所用，就算是裴宴掌權，與她又有何關係？她又能從裴宴那裡討到什麼好處呢？

想明白了這些，她毫不猶豫地就選擇了裴彤。她因此才有意提起了李家的事，還頗有心機地道：「阿兄，你看太太都給我找的是些什麼人家！」

顧昶不說話，心生愧疚。

顧曦暗暗鬆了一口氣。

她的目的達到了。只要阿兄覺得有些愧疚於她，她違背了阿兄的意思和裴彤訂親的事，阿兄不僅不會追究，而且還會維護她。

她忙道：「阿兄，以前的事我們都不要再提了。關於裴大公子到杭州讀書的事，裴三老爺是怎麼說的？」

顧昶也正為這件事頭痛。

在他看來，除非裴彤讀書沒有天賦，完全靠的是刻苦，否則裴宴就算是想阻止裴彤出頭，最多也就壓制他幾年時間，根本不可能永遠壓著裴彤。既然如此，為何不賣裴彤一個人情，乾脆就讓他去杭州求學？況且他們顧家不像楊家，楊家沒有什麼底蘊，行事作派也就比較急躁，抓著個裴家大老爺裴宥就捨不得放手，恨不得把人家的子子孫孫都拐帶到他們家去，把裴家的人脈資源為他們楊家所用，裴家自然反感。

他們顧家卻是世代耕讀傳家，本著幫襯姻親就是結善緣，就是為子孫後代造福的想法，不知道指導過多少有讀書天賦的親戚朋友。當然，他也是有私心的。如果裴彤接受了顧家的恩惠，成親之後肯定得高看顧曦一眼，對顧曦以後的夫妻生活有好處。

這也是他當初為何聽顧曦一說就答應幫她說項的原因。

此時再聽顧曦提起，他苦笑了幾聲，道：「裴遐光沒有答應。照他的意思，在哪裡讀書要看裴彤自己的意思，裴彤若是有意外出求學，讓裴彤自己跟他說去。」

顧曦一愣，道：「裴大公子沒有跟裴三老爺說過嗎？」

兄妹倆面面相覷。

顧昶立刻站了起來，道：「這件事不對勁——如果裴彤真如妳所說的那樣好，他怎麼連這點事都不願意承擔責任，反而讓妳一個還沒有正式嫁給他的女子出面？阿曦，這門親事妳要再考慮考慮。」

顧曦顯然也意識到了，但她還抱著一分僥倖，道：「那我去問問他。阿兄你也別那麼緊張，說不定這其中發生了什麼我們不知道的事呢！」

兩家已經交換了庚帖，合了八字，就差正式下聘了，婚事已經算是定了下來，若是這個時候悔婚……顧曦已經悔過一次婚了……局面於顧曦非常不利。

顧昶沉著臉道：「這件事妳先別管了。我晚上還有要事和裴遐光商議，我見著他之後會抽個時間好好地和他說說這件事的。若是裴大太太那邊問起來，妳就說不知道，已經把事情都交給了我。」

大太太畢竟是顧曦未來的婆婆，顧曦肯定不敢明著得罪她的。

顧曦點頭。

顧昶又道：「這次講經會，大太太過來了沒有？裴彤和裴緋呢？過來了沒有？」

大太太孀居，按理是不應該參加這類聚會的。但一來這裡是寺院，禮佛的地方，二來是裴家主持的，她以宗房長媳的身分出來幫著裴老安人招待客人，也是說得過去的。

顧曦道：「大太太和大公子、二公子都過來了。不過大太太喜靜，只見了我。」

顧昶聽出來了點意思，問她：「妳見過裴家大公子和二公子了？」

他雖然是在問顧曦，語氣卻很肯定。

顧曦臉色一紅，低聲道：「在阿爹同意裴家婚事之前，我就見過裴大公子了。他、他人還是挺不錯的，還跟我說他從小和楊家的表妹青梅竹馬，可惜他表妹福淺，暴病而亡。」

裴彤還和她坦言，他心裡還想著他表妹待他的好，可從他決定和她成親的那一刻起，他就只會把他表妹放在心底，會好好地對待他未來的妻兒。因爲他未來的妻兒沒錯，不應該承擔他對他表妹的感情。

這讓顧曦覺得裴彤待人格外地誠摯。

顧昶是個聰明人，他猜也能猜出裴彤對待他妹妹的態度。

他神色晦澀不明。

這個他從來沒有見過面的裴家大公子顯然也不是個吃素的。如果這個人不是他的妹夫，他會擊掌稱讚，可這個人是他的妹夫，他的要求又不一樣了。

顧昶聽著心裡非常地不舒服。

他抬眼看著妹妹滿臉的滿意和眼底閃過的一絲欣慰，知道自己再說什麼都晚了，他妹妹估計是看上裴彤了。

夫妻關係也如博奕，誰付出的多誰就輸了！

顧昶忍不住提醒妹妹：「妳小心他是在利用妳！」

顧曦卻非常地自信，兩眼閃著光道：「能被人利用，說明有價值。他利用我，我何嘗不是在利用他？不過是比一比誰更有手段罷了。裴大公子現在的贏面太少了，他若是願意在楊家人面前裝深情，於他當然是更好。說不定我還能和楊家的女眷交上朋友呢！」

這倒是。

顧昶只怕顧曦眞到了那個時候兒女情長。

顧曦道：「阿兄，我不能永遠都依靠你，你就試著放手讓我自己走一段路吧？如果不成，你再扶持我也不遲。」

顧昶想了想，覺得妹妹的話也不無道理。

只要顧曦成了裴家的媳婦，就算他們兩口子反目成仇，顧曦也是裴家的媳婦，說不定還因此柳暗花明，顧曦有了被裴宴利用的價値，得了裴宴庇護也不一定。

「行！」顧昶最終還是決定放手讓妹妹自己走一段路，「妳也不要有太大的壓力，萬一不行，還有阿兄呢！」

顧曦朝著哥哥感激地笑。

如果沒有阿兄，她哪裡有這麼大的勇氣去搏一搏？

她不想再說這件事，轉移話題問起一個她非常關心的事來：「我都要出閣了，阿兄還沒有選好嫂嫂嗎？」

顧昶聽了，腦海裡立刻浮現出他在甬道上遇到的那個穿蜜合色衣衫的女子。

如果她是宋、武兩家的姑娘也行。

大丈夫立足於世，不能全靠別人，但是也不能全靠自己。宋家現在雖然敗落，武家雖然勢利，但好歹是勉強能拿得出手的姻親。

顧昶感覺心裡熱呼呼的，他的嘴角在他自己都沒有察覺的時候翹了起來，道：「阿兄的事阿兄自有主意，妳管好妳自己的事就成了。」話還沒有說完，他突然間如坐針氈，覺得這個小小的廂房又悶熱又逼仄，讓他一刻鐘都待不下去了。他人隨心動，道：「阿兄先走了。妳好好待在廂房裡，養足精神，明天好陪著裴老安人去參加講經會。這是妳第一次跟著裴家的女眷出現在眾人面前，肯定會有很多人注意妳，妳也要多多留意才是。」

顧曦也要準備明天出席講經會的衣飾，加之天色已晚，儘管是兄妹，但也男女有別。她沒有多留顧昶，親自送顧昶到了大門口，並站在屋簷下，等到顧昶的身影消失在了院牆外，她這才折回了自己的廂房。

顧昶一離開妹妹的住處，就有些迫不及待地問高升：「我讓你查的人你查到了沒有？」

「只知道是隨著裴家女眷過來聽講經會的。」高升內疚地道，「還沒有查出是哪家哪房的小姐。」

顧昶有些失望地「哦」了一聲，吩咐高升繼續查，卻不知道高升和他一樣弄錯了方向，一門心思地往來禮佛的幾戶世家小姐裡去查，下意識地忽視了郁棠只是個普通人家姑娘，不過是跟著裴家女眷過來的可能性。

宋家和彭家小姐這邊，卻很快地查到了郁棠的底細。

宋六小姐睜大了眼睛，不敢相信地問：「真的只是個普通秀才家的小姐嗎？那裴家爲何這樣地善待她？還有徐小姐，最最刁鑽不過了，也和她交好。會不會是我們弄錯了？」

查郁棠的是彭家的人。彭小姐立刻不高興了，道：「怎麼可能會弄錯？這是我請我們家十一哥去查的。我們家有要緊事的時候，才請得動十一哥。」

這次要不是彭家有和裴家聯姻的打算，她們還請不動彭十一。

宋七小姐生怕宋六小姐把彭家的小姐也得罪了，忙道：「我阿姐不是這個意思，她只是太驚訝了。」然後苦笑道：「我不知道兩位姐姐是什麼感覺，反正我和我阿姐一樣，太吃驚了。就算郁小姐聰明伶俐，可裴家對郁小姐也太好了些。」

彭家和宋家一樣，都是當地的豪門大戶，不知道有多少人想巴結奉承她們家，每年也有不少的鄉紳想方設法把女兒送到她們家來玩，想得了她們的青睞，沒出閣前有個能在她們家走動的好名聲，出閣後能和彭、宋兩家的姑奶奶說上話，搭上彭、宋兩家姑爺的路子。

可不管是彭家還是宋家，對這樣送到她們身邊的姑娘，都在骨子裡帶著幾分輕視，還沒有誰能像郁棠似的，能得到裴家這樣的禮遇。這讓彭、宋兩家的小姐不由猜測郁棠是不是有什麼不爲人知的身分背景或是能力。

幾位小姐你看看我，我看看你，半晌都沒有吭聲。

還是宋家七小姐有眼色，試著道：「要不，我們還是先看看。別得罪了人還不知道。不管怎麼說，我們要是太過了，至少裴家的面子上不好看。」

彭家兩位小姐連連點頭。

宋六小姐卻不死心，道：「要不我們去問問顧小姐？我看顧小姐的樣子，好像和郁小姐挺熟的。」

說到底，還是不相信彭家調查的結果。

兩位彭小姐非常不高興，但也知道宋家六小姐不著調，淡淡地和宋家七小姐說了幾句「也好，多找人打聽打聽，說不定還能打聽出點別的事」之類的話，就起身告辭了。

宋七小姐知道她這個阿姐算是把彭家徹底地給得罪了，也有點煩她了，帶著她回了廂房，找了個藉口說要去給宋家四太太請安，把她丟在了宋四太太那裡，一個人跑了。

偏偏宋六小姐一無所覺，還和宋四太太說起郁棠的事來，並道：「會不會郁家和誰家是姻親啊！」

宋四太太已經得了信，知道白天裴宴那邊商議的內容了，正爲宋家需要拿出一大筆錢來打點王七保和魏三福發愁，哪裡有空理會這些小姑娘們之間的勾心鬥角？她不耐煩地把宋六小姐打發走了，開始和貼身的婆子商量籌銀子的事。

那婆子也頗有些看不慣宋六小姐，給宋四太太出主意：「實在不行，就把六小姐嫁了吧！有暴發戶想和宋家結親，願意出大筆的聘禮，宋家不可能看中這樣的人家。可宋六小姐太能惹事了，此時那婆子一提，宋四太太就有些心動，沉吟道：「宋家倒不至於淪落到要賣兒賣女的地步，只是妳說得對，老六留來留去怕是要留成災，還是早點嫁出去的好。」

那婆子是因爲得了那暴發戶家的好，才這麼賣力地在宋四太太面前說話的，如今得了準信，摸清楚了宋四太太的意思，越發覺得這件事說不定真能陰差陽錯地成了，就越發地來勁了，道：「這些年宋家走出去被人輕怠，說起來，與家裡的幾位小姐不無關係。您看顧家、沈家的小姐，走出去雖然沒有我們家的小姐們富麗華貴，可還不是照樣受人尊重？太太是要整整家風了，免得連累了爺們的婚事。」

這次宋四太太想爲自己的兒子求娶裴家的姑娘，親上加親，就被裴老安人明確地拒絕了。宋四太太心裡正窩著團火，哪裡還聽得這番話？她雖然什麼也沒有說，卻暗暗下決心準備回去就把宋六小姐嫁了。

但在這婆子面前，她還是不置可否地沒有表態，繼續說起籌銀子的事：「也不知道那兩艘船什麼時候能下海？這每天大筆的銀子往裡投，我看著心裡慌得很。就這樣，彭家還說不夠，要再造兩艘船才行。我看，彭家不是想和我們家一起做生意，而是想用這個法子把我們家拖垮了，等到組船隊下海的時候，我們家就只能聽他們家的了。」

那婆子在內宅上的事還能說幾句話，到了這外院的庶務，那就是完全不通了。

她不敢說話，在旁邊陪著笑。

❋

裴宴那邊，議了一上午，中午大家各自回去和各自的幕僚商議了半天，心裡有了個初步章程，到了晚上，大家準備再聚一下，把怎麼接待魏三福，怎麼拜訪王七保的細節定下來。

也就是各家各出多少銀子？有什麼要求？

顧昶因爲顧曦和裴彤的事，提前來見裴宴，沒想到陶清比他還來得早不說，沈善言也成了裴宴的座上賓。

他難掩驚訝。沈善言卻苦笑不迭，對顧昶直言道：「我是爲了李家的事來的。遐光答應幫忙，我怕事情有變，逼著遐光給我寫引薦信呢！」

就算是裴宴答應幫忙，他也不可能親自走一趟，給李家打點的事，就只能靠沈善言自己了。

因爲顧曦的緣故，顧昶在這件事上不好多問，陶清卻沒有什麼顧忌，好奇地問沈善言：「你們有什麼打算？」

言下之意是指裴宴幫他們幫到哪一步，才算是達到他們的目的了？

沈善言知道陶家在朝廷有自己的人脈和手段，僥倖地盼著陶家能看在裴宴的分上也搭把手，因而說話也很直接，道：「李意做出這樣的事來，天理難容，他我就不管了。我只想保住李端的功名，讓他以後能繼續參加科舉。」

這就有點難了。保住功名好說，可若是李端繼續參加科舉，那肯定是要走仕途。走仕途的學子，就得有個好名聲。要有個好名聲，三代之內就不能有作奸犯科之人，那李意就不能以貪墨之名被罷官。

顧昶不由朝正在寫信的裴宴望去。

裴宴神色平靜，姿態專注，如珠似玉的臉上不見半點波瀾，顯然早已知道了沈善言的打算。莫名地，他覺得沈善言的要求有些過分。

顧昶不由道：「遐光，這件事只怕是大理寺也擔不起吧？」

裴宴微微頷首，心裡後悔得不得了。

早知道是這樣，他就不應該為了和郁棠置氣，一時氣憤答應了沈善言。

他平時可不是這麼容易被激怒的。要怪，就得怪郁小姐。讓他做出如此與本心相違背的事。

不過，沈善言也像被眼屎糊住了眼睛似的，居然還想讓李端繼續仕途！

別人都說他娶沈太太是倒大楣了，可現在看來，他和沈太太分明就是一對佳偶。

不過，他有的是辦法讓李端看得著，吃不著。

念頭閃過，他突然頓筆。

如果郁小姐知道李端會落得這樣一個下場，肯定會很高興吧？

他憑什麼做了好事不留名？他得把這件事告訴郁小姐才是。

裴宴想了想，愉快地決定就這麼辦。

他回答顧昶道：「所以準備給恩師寫封信，請他老人家出面，看能不能保住李家的名聲。」

張英只是個致仕的吏部尚書，可他做吏部尚書的時候提攜了不少人，請這樣的人出手，那可不僅僅是銀子的事。

至於能不能成，就得看沈善言的本事了。

沈善言感激不已，道：「我說你怎麼寫了這麼長時間的信，原來還有給老大人的信。遐光，你的恩情我記下了，等李端他們從京城回來，我會親自帶著他來給你道謝的。」

「道謝就不必了。」裴宴愁眉苦臉地道，「這是有違我做人原則的事。您要是真想謝我，別把這件事告訴別人就行了。我怕別人知道是我給李家搭了把手，到時候指著我們裴家的鼻子罵，讓我們裴家不得安生。」

沈善言臉漲得通紅，拿了裴宴的名帖和書信就匆匆地離開了昭明寺。

陶清看著，低了頭直笑。

顧昶不解。

陶清也不解釋，而是道：「朝陽這麼早來找遐光，想必是有事和遐光說。我已經在這裡坐了半天了，正好起身到外面走走，活動活動筋骨。你們說話好了，別管我了。」說完，起身出了廳堂。

裴宴不知道是累了還是因爲在自家地盤，習慣性地露出囂張的態度。

他大馬金刀地坐在那裡，指了指下首的太師椅，道：「有什麼事坐下來說吧！」

那種一切都了然於心的胸有成竹般的淡定從容，讓顧昶一時間很不是滋味，覺得自己反覆地來和裴宴說裴彤的事，不僅有點小家子氣，還顯得有些狹隘。

他猶豫著要不要再和裴宴說裴彤的事，裴宴有些不耐煩了——他從用過午膳開始，就這個那個地都想私下和他說兩句，他這麼少話的人，口都說渴了，他實在是沒有心思和顧朝陽再來你猜我猜的遊戲了。

「你是爲裴彤的事過來的吧？」裴宴開門見山地道，「你知道不知道裴彤現在多大？」

顧朝陽愕然。

裴宴沒等他說話，繼續道：「他今年才十八歲。我不知道你們顧家是怎麼做的，可你看我們裴家，讀書暫且不說，出去做官的，有哪一個不是能吏，不是良臣的？那是因爲我們裴家除了要求子弟讀書，還要求能讀書——特別是能走仕途的子弟多出門遊歷。裴彤的事也不是我說了算的，是我大兄臨終的時候曾經留下遺言，讓他十年之後再參加科舉。他這麼吵著非要出去讀書，是受了我阿嫂的影響。我阿嫂呢，只聽得進楊家的話。你要是覺得這樣無所謂，我這邊也不攔著，你讓他寫一封懇請書給我，我放他出去讀書。但從今以後，他與裴家再無關係。我們裴家，是不可能因爲他一個人壞了規矩的！」

顧昶聽了，臉漲得通紅，都不敢抬頭看裴宴一眼。

裴宴卻不依不饒，道：「你雖然是裴彤的大舅兄，可我們家的事，你最好還是別管了。免得像我，落得個出力不討好的下場。」

顧昶想到外面那些對裴家的流言蜚語，誠心地替妹妹向裴宴道歉：「這件事是我做得不對，以後我會管教好我妹妹的。」

裴彤是裴家的人，他管不了。但如果有機會，他肯定會幫著勸勸裴彤的。

楊家再好，也只是裴彤的外家。與父族斷親，和母族親近，又沒有什麼生死大仇，以後到了官場，肯定會被對手攻訐的。

他哪裡還坐得住？顧不得馬上有要事商量，起身道：「我還有點事，剛剛忘記處理了，我去去就來，爭取不耽擱大家的事。」

裴宴猜著他這是要去找顧曦算帳，樂得見他們狗咬狗，加之心裡惦記著郁棠那邊，一直想找個藉口打發了陶清，又怕陶清跟著他不放，索性故作大方，道：「不管是去請了魏三福到臨安，還是去蘇州拜訪王七保，都要聽你的意見。反正長夜漫漫，大家也都沒什麼要緊的事，你有事就去辦，我們等你過來再議好了。」

顧昶原想謙遜一番的，可他想到裴大太太這些日子做的事，就覺得他妹妹如羊入虎口，他多耽擱一刻鐘，他妹妹就有可能多受一分傷，他也就沒有客氣，道了聲「那就多謝三老爺了」，急匆匆地去了顧曦那裡。

外面的陶清見了，進來道：「他這是怎麼了？不會又出了什麼事吧？」一副心有餘悸的模樣。

裴宴瞥了陶清一眼，道：「不是什麼大事，是他妹妹，可能有什麼要緊的事找他，他先去處理了。聚會多半要推遲一會兒。」

陶清一直想找機會和裴宴單獨談談那二十萬兩銀子的事，聚會推遲，正合他心意，他道：「那我們出去走走好了。等會他們陸陸續續地過來，也只是坐在這裡東扯西拉，有這工夫，我們還不如好好商量商量廣東那邊的生意呢！」

如果真的把泉州和寧波的市舶司撤了，占據廣州大部分碼頭的陶家就成了眾矢之的了。自古以來，吃獨食都沒有好下場的。

裴宴卻無心和陶清繼續說這些庶務，他在心裡琢磨著，沈善言到京城雖然是一個月之後的事了，但難保李家有人搭救的事不會走漏風聲，到時候郁小姐知道了，肯定會非常生氣的。與其讓她在那裡胡思亂想，他不如把自己的計畫和盤托出，以郁小姐的鬼機靈，說不定還能和他配合，讓李家永無翻身之日。

他此時再看自己親自請過來的陶清，就覺得他有點沒眼色了。

裴宴道：「我也有點急事要處理。市舶司的事，我們不如等會兒再好好地議議。你現在讓我拿個主意，我一時也想不到更好的主意。」

陶清見他的急切已經上臉，想著顧昶曾經為了裴彤讀書的事來找過裴宴，尋思顧昶剛才過來，說不定又是來說裴彤的事，而且兩人還因此起了爭執，所以顧昶才會匆匆去見他妹妹，而裴宴估計也要去找裴老安人商量這件事。

這件事的確是比較棘手而且緊急。陶清不好攔他，催他快去快回。

裴宴朝著陶清點點頭，還整了整衣襟，這才往東邊女眷們住的禪院走去。

陶清想，裴宴果然是去見裴老安人了，還好他沒有攔著。

生意上的事固然重要，可做生意不是為了讓家裡的人過得更好嗎？若是因此忽略了家裡的人，那就得不償失了。

他甚至有點慶幸自己和裴宴結了盟。

兩人在大事上看法一致，做起生意來也就沒有太多的罅隙。

陶清一個人坐在廳堂裡，老神在在地沏著茶。

被他誤解的裴宴進了東邊的禪院後就拐了一個彎，沿著那條竹林甬道去了郁棠那裡。

❖

郁棠那邊正陪著陳氏在見客人。

吳家和衛家都因為郁家的緣故得了一間歇腳的廂房，因為今天晚些時候就要住進來了，都派了得力的婆子押著慣用的器物提前過來收拾，這些婆子一到昭明寺就結伴過來給陳氏問安了。

陳氏平時得了吳家和衛家的照顧，對兩家的婆子自然是非常熱情，不僅頻頻示意她們喝茶，還問她們有沒有什麼不便之處需要她幫忙的？

兩家的婆子連稱「不敢」，給陳氏道謝，並道：「一切都好，煩太太勞心了。」

幾個人寒暄著，雙桃悄無聲息地走到郁棠耳邊說了幾句話。

郁棠非常地驚訝，悄聲問：「他一個人來的嗎？」

雙桃點頭，道：「讓小姐快去相見，說有要緊的事跟小姐說。」

明天就是講經會，再好的安排有時候也會出紕漏。郁棠倒沒有多想，和陳氏說了一聲，就隨雙桃出了門。

裴宴站在門口那棵樹冠如傘蓋的香樟樹下，依舊穿了身月白色細布的道袍，玉樹臨風的，讓郁棠一時間有些恍惚，好像兩人之間的爭吵是她的臆想，如今人清醒了，她又重新回到了和裴宴見面的場景中。

可惜裴宴是個破壞氣氛的高手。他見著郁棠就朝她招了招手，示意她過去說話。

郁棠氣結，但還是耐著性子走了過去，道：「做什麼？」

她的聲音有些僵硬，裴宴聽著就在心裡「嘖」了一聲，想著怎麼郁小姐還在生氣呢？這氣性也太大了點吧？不是說收了他的糖果、點心嗎？難道收了東西就不認帳了？

不過他素來大方，對方又是個小姑娘，他犯不著爲這點小事和郁小姐較真。

他道：「妳是想李家從此以後身敗名裂，遠走他鄉隱姓埋名，過幾年後東山再起呢？還是想他們家有苦難言、戰戰兢兢地夾著尾巴做人，從此以後敗落下去呢？」

郁棠看了裴宴一眼。

這不是廢話嗎？她和李家有不共戴天之仇。且今生他們之間還關連著一條無辜的生命，怎麼可能和解原諒?!

但想到裴宴的性格，郁棠覺得這些想當然、暗示什麼的都不管用，還不如明明白白地和他說個清清楚楚。

「我想他們家償命！」郁棠聲音清脆地道，大大的杏眼眨也不眨地望著裴宴，眼裡有著不容錯識的認眞。

這小丫頭！倒是個有個性的！

裴宴又在心裡「嘖」了一聲，也就不拐彎抹角了，道：「沈先生來給李端求情，我想了很久，覺得就算是我不出手，以沈先生的人脈和交情，也能請了別人出手。我就答應……」

他說到這裡，觀察了一下郁棠的神色。

她沒有發怒也沒有怨懟，而是像之前一樣認眞地看著他，等著他說話。

裴宴心中頓時生出些許的暖意來。

小姑娘還是相信他的吧？不然以她和李家的恩怨，聽到這樣的話早該跳起來了。如今她還能冷靜地站在這裡聽自己說話，可見她是相信自己能爲她報仇的。

裴宴有點後悔之前逗郁棠生氣的事了。他不能因爲郁棠相信他就肆意地利用她的信任，那些不相信他的人才應該得到這樣的待遇。

裴宴喉嚨發癢，輕輕地咳了一聲，這才繼續道：「我就給我恩師和幾位師兄寫了信，還把我的名帖給了沈先生一張，讓他進京去找我恩師和師兄，請他們幫沈先生把李家給撈出來。」

郁棠氣得肺都要炸了。可她牢記自己之前對裴宴的誤會，決定無論如何也要忍到裴宴把話說完了再和裴宴算帳，卻沒有意識到，她憑什麼和裴宴算帳……

裴宴見郁棠還是一如初見般聽著他說話，心裡就更滿意了，聲音裡不由就帶著幾分他自己都沒有發現的愉悅：「我跟我恩師和我師兄說，我們家欠了沈先生的大恩，不得不報，只好幫他寫信搭救李家。妳肯定很奇怪我為什麼這麼說吧？」

他不由自主地又開始賣關子。

郁棠太知道他的性格了，順毛摸著給他捧場，道：「您為何這麼說？」

不會真的是因為裴家欠了沈先生的大恩吧？

裴宴頗有些得意地道：「因為我恩師和我這幾位師兄都最恨那些為官不仁的！」

郁棠愕然。

裴宴看著她杏目圓瞪、呆滯驚訝的表情，感覺她看起來太傻了，忍不住就笑出聲來，道：「我恩師和我師兄覺得，你做官可以有私心，卻不能害人。因為手握權柄的人，比猛虎的危害還要大。看在我的面子上，他們會幫著沈先生把人撈出來，可李家若是想再入仕途，不管是我恩師還是我師兄們，包括那些和我恩師和師兄們交好的士子，都會打壓李家的，免得他們家起復了，再去害人。」

這樣一來，李家最少五十年都要斷絕於官場。若是李家的子弟在讀書上再懈怠一些，就有可能從世代耕讀之家變成面向黃土背朝天的農戶，甚至有可能連農戶都做不成，成爲佃戶。

裴宴朝著郁棠笑了笑，道：「因而我覺得，與其讓李家待在我們看不到的地方，不如就讓他們待在臨安，我們也能隨時幫襯他們一二。妳覺得呢？」

郁棠打了個寒顫。

這主意可眞是壞透了！

可是，她好喜歡！李家就應該得到這樣的下場。誰讓他們家用別人家的白骨成就自家的富貴！

郁棠連連點頭，激動得面頰都染上了一層紅潤。

裴宴滿意地「嗯」了一聲，覺得虧得郁小姐找的是自己替她想了這個主意，不然她找誰報仇去？

裴宴就一副不以爲意的樣子朝著郁棠揮了揮手，道：「我還有事要忙，妳進去吧！明天記得早點過去。顧小姐那邊，我不會讓她出現的。但妳自己也要小心，我瞧著顧小姐心思也挺多的。」

還能慫恿著顧昶來找他。看他不懟死顧昶！

管他們家的事，他生平還是第一次遇到呢！

說完，他就瀟瀟灑灑地走了，郁棠想給他道聲謝都來不及。

不過，這可眞是個好消息。

郁棠滿心歡喜地站在那裡，翹起來的嘴角半晌也沒辦法壓下去。

她雀躍著回了屋。

衛家和吳家的婆子正要向陳氏告辭，陳氏看著郁棠那怎麼樣都掩飾不住的高興樣，和兩家的婆子客氣了幾句，就端了茶。

兩家的婆子恭敬地給陳氏和郁棠行了福禮，小心翼翼地退了下去。可一退下去就忍不住小聲地議論起來：「郁小姐越長越漂亮了。」

「可不是嗎，從前還只是覺得讓人見了眼睛一亮，現在卻是讓人見了就忍不住想一看再看。」

「待人處事也特別地有氣度！就剛才，說話的語氣又爽快又得體又體貼，我活了這麼大的年紀都少見。」

「要不裴老安人怎麼喜歡招了她進府作伴呢？以後也不知道誰有福氣能做他們家的女婿？」

兩人嘰嘰喳喳地走遠了，陳氏這邊卻拉著女兒進了內室，在床邊坐下，低聲道：「三老爺叫妳去有什麼事？」

她生怕女兒得罪了裴家的人。畢竟裝病這件事也是她同意了的。

郁棠忙安撫地拍了拍母親的手，悄聲把李家的事告訴了陳氏，但考慮到陳氏的接受能力，郁棠瞞下了裴宴對李家的打算，只說了李家犯事的事。

陳氏聽著眼淚簌簌落了下來，解恨地道：「該！他們家就應該有這樣的報應。」說著，掏出帕子來擦了擦自己的眼角，又道：「這可是件大喜事！等見到了衛太太，我得和她好好說道說道，正好去給菩薩上幾炷香。」

雖說李家是罪有應得，可陳氏並不是那種喜歡背後說人的人，李家犯了事，自然有人會到處宣揚，犯不著她去說。她只要和衛太太偷著樂就好。

她問郁棠：「那像他們家這樣的，是不是要罰沒大量的銀子？那他們家在杭州新買的房子還保得住嗎？」

如果李家回了臨安城，她肯定會讓那些和她交好的人家不要理睬李家的人的。

郁棠道：「這要看最後朝廷怎麼判了。不過，您也知道，再有錢的人惹上官司都有可能傾家蕩產，何況李家這樣的大案、要案？就算他們能保住杭州城裡的房子，養個那麼大的宅子也要不少的銀子。」

如果李端還想繼續科舉，花銷就更大了。就算李家還有些老底子，十之八九也要掏空了。

郁棠想著，越發覺得裴宴這個人眞心不錯。這的確比她之前想的殺了李端，或是讓李端從此不能科舉都要好得多。就像在狼狗面前吊塊肉，但永遠讓牠看得著、吃不著，還要爲這塊肉絞盡腦汁地去想辦法。

她不由道：「這件事多虧了三老爺，要不是他派了人去查李家，李意幹的那些事還沒這麼早東窗事發，李家也不可能獲罪。姆媽，畫虎畫皮難畫骨，知人知面不知心。三老爺雖然是在爲民除害，可難保有些人爲了一己私利會攻訐三老爺爲人陰險，陷害同鄉。這件事您知、我知、我阿爹知就行了，別的人，可千萬不能透露半分，免得三老爺做了好事，還給三老爺惹來麻煩。」

陳氏連連點頭，保證道：「就是衛太太和吳太太那裡我也不說。只說是李家犯了事，我聽裴家的人說起，告訴她們一聲罷了。」

郁棠頷首。

陳氏就嘆道：「三老爺可眞是個好人！對我們家也好！妳以後遇到他，可要恭敬一些，對裴老安人，也要眞心地孝敬才是。」

郁棠暗暗撇了撇嘴。

就裴宴那性格，泥人也能被氣得活過來。她每次和他在一起，都是捏著脾氣讓著他好不好？恭敬？那也是表面上的恭敬。但可以多孝敬孝敬老安人，她老人家待人豁達又寬厚，就算是沒有裴宴這層關係，她也會好好地待老安人的。

但當著陳氏的面，她當然什麼也不會說，只用笑盈盈地應「是」就好。

兩人把明天參加講經會的東西收拾好了，就各自去歇了。

※

顧曦這邊，氣氛卻很凝重。

她道：「阿兄，我不相信裴大老爺會經留下這樣的遺言。雖說我和裴大公子只見過兩次面，可裴大公子言談舉止間對他父親很是敬重，而且他對他母親的敬重，也是因爲他父親生前很看重他的母親。我不相信裴大公子是個背信棄義之人。我覺得這其中是不是有什麼誤會？」

顧昶額頭青筋都冒了出來，暴跳道：「難道裴遐光還會騙我不成？妳和裴家的婚事，定得太匆忙了。」

顧曦臉上青一陣、紅一陣的。

有件事她沒有對顧昶說。裴大太太當初來試探她口氣的時候，她其實已經打聽到她並不是裴大太太心目中最好的那個人選，裴大太太最滿意的，還是娘家的姪女，只是因裴大公子和表妹兩情相悅後，把楊家的其他表姐、表妹們都當成了自己姐妹，讓他突然換當是要聯姻的人，他一時沒辦法接受罷了。

但對她來說，裴家大公子卻是她能接觸到的最好的聯姻人選。

她不想放棄。所以才會這麼快地就把婚事定了下來。

可現在說什麼都晚了。她不能在短短的時間內退兩次親，特別是其中有一家是裴家。裴家丟不起這個臉，顧家也不會像上次那樣輕易就答應她退親。

她能在顧昶面前堅持己見，還有一個重要的原因——她相信自己的眼睛和感覺，裴大太太肯定是有私心的，這一點她當時就看出來了。裴大公子卻不可能是她阿兄說的那樣的人，以裴大公子的出身和人品、相貌，他完全可以找到比她更好的人，他不必在這種事上騙她。

這麼一想，顧曦頓時信心百倍。

她沉聲道：「阿兄，這件事是婆說婆有理，公說公有理。我覺得，不如把裴大公子叫過來，和他商量一下這件事怎麼辦。說來說去，這件事是他自己的事，我們不過是搭把手，最終怎樣，還是得他自己做決定。阿兄也好趁機看看他是怎樣的一個人。我找夫婿，沒有指望他能幫阿兄多大的忙，可也不能拖阿兄的後腿。」

言下之意，若是裴大公子真的那麼不堪，她想退親。

顧昶此時才後悔他們兄妹不應該捲入裴家那些恩怨中去。只是裴家是塊肥肉，知道了他們家的底細之後，很難不讓人垂涎三尺。

「那就見見裴家的大公子。」顧昶肅然道，「如果他不堪大用，我們再想想怎麼辦。」

退親是不可能的，只能看能不能利用裴彤把控裴宥這一房了。

兄妹倆心照不宣地對視了一眼。

顧昶派人拿著自己的帖子去請了裴大公子過來。

裴彤和胞弟裴緋、二叔裴宣、堂弟裴紅一起住在西邊的禪院，離顧曦住的地方很近。不過兩刻鐘的工夫，他就過來了。

他今年剛剛滿十八歲，有張和裴宴五、六分像的五官，正值青春年少，像根瘦勁挺立的青竹，青澀中已透著幾分風骨。

看得出來，是個受到家族精心培養和教導的孩子。

顧昶暗中點了點頭。原想好好地和裴彤說說話，想到還等在議事大廳裡的裴宴，他也就開門見山了，請裴彤坐下之後就把他去找裴宴的事一五一十地告訴了裴彤。

裴彤驚愕地睜大了眼睛，顧昶的話音剛落，他就跳了起來，大聲地道著：「不可能！我娘最最敬重我父親的，如果我父親有這樣的遺言，她不可能違背父親的遺言的。」

顧昶心中一沉，道：「你是說裴遐光在扯謊？」

裴彤的確這樣懷疑，可父親死後的冷暖讓他知道，他如果挑戰長輩的威嚴，只會讓人懷疑他居心叵測。

他立刻道：「不，我不是懷疑我三叔父。而是……」說到這裡，他突然停了下來，面露猶豫之色。

顧昶皺了皺眉，道：「你這是想到了什麼嗎？」

裴彤眼神一黯，低聲道：「父親去世的時候，我和阿弟都不在父親身邊……母親也不在……是祖父在父親的身邊……」他抬頭望著顧昶，眼神堅定剛毅，「可我敢發誓，祖父直到病逝之前都沒有跟我說過父親有這樣的遺言留下來。我只知道祖父臨終之前，把幾位堂叔祖叫了過去，說要讓三叔父做宗主。所以不管外面的人怎麼說，我們家裡的人始終都是承認三叔父當家主的。我就是奇怪，如果我父親留下了這樣的遺言，祖父為何不曾告訴我？三叔父之前為何也一直沒有提起？母親和父親素來相敬如賓，母親自父親去世後就鬱鬱寡歡，外家的舅舅和舅母都十分擔心她。我和阿弟都是男孩子，說話、行事不免會有疏忽之處，母親度日如年，一直都想等除服之後就回娘家住些日子，又不願意和我們兄弟分開，這才想讓我去外祖父那裡讀書的。我想照顧母親，因而也沒有反對。現在突然有父親的遺言冒出來，我、我也不知道如何是好……」

裴彤的目光非常真誠，眉宇間流露著幾分輕愁，再聯想到他所說的話，多數人看到這樣的場景，估計都會心生同情，進而變得寬容。

可惜他遇到的不是多數人，而是顧氏兄妹。不管是顧昶還是顧曦，都沒有感情用事地立刻安慰他，顧昶甚至有些咄咄逼人地追問：「既然如此，你為何又同意去顧家讀書？是因為這幾年裴家族學發生了什麼事嗎？」

裴家的族學與別人家的截然相反。別人家的族學會收些姻親的子弟就讀，甚至為了建立人脈，還會主動或是被動地收些寒門子弟，有時候還會資助他們參加科舉。裴家的族學卻是只收裴家的子弟，這也讓別人對裴家的子弟都不太熟悉，有些人甚至不知道裴家有個族學。

顧昶一直以來都很好奇裴家的族學，想找機會去看看，他問這話，一半是因為懷疑裴彤的話，一半是想找個機會打聽一下裴家族學的事，看能不能找到參觀裴家族學的契機。

誰知道裴彤苦笑著搖了搖頭，有些無奈地道：「去顧家讀書，是為了安撫我母親。您應該也聽說過了，我母親自嫁過來後就一直和父親在京城生活，和我祖母相處得不多，父親去後，她一個人在臨安可謂是人生地不熟的，孤單得很，日子過得就不太順心。而且還不習慣臨安的氣候和生活，在臨安過的第一個冬天，就把手給凍了。加之裴家族學如今由毅公主持，當年我父親又因為科舉之事曾經和毅公有過衝突……我母親由己及人，總覺得我也過得不順心。她是一片慈母胸懷，想著顧家以後……是我岳家，若是能和岳家的人多走動，像我父親似的，和岳家的舅兄弟們成為好友，日子必定比在臨安要開心，這才自作主張定下了這件事。我不忍讓母親傷心難過，就順口答應了。不承想還會鬧出這樣的誤會來！」

顧曦鬆了口氣，看了兄長一眼。

顧昶卻依舊道：「你父親怎麼會和毅公有了衝突？」

如果是為了家族的資源，裴家家大業大，別說是供個進士，就是裴宥做了官之後，裴家都一如從前補貼他的嚼用，怎麼會發生衝突？

這也是為什麼顧昶覺得裴家是門好姻親的重要緣故。誰都知道當官的俸祿很少，根本不足以養家餬口，那些沒有家族補貼的官員，很容易就會走上歪門邪道的。

裴彤想了想，低聲道：「原本這件事不應該由我一個小輩來說，不過，既然您問起來，我也就不怕您笑話了。我們家有條族規，宗子是不能出仕的。所以像我曾祖父、祖父，舉業都止步於舉人。並不是他們沒有能力繼續考下去，而是因爲有這樣的家規。家父年輕時，學問很好，又加上年少氣盛，不滿意這條族規，爲了證明自己，非要去參加科舉。後來考上了庶吉士之後，又執意去做了官。這讓毅公很不滿意，曾經親自跑到京城去質問我父親，當時兩個人鬧得很不愉快，恰逢我母親在場……這也是爲何我祖父將家中宗主的位置傳給了我三叔父，我和母親都很贊同的緣故。」

裴家的這條族規顧昶曾經聽說過，如今在裴彤口中得到了印證，他不免有些感慨，道：「別人家出一個讀書人都難，你父親居然爲了舉業寧願放棄宗主之職，眞是光風霽月，我輩楷模。」

裴彤笑了笑，低聲說了句「您過獎了」，但從他的神態上還是可以看出來，他很爲自己的父親驕傲。

因爲事實證明，裴宥沒有錯。他做到了三品大員，是裴家近三代以來最出色的子弟。

顧昶道：「關於你父親的遺言，不管怎樣，你還是弄清楚的好。」

不然他也不好說什麼。

「去顧家讀書的事，你也應該再考慮考慮。」顧昶此時已經諒解了裴彤，自然在心裡就把他當成自己的妹夫來照顧，言談舉止間對他也比較維護，道：「像我們這樣的世家之族，幾代幾房都群居在一塊兒，都有些不足爲外人道之的矛盾。我只有一個妹妹，她也只有我這一個兄長，至於其他的，來不來往、走不走得到一塊兒，情分說不定還不如你從小一起讀書的同窗。

你講給親家太太聽，讓她也不必抱太大的希望。」

與其指望顧家，還不如指望楊家。楊家人口簡單，沒有這麼多亂七八糟的事。

裴彤聞言面露震驚之色，但他很快就收斂好了自己的表情，恭敬地給顧昶行了一個禮，道了聲謝，承諾道：「這件事我會和母親說清楚的，三叔父那兒，您也不用擔心，我會親自和他解釋的。至於說我讀書的事，我也準備去和殺公談談心，相信以殺公的心胸，就算是我有錯，也不會爲難我的。」說到這裡，他抬頭望向了顧曦，歉意地道：「只是到時候可能要委屈顧小姐，得跟著我在裴府多住幾年，不能經常回娘家了。」

顧曦瞧中的就是裴彤的這份體貼。現在聽他這麼說，她突然間有些慶幸裴大太太喜歡補貼娘家。

等到她嫁了過去，如果也補貼娘家，裴大太太高不高興另論，裴彤肯定習以爲常，不會有什麼意見的。他們肯定不會爲這種事發生爭執。

顧曦笑著說了聲「公子多慮了」，目光就轉向了顧昶，隱約帶著幾分給裴彤求情的意思。

顧昶也不願意爲難裴彤，顧曦若是眞的嫁了過去，只能指望裴彤庇護她，他不想得罪人。

「那我就先走了。」他起身告辭，「遐光還在那邊等著我說事呢！」

雖說是未婚夫妻，但畢竟沒有成親，裴彤也不好多留，他朝著顧曦說了聲「明天見」，就隨著顧昶出了顧曦住的院子，並殷勤又不失客氣地要送顧昶去議事的廳堂，還道：「我沒有想到您會過來，早知這樣，就備下酒水請您小酌幾杯了。不知道您什麼時候離開臨安？不能給您接風，讓我給您送行吧！不然我這心裡難得安生。」

說話的語氣帶著幾分少年特有的不諳世事。

顧昶突然間就有點明白顧曦爲什麼選了裴彤做丈夫。

寧願自己培養出個合自己脾氣、性格的人，也不願意戰戰兢兢地在裴宴的眼皮子底下做人。

這何嘗不是他的堅持和固執？他們兄妹還挺像的！

顧昶笑了起來，說話的聲音更加溫和。他對裴彤道：「講經會之後，我還會在臨安待幾天。到時候一定和你小酌幾杯，你別喝醉了就好。」

裴彤不好意思地笑。

少年感更重了。

顧昶就問起他學業上的事來。

裴彤認眞地一一作答，勾起了顧昶的好奇，等到裴彤把他送到了議事大廳外面，他還捨不得和裴彤分開，繼續考著裴彤的學問。

直到陶清從議事的大廳裡出來，看見他和裴彤還站在議事大廳外的那株銀杏樹下說話，笑著說了他一聲「你們郎舅有什麼話留著明天再說好了，我們一屋子的人可都等著你呢」，這才打斷了顧昶的興致，歉意地朝著裴彤說了聲「抱歉」，送走了裴彤，和陶清進了議事的大廳。

裴彤站在滴水重簷的院門下，皎潔的月光照下來，讓他的身影一半在月光下，一半在陰影裡。

半晌，他才慢慢地離開議事大廳的院子。

議事大廳裡，陶清和裴宴說著裴彤：「那孩子越長越俊秀了，也越長越像你們家的人了。他的婚期定下來了沒有？他成親的時候你可得提前跟我說一聲，我要來參加他的婚禮。」

裴宴笑著應了，一副好叔父的樣子。

顧昶忍不住瞥了裴宴一眼。

裴宴笑得很燦爛，完全不同於他平時的清冷和倨傲，如果不是他曾經好好地研究過裴宴，差點以為眼前的這個裴宴是假的。

他心裡升起些許的詫異。裴彤成親，又不是他自己成親，他有必要這樣興高采烈的嗎？

顧昶又看了裴宴一眼。

裴宴不僅眼角、眉梢都帶著笑，而且神色愜意隨和，靠著大迎枕坐著，不像是在和各府當家的為了利益錙銖必較、半分不讓的模樣，反而像是在和這些當家的嬉戲，快活得很。

顧昶實在想不出這事有什麼好快活的？

他皺了皺眉，最終也沒有從裴宴的神色中發現些什麼。

裴宴的心情極好，就算顧昶無禮地反覆打量他，他也沒有發脾氣。

他覺得郁棠還是有點傻的。他說什麼就是什麼。

那李家的事他就得好好算計算計。

首先就是不能讓他們家保住杭州城新買的宅子，其次最好是讓李家的宗房出手收拾他們，這樣別人也沒有什麼話好說。再就是沈善言那裡，得讓他不要再幫著李端才行，最好是反目成仇，不然以沈善言那嘰嘰歪歪的性格，萬一又說動了誰來幫襯李家，他還得花精力堵上……

他腦袋裡正大馬行空地想著，以至於武大老爺問他行不行的時候，他都沒反應過來武大老爺到底說了些什麼，只好含含糊糊地道「這件事我得仔細斟酌一番才行」，惹來陶清的一記眼刀，等到武大老爺去問別人的時候，陶清湊過來問他「你魂丟在哪裡了？武大老爺說那二十萬兩銀子他們家願意分攤，這麼好的事你都沒有一口答應，你是不是被什麼東西附了體」，他這才知道自己錯失了什麼。

但他又在心裡安慰自己，在座的全是些老狐狸，答應了的事不一定就做得到，就算是錯失了也沒有什麼要緊的，要緊的是他們能真金白銀地拿了錢來。他現在即便走個神，也耽誤不了什麼事。

第七章

裴宴心不在焉地坐在議事大廳的時候，裴彤已經走到了自己住的廂房。

他還沒有邁進院子的大門，就聽見一陣咯咯的笑聲。

裴彤和胞弟裴緋、二叔父裴宣、小堂弟裴紅住在這個院子裡。

他二叔父和三叔父是完全不同的兩類人。如果說他三叔父是夏日之日，那他的二叔父就是冬日之日。祖父走的時候，二叔父不僅沒有和三叔父爭什麼，還處處維護著兄弟間的情誼，就是他們長房，也得了二叔父不少的照顧，不然他和胞弟肯定比現在過得艱難多了。

聽這聲音他就知道，多半是八歲的裴紅在院子裡和小廝們玩耍。

裴彤心裡一陣煩躁。

他父親去世的時候，裴緋才剛剛十二歲，也是個不諳世事的小孩子，卻已經知道他們沒有了父親，知道懂事地安慰整夜痛哭的母親，知道好好讀書，幫他做事了。往日的天真懵懂再也不見了。

想到這裡，他就不由眼眶微溼。

可想到三叔父對他們孤兒寡母的態度，他又暗自在心裡冷笑幾聲，換上了副帶笑的面孔，這才推門走了進去。

「大少爺！」幾個陪著裴紅玩耍的小廝見了他，立刻上前給他行禮，裴紅也高興地衝他喊著「大兄」。

裴彤溫和地笑著摸了摸裴紅的頭頂，道：「怎麼這個時候還在院子裡玩？你乳母呢？身上出沒出汗？小心著了涼。這裡可是在山上，著了涼找個大夫都不容易。」最後一句，卻是衝著陪裴紅玩耍的幾個小廝說的。

幾個小廝敬畏地低了頭，齊齊應諾。

剛才還歡聲笑語的場面頓時變得凝重沉滯起來。

裴紅臉漲得通紅，嘴角翕翕地正要說什麼，二老爺裴宣拿著本翻了一半的書，笑著從廳堂走了出來，道：「阿彤回來了！你別生氣，是我同意阿紅玩一會兒的。我在大廳裡看著，不會有什麼事的。」

裴彤不好意思地笑了笑，道：「是我魯莽了！」

「沒事！沒事！」裴宣呵呵地笑，拍了拍裴彤的肩膀，道：「你是做大哥的，正是應該如此才是。你父親當年，也是這麼管我的。」

他的話音剛落，兩人俱是神色微黯。

半晌，裴宣才輕聲嘆氣道：「你也不要多想，你三叔父心高氣傲，不屑向人解釋，但他肯定沒有壞心。他當家，不能只顧著我們一個房頭，要從大局著眼，你是他嫡親的姪兒，更應該理解他、支持他才是。」

「我知道！」裴彤低聲道，情緒明顯很是低落，「所以就是舅父寫信來問我，我也什麼都沒有說。」說完，他像想起什麼似的，突然間振作起來，朝著裴宣燦爛地一笑，朗聲道：「天將降大任於斯人也，必先苦其心志，勞其筋骨。二叔父您放心，我不會被眼前這小小的磨難打倒的。我一定會好好讀書，像父親一樣金榜題名，封官拜相的。」

「嗯！」裴宣鼓勵地朝他笑了笑，只是仔細察看就會發現，他的笑容有些僵硬。可惜裴彤此刻也是心口不一，心思重重，哪裡還會仔細地觀察裴宣？他只聽到裴宣對他道：「你去了哪裡？怎麼這麼晚才回來？」

裴彤笑道：「顧大人過來了，請我過去說了一會兒話，這才回來晚了。」

裴宣聽了很高興，道：「顧大人不管是學問還是爲人都很不錯，既有機會，你就應該多向他請教才是。」說到這裡，他沉思了片刻，道：「我這裡還有一方上好的端硯，等我讓人拿了給你，你去送給顧大人。他是你大舅兄，以後少不得要和他打交道，禮多人不怪，我們主動一點，人家把妹妹嫁過來，心裡也能踏實些。」

他這位二叔父，眞是個老實人！

裴彤不由輕聲笑道：「二叔父，難怪別人都說您看重二嬸嬸，看來我以後還要跟著您多學學才是。」

裴宣笑著用力拍了一下裴彤的背，笑道：「你這臭小子，還敢打趣你叔父，你給我等會兒寫一萬個大字去！」

裴彤忙笑著求饒：「再也不敢了！」

叔姪倆說笑了一會兒，裴宣抱了玩得滿頭是汗的兒子回了屋，裴彤也回了他和胞弟位於正房後面的西邊廂房。

只是他還沒有來得及推門，門就吱呀一聲開了，露出裴緋那張稚氣卻透著幾分英挺的臉。

「阿兄，你回來了！」他歡欣地道，「我一直聽著外面的動靜，你要是再不回來，我就要去找你了。」

裴彤親熱地摟了摟才到他肩膀的弟弟，道：「我這不是回來了嗎？你功課做完了沒有？怎麼沒有和阿紅一起出去玩？」

裴緋一面迎了哥哥進屋，示意貼身的小廝打水給裴彤更衣，一面低聲嘀咕道：「我不喜歡和阿紅玩，他什麼也不懂，我還得讓著他！」

裴彤拿著帕子的手僵了僵，然後才若無其事地笑道：「那你就好好待在廂房裡做功課。男子漢大丈夫，還是學業最重要。」

裴緋贊成地點了點頭。

裴彤重新梳洗一番，換了件衣裳，叮囑弟弟好好待在屋裡，「我去給母親問個安。」

裴大太太因爲裴宥和昭明寺的主持是方外之交，得到了昭明寺主持的另眼相待，她既沒有跟著兒子住在西禪房，也沒有跟著裴老安人住在東禪房，而是住進了昭明寺主持騰出來的、離這裡不遠的一間靜室。

這也是爲什麼郁棠來了好幾天卻沒有看見裴大太太的緣故。

裴緋聞言歡喜地道：「我也要去。」

裴彤沒有阻止，帶著胞弟去了母親的住處。

裴大太太在燈下抄佛經，見兩個兒子一道過來了，笑盈盈地放下了筆，受了他們的禮，還問他們：「這麼晚了，你們倆怎麼過來了？是有什麼要緊的事嗎？」

裴彤笑著搖頭，眼角的餘光卻無意間掃過母親鬢角，發現有銀光閃過。

他一下子忘記回答母親的話。

要是他沒有看錯，母親……頭上不知道什麼時候已經冒出白頭髮了。

他鼻子酸酸的。

母親還不到四十歲呢！如果父親還活著，母親被父親如珠似寶地捧在手心，怎麼會長出白頭髮呢？

他喃喃地道：「阿娘，我今天去見顧朝陽了。」

裴大太太就看了長子一眼，暗示他不要當著裴緋的面說這些。

裴彤聽話地打住了話題，和母親、弟弟東扯西拉地說了會兒閒話，等到大太太找了個藉口支開了裴緋去給他們拿點心，她這才臉一沉，道：「顧朝陽來了臨安？他找你什麼事？」

「他說三叔父告訴他，父親臨終前曾經留下遺言……」裴彤把兩人見面的情景告訴了大太太。

大太太立刻就跳了起來，拍著桌子道：「裴宴放狗屁！你父親去世的時候，雖然我不在床前，可你父親臨終前的情景我卻是打聽得一清二楚的。他一句話都沒來得及說……一句話都沒來得及說……」她說著，想起當日的情景，忍不住悲傷地痛哭起來，「你父親，得多不甘心啊！你不在他跟前，你阿弟不在他跟前，我也不在他跟前……」

裴彤問出了一個他一直心生狐疑的問題：「父親去世的時候，我正巧在書院，阿緋被祖父打發去給三叔父送東西，為何您也不在父親身邊？雖說父親是急病去的，但他臨終前應該會覺得不舒服才是。他不舒服，不是應該找母親嗎？怎麼反而找了祖父去？」

就算是這個時候，還有句話他沒敢問。

他祖父是族中的宗主，等閒不會離開臨安，父親之前剛剛晉升工部侍郎，眼看著就要入閣了，正是春風得意馬蹄疾的時候，祖父卻突然悄悄地來京，連三叔父都不知道。而且在他父親去世後，祖父沒有送父親的棺槨南下，他可以理解是因為長輩給晚輩送葬不吉利，可祖父卻在父親去世的第二天就住進了廟裡，還勒令三叔父扶棺南下，二叔父回鄉送葬，祖父一個人卻如來時一樣悄悄地回了臨安。

從前他只是覺得祖父白髮人送黑白人，受不了、看不得父親的棺槨，可現在看來，卻是處處都透露著蹊蹺。

特別是他三叔父，居然說讓他在家讀書十年後再科舉是他父親的遺言。

既然如此，當初他母親想把他送回外祖父家讀書的時候，他怎麼不當著族人的面說出來？

裴彤胸口像壓著塊大石頭，目光灼灼地望著母親。

大太太愣住，好一會兒才回神，眼底流露出些許的慌張，磕磕巴巴地道：「是、是啊！你阿爹不舒服，為何不找我，要找你祖父？你阿爹升了官，可能會成為裴家本朝品階最高之人，我和你父親都興高采烈的。可你祖父來的時候，一點兒也不高興。他肯定是覺得你父親不聽話，壞了祖宗的規矩。你父親要是不做宗子了，裴家要不就得重選宗房，要不就得從你二叔父或是三叔父裡挑一個來繼承家業。可你二叔父不行，他唯唯諾諾沒個主意；你三叔父當時正和江華鬥得歡，一個小小的從七品居然能架空個正三品，都說你三叔父前途遠大，以後會超過你父親，仕途不可限量。你祖父卻一言不發地就讓你三叔父請了假，扶棺南下……再說你父親又不是沒有兒子？他有你們兩個兒子呢！你祖父要是想偏袒你三叔父，就應該讓他留在京城才是……」

裴大太太說著，很多從前沒有細想的事都漸漸變得蹊蹺起來，她也越來越惶恐，到最後，居然牙齒打著顫，說不出話來了。

裴彤也渾身發冷。

他緊緊地握住了母親的手，好像這樣，彼此之間就能克服心底的恐懼，能平添一分勇氣似的。

「阿娘！」裴彤低聲道，裴緋捧著點心歡喜地跑了進來，高聲喊著「阿娘」和「大兄」，把手中的點心給兩人看，「說是昭明寺的大師父們做的素糕，我吃了一塊，裡面有杏仁和核桃仁，可好吃了！您也嘗嘗！」

在點心裡加杏仁和核桃仁是京城點心喜歡用的餡料，裴彤和裴緋都是在京城長大的，相比什麼桂花糕、青團這樣的點心，他們更喜歡加瓜子仁、杏仁、核桃仁等的點心。

裴大太太忙強露出個笑容，溫柔地拉了小兒子的手，道：「就知道你喜歡吃。阿娘不吃。太晚了，阿娘已經漱了口。你和你阿兄吃吧！」

裴緋知道母親的生活習慣，晚上漱了口就不再吃東西，也不勉強，把手中的點心分了一大半給裴彤。

裴大太太就朝著長子使了個眼色，道：「天色不早了，你和你阿弟回去歇了吧！明天是講經會，你們不能比長輩們去得晚，不宜熬夜。有什麼事，等我趁著講經會和你三叔父說說。」

顧朝陽不是說講經會過後會在臨安待些日子嗎？他們得趁著顧朝陽在臨安的時候把話和裴宴說清楚了。

裴彤看了眼弟弟，笑著點頭，拉著裴緋走了。

❖

顧昶此時則在返回自己住的廂房的路上，他的貼身隨從高升小聲地和他說著打聽到的消息：「……郁小姐就是個普通窮秀才家的閨女。因爲性情好，得了裴老安人的青睞，常在裴府走動。」他語氣微頓，這才繼續道：「並不是什麼世家女子。」

顧昶愣然，停下了腳步，半晌才道：「你是說郁小姐，只是臨安城一戶普通秀才人家的小姐？」

「是。」高升沒敢看顧昶的眼睛，垂了眼簾道：「郁家原是個普通的農戶，因爲勤儉持家，慢慢有了些家底，然後開了家漆器鋪子，才有能力送了家中的子弟去讀書。郁小姐的父親，是他們家第一個有功名的人。而且，他們家人丁很單薄。郁秀才只有一個胞兄，郁小姐也只有一個堂兄。」

也就是說，想有個相互守望的人都沒有。

這就沒有辦法了！

顧昶扶額，腦海裡再次浮現出郁棠明麗的面孔。

眞的是很漂亮！

大約是他平生見過的最漂亮的姑娘了。可惜……

顧昶在路邊的黃楊樹下站了快一炷香的工夫，才收拾好自己的心情，沉聲道：「這件事就到此爲止了。別傳出什麼不好的話來。」

高升頷首，說起另一件事：「這次楊家的三太太也過來了。就是原來的殷家七小姐。聽說，她們殷家有快及笄的姑娘，她奉了殷家太夫人之命，要給殷家的姑娘相門合適的親事。」

滿朝文武，誰不知道殷家選姑爺的厲害。

原來這是顧昶一直以來都只能想想的運氣，可如今這機會就放在了他的手邊，他卻突然間沒有了想像中的激動和興奮。

「這種事，也要靠緣分的。」他淡淡地道，「有機會再說吧！」

高升不敢多說，無聲地陪著顧昶慢慢地往住處走去。

❖

裴宴卻有些睡不著，他覺得他應該和幕僚舒青說說話，可又直覺地覺得他要說的話可能會讓舒青鄙視，索性一動也不動地躺在床上，盯著床頂發呆。

夜深人靜的時候，偶爾有個聲音，都會被無限地放大。

他聽見周子衿在那裡彈著七弦琴唱歌。

通常這個時候，都是周子衿喝得微醉的時候。若是往日，裴宴覺得這是周子衿自己的事，與他無關，可今天，他莫名地覺得周子衿非常的討厭——憑什麼周子衿在寺裡喝酒唱歌鬧得大家不得安寧，他還得忍著？他在這裡心裡不痛快，卻連個說話的人都沒有？

他想了想，披著衣服就出了門。

周子衿果然帶著幾個小廝在他們住的院子旁的太湖石假山下席地而坐，對著月光下的小湖逍遙快活。

他怒從心頭起，快步上前，踢飛了倒在周子衿身邊的那些酒瓶子。

周子衿抬頭，醉眼朦朧地望著裴宴，道：「你又發什麼瘋？不端著裝著了？來，來來，小兄弟，不要發脾氣，給阿兄說說你都遇到了什麼事？」說著，就去拽裴宴的袖子，要把他按在草席上坐下，「家中的庶務肯定難不倒你。那是什麼事呢？你不會是遇到個漂亮的女郎，求而不得吧？」說著，周子衿自己都被自己的話惹笑了，他道：「不是，要是你眞看上了誰家的姑娘，估計想娶也不過就是一句話的事，不會求而不得！難道是門不當、戶不對？哈哈哈……裴遐光，你也有今天！」

裴宴氣得臉色都變了，一把推開周子衿，衝著他的小廝喝道：「你們知不知道這是哪裡？居然還縱容他喝酒嬉戲，你們這是怕他的名聲太好了嗎？」

小廝們面露尷尬，忙上前去，想把周子衿扶回他住的地方。

周子衿卻揮手推開小廝，衝著裴宴嚷道：「遐光，你不要害羞。我雖然和你兄長是同科，可卻是看在你的面子上才會那麼尊重你兄長的，你才是我兄弟……」

眞是越說越不像話了。

裴宴決定不管周子衿了，怒氣沖沖地走了。

回到屋裡，重新躺下，他還是睡不著，心裡想著，明天的講經會安排在法堂，男賓那邊直接對著講臺擺了桌椅，女眷則安排在了東殿，前邊樹了架屏風。到時候所有的女眷都會坐在一起，要是顧小姐和郁小姐起了衝突，大家看在眼裡，不管誰對誰錯，總歸是件不體面的事。

裴宴越想越覺得這件事有點拿不準——若是郁小姐聽他的勸還好，若是不聽……或者是顧小姐主動挑事，郁小姐也不能一味地忍讓吧？何況郁小姐也不是個能忍的人。

他騰地一下就從床上爬了起來，叫了裴滿進來，讓他連夜安排人手去把女眷那邊的位子定下來：「誰坐哪個位子都標好，別到時候亂走亂動的，想往前湊就往前湊。郁小姐母女是隨著老安人過來的，你安排她們和老安人坐一塊兒。顧小姐呢，就安排和宋家、彭家的小姐們坐一塊兒好了。」

把人隔開了，應該會少生些事端。

裴滿驚得好一會兒才找回自己的聲音，狐疑道：「現在？把位子定下來？」

「對！」裴宴斬釘截鐵地道，「現在就去。像京城我恩師家上次辦喜事的時候那樣，畫一張圖，有多少個位子，每個人坐在哪裡，都明確記下來。然後給各家送張圖去，讓他們知道自己坐在哪裡。」

可張大人上次辦喜事，是因爲三皇子和二皇子都來道賀不說，還留下來聽戲。他們不過是辦場講經會，不必如此吧？

可這話裴滿不敢說。他如同在夢遊，「哦」、「哦」了兩聲，這才完全反應過來，確認道：「每個人的位子都定下來？」

也就是說，他們得連夜確定各府會有多少人去聽講經，包括隨身的丫鬟、婆子。就是站著的人，也得給尋個地方站吧？

裴宴覺得這些都是小事。

既然張家能辦到，他們家也能辦到。

「你去辦吧！」他如一塊大石頭落地，睡意立襲，打著哈欠表示裴滿可以退下去了。

裴滿退了下去，卻忍不住在心裡腹誹，老爺一句話，下人跑斷腿。今天晚上他和幾位管事的都別想睡覺了。

郁棠這邊卻睡得很香。

她昨天晚上不僅按計畫抄完了佛經，還得知李家就要倒大楣了，心情好得不得了，以至於第二天天還沒有亮就被雙桃叫醒了都依舊心情愉快，用過早膳還準備約了徐小姐一起去給裴老安人問安，結果等走到院門口，才想起來徐小姐和楊三太太都決定裝病不去參加講經會了。

但她還是進去給徐小姐和楊三太太打了個招呼，這才虛扶著母親去了裴老安人那裡。

裴老安人起得也挺早的，她們過去的時候不僅毅老安人和勇老安人都在，就連二太太和幾位裴小姐，還有裴家其他幾房的太太、少奶奶們也都陸陸續續地到了。裴老安人興致很好，還抱著二房還沒有滿週歲的重孫玩了一會兒，等看時間都差不多了，這才領著眾人去了大雄寶殿後的法堂。

因之前的章程大家都已經知道了，突然又接到座次表，大家都愣了。

雖說這樣的場合，大家都能按照自己的身分地位而找準地方，可總會有人爲了奉承人而擠到德高望重的長輩身邊坐，若是長輩們也不討厭這個人，還可以陪著說說話。

像這樣連誰家的丫鬟、婆子站在哪裡都畫個圈的，她們還是第一次遇到。

裴家幾位太太和少奶奶則開始竊竊私語。

一夜沒睡的裴滿只好小跑著過來解釋：「講經會有九天，誰來誰不來我們心裡有數了，有些事也好安排。」

能有什麼事安排？裴老安人滿心困惑，但主事的是自己的兒子，也只能順著說下去了：「如此也好。大家都別拘著，先坐了吧！要是覺得不習慣，等會兒再調整。」

眾人笑著坐下。

裴滿陪著笑，讓人守緊了通往東邊大殿的通道。至於西邊的大殿，放了些桌椅板凳，開放給了來聽講經會的臨安城的鄉紳百姓。

不一會兒，彭、宋等人家的女眷也陸陸續續地過來了。

看見座次表，眾人疑惑不已，但見裴家的人都波瀾不驚地按座次表坐著，想著裴家也是有底蘊的百年大族，隱居臨安，說不定這就是人家的規矩。遂疑惑歸疑惑，卻沒有人提出異議，彷彿理當如此，各自找了自己的地方坐下來。等坐下來仔細打量，這才發現，位子還眞的沒有放錯，誰應該坐主位，誰身邊應該挨著誰，都清清楚楚的。

彭家、宋家的小姐們笑盈盈的，只覺新奇、有意思，宋家領頭的宋四太太和彭家領頭的彭大少奶奶卻心中一凜。

她們可不是在外面行走的爺們，爲了揚名立萬，不僅不怕把自己的事告訴外人，還要到處宣揚，讓別人知道這個人的人品德行。她們這些女眷，平日裡是能低調就低調，能迴避就迴避的，可裴家硬是沒有把她們的座次弄錯，這說明什麼？說明人家裴氏雖然是在臨安這個小城裡住著，可對他們這些世家豪族卻什麼都知道。

特別是彭家大少奶奶，並不是彭家未來的宗婦，這次讓她領人過來，也是因爲彭大太太看重她的沉穩機敏善變通，彭大少奶奶卻怕引起妯娌們的不滿，不敢接這份差事，彭大太太這才把彭二少奶奶也塞了進來，讓有著殷家姑奶奶名頭的彭家二少奶奶吸引住別人的目光。但裴家安排位子的時候，把彭家二少奶奶和宋家的幾位少奶奶、小姐放在了一塊兒，卻把她和宋四太太一起放在了主事人的位置，和裴家的幾位老安人坐在了一起。

她雖然笑容自然地和裴家的女眷們打了招呼，心裡卻很是忐忑，不知道裴家這麼做是什麼意思。她有心想探探宋四太太的口風，宋四太太的目光則被緊挨著裴二太太坐著的郁棠吸引了過去。

裴府重要的女眷她都記得，郁棠於她，是張新面孔。

長得也太漂亮了。

她猜這位小姑娘應該就是讓宋六小姐吃了虧的郁小姐了。

宋四太太低聲問身邊貼身的嬤嬤：「那位是郁小姐嗎？」

貼身的嬤嬤窘然地點了點頭。

宋四太太沒有說話，看著郁棠不知道在想什麼。

正巧郁棠回過頭來，兩人的視線撞在了一起。

郁棠客氣地朝著宋四太太笑了笑，宋四太太也客氣地點了點頭，兩人算是打了個招呼。

宋四太太不免在心裡嘀咕，覺得郁棠這個小姑娘不簡單，能在這麼重要的場合，坐在那麼排前的位子，肯定很得裴老安人的喜歡。

有時候「縣官不如現管」，裴老安人身邊的貼身婆子和大丫鬟，她們也是不敢怠慢的，若是能和這個小姑娘說上話，說不定能在裴老安人面前吹吹耳邊風。

她想到宋四老爺這兩天快要愁白的頭髮，有點病急亂投醫，想要和郁棠搭個話，然後她才發現她坐的地方看似只隔著幾位老安人，但想越過幾位老安人和裴家的女眷搭個話卻不容易。

她總不能眾目睽睽之下直接把人家小姑娘叫過來吧？

宋四太太這才覺得這位子安排得妙——就算你知道這個人很重要，可要想趁這個機會說上話卻不能。

看來他們宋家以後有什麼事，也應該弄個這樣的座次表才是。而且她手裡還有裴家排出來的座次表，完全可以依據這個進行微調。

她拿了裴家的座次表研究。

彭大少奶奶就不好意思直接和宋四太太說話了，她只好四處張望，想把座次表和人臉都對上，結果一抬頭，看見顧小姐和武家的女眷一起走了進來。

她眉頭微微蹙了蹙。

顧小姐怎麼會和武家的人走在一起？要知道，顧小姐可是裴家宗房未來的長孫媳。

難道真如那些人私底下傳的那樣，裴家有意和武家聯姻？

想到會有這種可能，彭大少奶奶就有點著急。

彭大老爺臨時做出的決定，想和裴家結門親事。當然最好是能和裴宴聯姻。只不過，隨她過來的不管是七小姐還是八小姐，看來都不合格。

如果裴宴同意了，彭家會讓裴家在彭家所有適齡的小姐中任選一位；如果裴宴不同意，那就看看能不能從裴家四小姐和五小姐中選一個娶回彭家去。

若裴家看中了武小姐……於他們彭家就大不利了。

彭大少奶奶望著武小姐豔若牡丹的面孔，低聲吩咐貼身的婆子去打聽顧曦爲何是和武小姐一起過來的。

貼身的婆子應聲而去。

顧曦看著自己的座次表，卻完全不知道發生了什麼事。

她和宋小姐、彭小姐坐在一起，當然，離武小姐也不遠，可這樣的安排，既不能體現她與裴家的關係，也不能讓她和武小姐變得更親暱。

她還沒有嫁進來，裴宴就開始打壓她了嗎？

顧曦在心裡冷笑，面上卻半點不顯，依舊一副高高興興的樣子，和武小姐一起去給裴老安人問安。

裴老安人也不知道顧曦爲何會被安排跟宋小姐們一起坐，在她看來，裴家雖然不好在這個時候公然地照顧顧曦，但也不應該把她安排得那麼遠，只是這座次表已經發到了各家，她若是有異議，只會讓人覺得裴家內部不團結、不齊心，壞了裴家的名聲。

她笑著和顧曦、武小姐說了幾句話，就讓她們回了各自坐的地方。

而顧曦一坐下來就發現了坐在裴二太太身邊，和裴二小姐並肩坐著的郁棠。

她頓時氣得直發抖。

郁棠憑什麼坐在那裡？

裴家到底是怎麼看待自己的？難道她還不如郁棠這麼個外人嗎？

顧曦不願意失態，裝著沒有看見似的，和宋小姐、彭小姐們打著招呼，坐了下來。

武小姐就有些不開心。她覺得她坐得離顧曦有些遠，就商量著讓顧曦和身邊的彭八小姐換個地方。

彭八小姐無所謂，和顧曦換了地方。兩個人又交頭接耳地說起話來：「徐小姐挺厲害的，這樣的場合，說不來就不來。可見裴家也要給徐家幾分面子。」

顧曦和武小姐都有些羨慕。

武小姐就道：「我聽說講經會中途會休息兩刻鐘，我們到時候要不要去找裴二小姐玩？」

她昨天已經隨著顧曦去單獨拜訪過裴二小姐了，三個人說話挺投機的，還相約過幾天去寺外的小攤子上逛逛買買。

顧曦的目光不免又落在了郁棠身上。

裴老安人身邊那位姓計的娘子，正笑咪咪地彎著腰和郁棠小聲說著話。

她咬了咬牙，看了武小姐一眼，道：「也不知道計大娘在和郁小姐說些什麼？今天講經會之前，各家都會給昭明寺捐贈器物。我聽人說，郁小姐除了和裴家的小姐一起幫著苦庵寺做了佛香，他們家還會捐給昭明寺一個功德箱。」

這樣的大型佛會，寺裡通常都會請個秀才寫下當日的盛況，然後立塊碑，碑文最後還會把捐贈器物給寺廟的人的姓名刻下來。這是極體面且能光耀幾代人的事。

武小姐看郁棠的眼神頓時變得有些犀利起來，她若有所指地道：「郁小姐爲人挺有心的？我們家也只不過是捐了一千兩銀子，她一個人就捐了兩樣東西。」

顧曦原想禍水東引，但這位武小姐是個膽子極大的人，她怕再說下去，武小姐不管不顧地鬧了起來，再把火燒到她的身上，那就得不償失了。

「她常在裴家走動，機會比旁人多罷了。」顧曦不以爲意地笑著，轉移了話題：「不過，苦庵寺的佛香做得挺好，妳等會兒要不要去看看？郁小姐送給苦庵寺的香方中，據說有可以做出檀香味的，我準備買點回去給家裡人做禮物，妳要不要也買一點？」

武小姐原本就不喜歡郁棠，覺得她窮家小戶的，不知自愛，跑到這樣的場合來出風頭。見顧曦不再說郁棠，她也不提，笑道：「好啊！妳不是說這件事是裴家二小姐主持的嗎？我得捧捧她的場，怎麼著也要買些回去。」

兩人說笑著，剛才的插曲好似風息波靜，沒有發生過似的。

彭大少奶奶則在觀察裴家的小姐們，也就不免會看到郁棠。她發現郁棠和裴老安人身邊的人非常地熟悉，而且裴老安人身邊的人看著也都很喜歡她，包括二太太和幾位裴小姐。至於裴家沒有訂親的四小姐和五小姐，則一個活潑，一個溫順，她一時也看不出優劣來。

或許，她可以查查這位郁小姐。

彭大少奶奶摩挲著手中的座次表，尋思裴家的兩位小姐得仔細查查才是。她怕看走了眼，總得有個人幫她擔一擔這個責任才是。

還有這位郁小姐，若是也能一起查查就更好了。

彭大少奶奶想了想，低聲吩咐貼身的丫鬟，道：「妳去問問大老爺，十一爺來了臨安城，需不需要給裴家的幾位老安人問個安？」

彭家的十一爺是彭家背後主事的人，是跟著彭大老爺一起來的臨安，卻沒有住進裴府，而是帶著一幫人，不知道悄悄住在了哪裡。

不如趁著這個機會讓彭十一由暗轉明，大大方方地來給裴家的長輩見禮，把裴家兩位小姐和郁小姐的模樣記住了。

她這麼一琢磨，就將手中的座次表遞給了貼身的丫鬟，並叮囑道：「妳和大老爺說話之前，先把這張座次表給大老爺。」

人家連彭家內院的事都知道，臨安可是裴家的地盤，彭十一來了臨安，說不定裴家早就知道了。

彭大少奶奶果然玲瓏心腸，她的貼身丫鬟把座次表往彭大老爺手中一遞，話一說，彭大老爺立刻就明白了姪兒媳婦的意思。

他不動聲色地打量著坐在自己身邊，正和周子衿說著話的裴宴。

他就知道裴宴不會這樣安分，果然，講經會的第一天就弄出了一個座次表，這是要給他們這些人家一個下馬威吧？

不過，彭家也不是吃素的。裴宴既然把事情都做到這個分上了，他們彭家再把人藏著掖著，未免顯得太小氣了些。

彭大老爺把座次表還給了彭大少奶奶的貼身丫鬟，想和裴家聯姻的念頭就更強了。

據彭十一說，裴家適婚的除了宗房的裴宴、裴彤，還有裴家旁支那邊的裴禪和裴泊。裴泊如今還看不出什麼，裴禪已經有了秀才功名，馬上就要下場參加秋闈了。

如果彭家想嫁女兒進裴家，抓不住裴宴，就只好選這個裴禪了。

彭大老爺低聲對那丫鬟道：「妳去跟大少奶奶說，我知道了。讓她有什麼事自己拿主意，我會跟十一說，讓他聽大少奶奶的吩咐。」

最好是能製造些事端出來，讓彭家有機可乘，和裴家結門親事。

他這個姪兒媳婦向來聰明伶俐會來事，肯定能知道他的意思。

那丫鬟恭敬應聲是，退了下去。

彭大少奶奶得了彭大老爺的準信，心裡踏實多了。

她坐在那裡笑著和宋四太太等人寒暄了幾句，就見裴宴身邊那個叫阿茗的小廝走了進來，向裴老安人稟道：「彭家的十一爺聽說這邊在辦講經會，緊趕慢趕，終於在今天趕了過來。想進來給您問個安，您看是見還是不見？」

既然是裴宴身邊的人來說，那裴宴肯定是覺得裴老安人應該見一見。

裴老安人點了點頭，笑道：「那就請十一爺進來吧！」

阿茗退了下去。

身後。

裴老安人身邊的丫鬟婆子上前，雁字排開，把裴家和宋家等人家未出閣的小姐們都攔在了身後。

彭大少奶奶看著暗暗吃驚，卻也忍不住在心裡讚嘆。

裴家不愧是傳承了幾百年的世家，做起事來滴水不露。

然後彭大少奶奶就聽見宋四太太笑著問道：「彭府的十一爺？不會是那位在參加完了秋闈之後，在回鄉的路上被土匪毀了容的十一爺吧？」

彭大少奶奶眉頭皺了起來，正想搭話，誰知道彭二少奶奶趕在她的前頭笑道：「您放心，沒有傳聞中那樣嚴重。十一爺不過是在右頰留了道疤，過了這麼多年，家裡的好藥材像流水似的用，如今已經不大看得出來了。要不然裴家三老爺也不會讓他來見老安人了。」

彭大少奶奶忍不住在心裡罵了自己的妯娌一聲「蠢貨」。

就算是宋四太太好奇，她也不必自己人說自己人，開口就怕在座的女眷被十一爺給嚇著了。

她只好幫彭二少奶奶補救道：「想當年，我們家十一叔差一點就是解元了。裴三老爺是尊重我們家十一叔有學問，這才讓十一叔來給老安人問個好的。妳啊，可別嚇著了幾位老祖宗！」說完，還朝彭二少奶奶使了個眼色。

彭二少奶奶覺得彭大少奶奶這話有點往自家臉上貼金。

當年大家都說彭十一會中解元，可秋闈過後，他不過只得了第三名。彭大少奶奶這樣，也不怕別人笑話。

她正想再說什麼，彭十一已隨著阿茗走了進來。

他雖然臉色蒼白，臉上有道非常醒目的紫紅色肉瘤，卻身姿挺拔，錦衣玉冠，劍眉鋒利，帶著幾分英氣，讓人看著並不覺得害怕，只會覺得那道肉瘤讓他如明珠蒙塵，太可惜了。

「老安人。」他的聲音低沉卻醇厚，如陳年的老酒，聽了讓人難忘。

原本正和坐在老安人身後的裴五小姐說話的郁棠臉色大變，忘了說話不說，連身體都變得僵硬起來。

「妳這是怎麼了？」其他人都被新進來的人吸引了，傾著耳朵聽外面的動靜，只有裴三小姐立刻發現了郁棠的異樣，忙關心地問道：「是不是我們還有什麼事沒有準備好？」

郁棠在裴三小姐心裡是個溫和而智慧的人，逢人三分笑，誰說話都搭腔的。而此時郁棠不僅沒有理會她，還隨著外面的說話聲越來越大而變得臉色越發地蒼白了。

今天的法堂內人特別多，就算是裴家的僕婦們細心地點了檀香，還是會讓人覺得有點氣悶。

「郁姐姐不會是中暑了吧？」裴三小姐擔心道，上前去扶郁棠。

五小姐也站了起來，準備著要是郁棠情形不對，就立刻差人去喊大夫。

誰知道平時待人溫柔守禮的郁棠不僅沒有搭理她們，還非常失禮地「啪」地一下打落了五小姐伸過來的手，猛地站了起來，上前兩步走到了攔在她們前面的丫鬟身後，踮了腳朝外望。

噁心的紫紅色肉瘤、鋒利如刀的劍眉，還有看過來時似笑非笑，卻在昏暗的燈光下讓人毛骨悚然的目光……居然是他！

那個在苦庵寺裡對她意圖不軌不成殺了她的人！

前世，她不知道他是什麼人，不知道他爲什麼會出現在苦庵寺她落腳的廂房，不知道他爲何對她痛下殺手，

她一直以爲，他是李端雇來的幫閑。

可剛才她們說什麼來著？

他是彭家的十一爺。是個差點中了解元的人。是個有功名，還能成爲裴宴座上賓的世家子弟！

爲什麼？

被連捅幾刀的痛苦，臨死前慢慢冰冷麻木的四肢，還有血流在地上的腥味，那些自她重生之後就被她死死地壓在心底，準備再不提起的過往，就這樣突然重新在她心裡被撕開，讓她必須面對，還讓她瑟瑟發抖地想知道這個人爲什麼會被裴宴這樣看重？裴宴和他是什麼關係？前世，她的死和裴宴有沒有關係？

郁棠頭昏腦脹，指頭冰冷，兩腿發軟，站都站不住了。

「郁姐姐！郁姐姐！」五小姐和三小姐一左一右地把她圍了起來。三小姐更是焦急地道：「不管有什麼事我們都等會兒再說，現在我和小五扶著妳回去坐下，妳可千萬別再推我們了。」

幾家的人都聽說過這位彭十一，他這次來拜見裴老安人，原本就讓宋小姐、武小姐等人非常地好奇，全都盯著外面的動靜。郁棠這麼一動，動靜不小，自然也被幾家的人都看在眼裡，正奇怪地盯著她們。武小姐甚至已經開始和顧曦用大家都能聽見的聲音，彷彿在私語般地道：「這位郁小姐是怎麼回事？難道沒有人教過她，男女七歲不同席。外男再好，也沒有急巴

巴地去湊熱鬧的道理。裴家也是倒楣，怎麼邀了這樣的人來參加講經會，白白惹得人好笑。太丟人了！」

顧曦還在那裡勸道：「武小姐，也許人家郁小姐是有原因的呢！我們不知道的時候，還是少說兩句的好。」

武小姐冷笑道：「能有什麼原因？怕是不知道從哪裡聽說過彭家十一爺的名聲，想在彭家十一爺面前露個臉吧？」

畢竟是自家的族叔，彭家兩位小姐都瞪向武小姐。

宋六小姐卻掩了嘴笑，一副看笑話的樣子。

宋七小姐估計心裡也頗為鄙視郁棠的行為，裝著沒有聽見似的，問身邊的丫鬟：「不是說講經會巳正開始嗎？現在離巳正還有多久？」

裴五小姐急得直冒汗。

裴二小姐卻覺得郁棠丟了他們家的臉，起身快步朝郁棠走去，低聲喝道：「郁小姐，還請妳坐回自己的位子上去。有什麼事，伯祖母自然會喊妳的，妳暫時不用去伯祖母那裡服侍！」

為了裴家的顏面，她強忍著心中的不快，為郁棠的行為找了一個藉口。

誰知道郁棠卻不領情，像鬼撞牆似的，在原地團團打著轉不說，嘴裡還喃喃地不知道在說些什麼。

離她最近的裴三小姐和裴五小姐卻臉色驟變。

她們兩個離得近，聽得清楚，郁小姐分明是在不停地重複著說要去找她們的三叔父。

兩人不由對視了一眼，都在對方的眼中看到了惶恐。

裴三小姐平時因爲讓著姐姐，才會事事以二小姐馬首是瞻，才會萬事不管，實則她比二小姐更果斷，更有膽識。

她上前就把郁棠拉在了她的身後，攔住了滿臉怒氣衝過來的二小姐，道：「郁姐姐中了暑，我這就帶她下去看大夫。」說完，也不等二小姐有所表示，一面去強拉郁棠，一面喊自己的貼身婆子：「妳快過來幫我把郁小姐扶出去。」

那婆子一直注意著自己服侍的小姐，聞言立刻朝這邊跑過來。

只是裴三小姐那一聲喊也驚動了外面的人。

裴老安人朝身後望去。站在裴老安人身後的丫鬟就退到了一旁。

彭十一奉命而來，自然特別關注裴家的幾位小姐。他趁機冷眼望過去，就看見一個美若桃李的女子正面色雪白地望著他。

彭十一自被毀容之後，就特別不喜歡這樣的女子。

他目光一搼，眉頭輕蹙，正在心裡盤算著這是誰，那女子卻雙眼一閉，兩腿一軟，倒了下去。

「哎喲！」裴老安人立刻站了起來。

幾位老安人和太太也循聲望了過去。

這下法堂東殿的人都發現郁棠出事了。

幾位老安人經歷的事多，雖然慌張，卻也不至於坐立難安；幾位太太、少奶奶們則是事不關己，看個熱鬧。只有坐在裴家幾位老安人身後的陳氏，突然看見女兒暈了過去，頓時嚇得魂飛魄散，傻了似的坐在那裡，不知道動彈。再就是正在服侍幾位老安人的二太太，心裡咯登一聲，暗自在心裡連喊數聲「糟糕」。

郁棠是家中的獨女，要是郁棠在他們家經辦的講經會上有個三長兩短的，郁家這一家人怕是就要散了，而他們裴家辦事出了這麼大的紕漏，實在是不好對其他人交代。

二太太立刻就奔了過去。

陳氏這才清醒過來，淚如雨下地喊了一聲「我的兒」，緊隨著二太太跑了過去。

暈過去的人都特別沉，只有身量還沒有長開的五小姐離郁棠最近，扶住了郁棠。等到二太太和陳氏趕過來，接過郁棠的時候，五小姐覺得自己半邊身子都麻了。但她還牢牢記著三小姐的話，忙對二太太道：「姆媽，郁姐姐好像中了暑！」

陳氏早急得沒有了主意，聞言立刻求二太太：「快，快請大夫過來瞧瞧！」

二太太看著面如金紙唇如蠟，臉上卻沒有一滴汗的郁棠，覺得不像是中暑的樣子，又見陳氏一副六神無主的模樣，忙低聲道：「郁太太，大庭廣眾之下，總不能讓郁小姐就這樣留在這裡。您看這樣好不好？我記得法堂後面不遠處有間靜室，我這就讓人去跟寺裡的大師父說一聲，借用他們的地方，先把郁小姐安置在那裡。至於大夫，先把我們家隨行的大夫請過來，另外再派個人去城裡請個大夫，這樣也保險一些。隨行的大夫好說，讓計大娘去說一聲就行了。去城裡請大夫，我讓身邊的婆子去找管事們。齊頭並進，不會耽擱郁小姐病情的。您也鎮定點。郁小姐等會兒還需要您照顧呢！」

說話間裴老安人也趕了過來。她二話不說，蹲下來就給郁棠把了把脈。

這哪裡是中了暑，分明是受了驚嚇。

她心中大怒。

小姑娘們玩些把戲，這大家族裡不算什麼，可事情做到這一步，卻有些過分了。

裴老安人不動聲色地朝著二太太使了個眼色，然後溫聲安慰陳氏道：「是啊！妳放心，小姑娘不會有事的。她那麼乖，又是在寺裡，菩薩會保佑她的。妳且先安心。等大夫來了再看看怎麼說。」

陳氏得了裴老安人和二太太的勸慰，終於沒有那麼惶恐了。

她連聲道著謝。

裴老安人則若無其事地對圍觀的其他人道：「沒事，可能熏香點得有點多，小姑娘給悶著了，一時不適應。等大夫過來，吃幾顆仁丹就沒事了。」

除了這個，眾人也想不到還會有其他的可能，加之裴老安人剛才還給郁棠把脈，眾人紛紛問有沒有什麼能幫得上忙的只管吩咐，就是彭十一也非常歉意地道：「不會是被我嚇著了吧？我這臉上的疤也太嚇人了！早知道這樣，我就不來這裡拜訪您了。」

裴老安人聽著一愣，覺得沒準還眞有這可能，但她很快又否定了自己的這種猜測，覺得郁棠不是那麼膽小的人。她不由笑道：「十一郎多慮了，我們家的小姑娘可不是那沒有見識的。」

彭十一頗爲意外。

裴老安人已笑著對眾人道：「我知道大家都擔心郁小姐，但大家還是散了吧！郁小姐原本就悶著氣，妳們再這麼圍著，她就更難受了。」

眾人應是，雖然沒有各自坐下，也都散開了一些，東殿的氣氛也有所緩和。

武小姐和顧曦站在人群的最周邊。武小姐踮著腳看了郁棠幾眼，和顧曦耳語道：「她不會是裝的吧？我覺得中暑不是這個樣子的。」

顧曦想不通郁棠爲何要這樣，她疑惑道：「應該不會吧？」

武小姐不屑地冷哼了一聲，道：「有些人心思可多了，誰知道她打的是什麼主意？」

顧曦想問問武小姐是不是看出了些什麼，陳大娘已帶著兩個健壯的婆子抬了頂軟轎過來。二太太和陳氏將郁棠放在了軟轎上。

❋

裴宴原本就一直留意著東殿的動靜，有點擔心郁棠和顧曦鬧事，如今那邊又是抬轎子，又是叫大夫，其他人沒有注意，卻瞞不過裴宴。

他神色驟然變得冷峻起來，但沒等他招了阿茗等人詢問，裴滿已急匆匆地走了過來，在他耳邊低聲把郁棠暈倒的事告訴了裴宴。

「你說什麼?!」裴宴倒吸了一口冷氣，覺得彷彿有道冷風從他的心底呼嘯而過，讓他遍體生寒，臉色都好像被凍得有些蒼白起來。

他騰地就站了起來，張嘴就想問「郁小姐怎麼會暈倒了」，可眼角的餘光卻把陶清滿臉的好奇看了個正著，只好強壓著把話嚥了下去。

他這麼一嚷不要緊，郁小姐卻要在幾大家族甚至是整個江南出名了。

裴宴心裡頓時像被貓狠狠地抓了一把似的，一絲絲地抽痛得厲害。

他的臉色就更不好看了。

郁小姐原本就是個闖禍精，常在河邊走的，這次溼了鞋，不是很正常的嗎？他爲她擔心什麼？

腦子是這麼想的，可心痛的感覺卻抑制不住。

而且郁棠那邊還不知道具體發生了什麼事，他也沒心情去仔細地整理這些情緒，他沉著臉對裴滿道：「你跟我來！」

說著，他沒有向在座的眾人解釋一聲，抬腳就往法堂的後門去。

坐在正殿的宋四老爺等人猝不及防地就這樣被他晾在了法堂，一個個面面相覷，不知道發生了什麼要緊的事，遲疑著是派個人跟過去問一聲呢？還是裝著什麼也不知道的在這裡等著？

裴滿感覺到了裴宴壓在心底的勃然大怒，強打起精神跟在他的身後，把郁棠暈倒的事又仔細說了一遍。

裴宴的心情就像六月快要下雨時的天氣，低沉、焦慮、煩躁。

他不滿地道：「難道就沒有人知道到底是怎麼一回事？」

裴滿可算是看清楚了，他們家三老爺只要是遇到郁小姐，沒事都能整出事來。何況現在郁小姐眞的出了事。他們家三老爺那心裡不知道有多惱火呢！他可不想被遷怒。

裴滿小心翼翼地道：「要等大夫看過才知道。」

裴宴心煩地道：「那你還不快去請大夫？」

裴滿被噎得說不出話來。

他是這個家裡的大管事，總管所有的事務，他去請大夫了，那眼前的這一大攤子事誰來管？再說了，他手下有六、七個管事，若干個小管事和小廝，若請大夫這種小事都要讓他親自去，那爲何要養這麼多的下屬？

這道理還是從前三老爺跟他說的呢！

不過這個時候的三老爺像快要爆發了的火焰山似的，他可不想加把火，把火焰山給點著，把自己給燒死了。

他立刻道：「我這就去！」

至於是他親自去請，還是他派個人去，那就是他的事了。

一個強壓著怒火，一個敷衍著東家，兩人一前一後地出了法堂後門，正好看見一頂軟轎把郁棠抬了出來。

平時活蹦亂跳能把你氣得半死的人，如今卻死氣沉沉的……

裴宴愣然，半晌都沒有回過神來。

送郁棠出來的裴老安人卻一眼就看見了裴宴。

「你怎麼過來了？」裴老安人快步走了過來，因爲不知道郁棠到底怎麼樣了，在外人面前還強撐著，在兒子面前就不由地流露出幾分擔憂，她連珠炮似的道：「你也知道郁小姐的事了？我怕我們帶的大夫只會看些頭痛腦熱的小病，得趕緊請個厲害的大夫過來才行。要是還不行，就送杭州城。要是現在能聯繫到楊御醫就好了。」

楊御醫剛剛來給大太太請過平安脈。

裴宴道：「那就讓他再跑一趟。」

裴老安人點了點頭，道：「你別擔心。這裡有我看著呢！如今你二嫂辦事也很妥當了。你去正殿招待宋家、武家那些人好了。」

裴宴看著因爲沒有知覺，手無力地垂落在軟轎旁的郁棠，心裡很不是滋味，很是慌亂。

「沒事，不是還有二兄嗎？」裴宴的視線像被黏在了郁棠的身上，想撕也撕不下來似的。他道：「我還是跟過去看看吧？郁小姐畢竟是我請過來的。您還要招待那些當家的太太，二嫂……」大事不行，但看護個病人還是可以的，但他還是不放心。

裴宴嘴角翕翕，正想找個理由說服母親，二太太和陳氏已經發現裴宴也過來了，忙和他打招呼。

二太太還想和裴宴說幾句話，陳氏卻是生怕耽擱了郁棠的病情，打過招呼了就催著兩個婆子快往靜室去。二太太爲難地看了裴宴一眼。

裴宴卻道：「妳們快送郁小姐過去吧，我等會兒隨著大夫一道過去。」

這樣說沒有錯吧？他心中暗暗鬆了口氣。

裴老安人和二太太都被他誤導了，以爲他是準備等臨安城的大夫過來了再一道來探望郁棠。

作爲東道主，理應如此。

兩人都不再說什麼。

二太太和陳氏護著郁棠腳步匆匆地往靜室去，裴老安人則回去招待那些當家的太太們。

裴宴猶豫著是這時就跟過去，還是等一會繞了一圈再過去，只是他一抬眼，發現了站在法堂東殿門邊朝外張望的顧曦和武小姐。

第八章

武小姐穿著件大紅色遍地金的褙子，戴著赤金銜珠金鳳步搖，光彩照人，灼灼如一朵世間的富貴牡丹花；顧曦穿了件水綠色暗紋折枝花杭綢褙子，戴著蓮子大小的南珠珠花，亭亭玉立，如照水荷花，清雅嫻靜。

兩人並肩而立，如周子衿筆下的仕女圖似的春光明媚。躺在軟轎上的郁棠和她們一比，就如同草芥和明珠。

可她們又憑什麼這樣光鮮亮麗地站在這裡呢？

裴宴握了握拳。

指甲掐得掌心刺疼，讓他馬上清醒過來，卻又立刻陷入了更深的煩躁，甚至是暴怒。

理智讓他知道，在這個時候應該忍耐，感情卻讓他覺得若在這種時刻都要忍耐，那他所追求的權勢名利又有什麼用？

一左一右，一冷一熱，兩種情緒在他心裡撞擊，形成風暴。

他面上卻不露，看武小姐和顧曦的目光卻冰冷無情，深幽薄涼。

武小姐不由朝後退了一步，心中莫名慌得很，遷怒地詆毀起郁棠來。

「妳看！」她低聲和顧曦耳語，轉過身去，如同躲在了顧曦的身後般，「郁小姐要是不這麼一暈，裴三老爺怎麼可能跑過來？說不定，人家一直等著這個機會呢！」

裴宴和郁棠？

不可能！

顧曦下意識地搖頭，聲音繃得緊緊的：「應該不會！郁小姐是什麼出身？再說了，裴三老爺和郁老爺平輩相交，他們差著輩分呢！」

武小姐好像從詆毀別人的言辭中得到力量，不以爲然地道：「那是顧小姐您經歷得太少了。郁小姐是出身低，可架不住人長得漂亮。男子，別管他多正人君子，說到底，還是喜歡漂亮的。要不然那些揚州瘦馬都送給誰了？隔著輩分又怎麼了？又不是一個姓。這樣的人家我看得多了。只要能和富貴人家結親，輩分算什麼？禮義廉恥都可以不要了。要不我們走著瞧，那位郁小姐，肯定不會滿足於僅僅在裴老安人跟前做個陪伴的！」

顧曦第一個反應就是「不行」。

哪怕武小姐說的是眞的，那也不行！她以後是要嫁給裴彤的，裴宴的妻子就是她的嬸嬸。在座的女子誰都可以做她的嬸嬸，哪怕是其蠢無比的宋家六小姐。

郁棠不行！

這個女人處處和她作對不說，還和她氣場不合，兩個人在一起時就沒有好事發生過。

顧曦只要一想到郁棠有可能會壓在她頭頂上，就覺得頭皮發麻。

哪怕郁棠給裴宴做妾室，郁棠也是裴宴的枕邊人。這讓她尤爲不滿。

她突然想起她第一次和裴宴正面接觸。

她遠遠地看著時，感覺裴宴整個人都是溫和的、儒雅的、無害的，她這才大著膽子走過去的。

結果，郁棠來了，她看見了一個和她感覺完全不一樣的裴宴。

如今聽武小姐說起，她再仔細想想，不是她看錯了人，分明是裴宴對人、對事根本就是兩個態度。

顧曦惶惶，覺得這件事不能再這樣下去了，她得想辦法阻止！

找誰好呢？

她腦子飛快地轉著，想到了到現在還沒有出現在講經會上的裴大太太。

裴彤曾經和她說過，他父親和昭明寺的主持是方外好友，因此他和他的母親受父親的餘蔭庇護，昭明寺的主持對他們兄弟兩人及裴大太太都另眼相待，親自幫裴大太太引見了無能大師不說，無能大師還看在他們去世的父親面子上，專門給他父親做了一場法事。

裴大太太能被昭明寺這樣地禮遇，想必也能在這個時候幫她一把。

至少，不能讓郁棠心想事成！

顧曦很快就打定了主意，她笑著對武小姐道：「畢竟郁家和裴家是通家之好，大太太因為身體的緣故，不好出席今天的講經會，這邊發生了什麼事估計還一無所知，我得找個人去跟大太太說一聲，看是親自去探病還是派人問候一聲，她老人家也好有個章程。」

武小姐看者顧曦，在心裡冷笑。

顧小姐果然看不上郁小姐，還事事處處和郁小姐別苗頭。

她無意間的一句話就讓顧小姐露了餡。顧小姐以為她能利用自己，誰知道自己三言兩語就讓她跳進了坑裡。

但這個時候她們倆還是同盟，還是能不撕破臉就不撕破臉的好。

武小姐忙悄聲道：「那妳快去！」

她尋思著要不要上前去和裴宴打個招呼，畢竟見著了，不打個招呼沒有禮貌。可裴宴看她的眼神也太冷了，她又怕自己這個時候上前去會自討沒趣。

當然，如果沒有顧曦在場，自討沒趣也無所謂。

想當年，江家的大公子不也一樣看不上她大姐，可最後，還不是神魂顛倒地娶了她大姐！

念頭一閃而過，機會也一閃而逝。

武小姐還沒有做出決定，裴宴已抬腳就朝靜室走去。

顧曦愕然，情不自禁地問武小姐：「妳幫我看看，裴三老爺……是要去靜室嗎？那邊還通往其他的地方不？」

武小姐也是滿頭霧水。瞧著裴宴去的方向，十之八九就是去靜室的。

他這是要做什麼？講經會馬上就要開始了，法堂裡還坐著一大群世家故友，他難道也不管了嗎？

裴宴從小就跟著父親在昭明寺裡來來往往，若論關係，眞正和主持大師是至交好友的不是他大哥裴宥，而是他的父親裴老太爺。

他對昭明寺如同自家的後院一樣熟悉瞭解。他知道從這裡穿過一片竹林，再向西拐，穿過一道夾巷，就能到法堂後面的靜室，既能瞞過法堂裡的人，也能瞞過寺裡的人。

可當他看到顧曦和武小姐那試探的目光，他不屑地撇了撇嘴，直接往靜室去，連去法堂裡敷衍一番都不耐煩了。

兩個小小的內宅女子罷了，他要是連這樣的兩個人都要害怕，都要顧忌，都要迴避，他憑什麼掌管百年裴家？憑什麼庇護全族老小？

她們既然願意胡思亂想，那就讓她們胡思亂想去好了，最好嚷得大家都知道他是如何看重郁小姐的，以後有什麼事都離郁小姐遠一些。

可郁小姐向來身強體健，怎麼會突然就暈倒了？難道真的是被彭十一嚇著了？

她當初可是敢找幫閑去嚇唬她父親好友的人，怎麼會怕個彭十一？

裴宴百思不得其解，大步流星到了靜室。

❖

這邊裴二太太和陳氏剛把郁棠安頓好，還沒來得及幫著郁棠整理衣飾，就聽說裴宴趕了過來。

所謂的靜室，是給寺裡的高僧們單獨悟禪的地方。靜室也就有大有小。法堂後面的這間靜室，多半的時候都是給請來講經的高僧們在講經期間臨時歇腳的廂房，不過小小的一間，除了一張羅漢床，屋裡左右一邊放了一張桌子、兩把高背椅，一邊放著個帶銅盆的鏡架。打開門，屋裡的景象一覽無遺。

裴二太太看著這樣不像話，正準備吩咐婆子們去借架屏風過來擋一擋，不承想裴宴就走了進來。

她連忙起身擋在了郁棠的前面，急急地道：「三叔怎麼過來了？家裡隨行的大夫馬上就要過來了，郁小姐還沒有醒過來。」

裴宴此時心裡正煩著，臉上也就沒有什麼表情，看在與他並不是很熟悉的裴二太太和陳氏眼裡，就變成了成熟穩重、從容不迫，給人踏實可靠之感。

「沒事。」他好像在安慰兩人似的冷冷地道，「我來給她把個脈！」

內院再嚴謹，對方外之人和大夫都頗爲寬容。裴二太太和陳氏沒有多想，立刻就讓了地方出來。

裴宴仔細地打量著郁棠，發現她柳眉微蹙，汗珠直冒，神情痛苦，比起剛才來，更像是中了暑。

不過，做噩夢也是這個樣子！

裴宴不動聲色，坐在了床沿，拿起郁棠的手，三指搭在了她的寸關尺脈上。

裴二太太和陳氏大氣都不敢出。

脈象急促，緩而時止。這分明是受了驚嚇！

裴宴不可思議地望著郁棠，深深地吸了口氣，靜心養神，重新換了一隻手。

裴二太太和陳氏看著心頭亂跳，呆呆地望著裴宴，更不敢出聲了。

還是促脈。

裴宴的臉色就更不好看了。

陳氏受不了，怯怯地哽咽道：「三、三老爺，我們家姑娘怎、怎麼樣了？」

裴宴望了眼滿心擔憂的陳氏，又望了眼忐忑不安的二嫂，覺得郁小姐的病，還是等大夫來了再說。

若是大夫和他診得一樣……

那就得死死瞞住了——因爲受了驚嚇暈了過去，還攪和得講經會秩序大亂，不說別的，就是法堂東殿那些女眷就能把舌根嚼爛了，說上個二、三十年。

他無意讓郁小姐成爲別人茶餘飯後的談資！

裴宴怎麼也想不明白郁棠爲什麼會受到驚嚇。他道：「還是等大夫來了，看大夫怎麼說爲好。」

陳氏一聽，就想到自己病的那幾年，那些大夫是怎麼和郁文說話的。

她腦子裡「嗡」的一聲，還沒有開口說話，自己先暈了過去。

「郁太太，郁太太！」這下子裴二太太再能幹也慌了神，忙叫了隨行的婆子來幫忙。

大家七嘴八舌地，一個說把郁太太就安置在郁小姐身邊，一個說讓寺裡的僧人再幫著抬張羅漢榻來，屋子裡亂糟糟的。

裴宴看著臉色發黑，當機立斷道：「這邊不是離安排給吳家和衛家歇息的地方不遠嗎？先把郁太太送到那邊去，請吳太太和衛太太幫著照看一二。等郁小姐這邊看過大夫了，再讓大夫趕過去給郁太太開幾粒安神定心丸。」

這是最好的辦法了。

郁小姐不知道是爲什麼暈倒的，可郁太太明顯就是因爲著急女兒的病情才暈倒的。一個不知道緣由，一個有根有據，自然是先緊著那不知緣由的。

裴家眾人頓時像找到了主心骨一樣，裴二太太也不慌張了，僕婦們也不惶恐了，有人指使著抬了軟轎過來，有人扶著陳氏，裴二太太還趁機讓人搬了張屏風立在了安置郁棠的羅漢床前。

很快，陳氏就被送到吳家和衛家休息的地方。

那邊是怎樣的人仰馬翻暫且不說，這邊裴二太太剛剛送走了陳氏，裴家隨行的老大夫就過來了。

他在路上已經知道發生了什麼事，但乍一眼看見裴宴像個門神似的立在靜室的門口，他還是被嚇了一大跳，忙朝著裴宴行了個禮，小跑著進了靜室。

裴宴也跟著進了靜室。

裴二太太搭了塊帕子在郁棠的手上，在旁邊看著老大夫把脈。

老大夫把了脈，不由詫異地看了裴宴一眼。

裴家內宅向來清靜，可誰也不敢保證就能一直清靜下去。

這位姑娘分明是受了驚嚇，身邊又守著二太太和裴宴，這病情該怎麼說，他心裡實在是沒底。

裴宴覺得這大夫請得還不錯，想著等會兒得跟裴滿說一聲，推薦這大夫進府的人得好好地打賞一通才是。

他眉眼淡淡的，道：「我二嫂覺得郁小姐是中了暑，老安人覺得是胸悶氣短，您瞧著這到底是怎麼了？」

那自然是裴老安人怎麼說就怎麼說了。

那老大夫笑道：「家中的長輩有經驗，就是晚輩們的福氣。多半是法堂那邊的人太多，養在深閨的姑娘驟然間到了那樣的場合，有些受不住。我開些清熱解毒的方子，吃兩服就好了。不打緊！」

裴二太太知道裴宴這是壓著這大夫不敢說眞話，她也就不好插手了，喊了自己貼身的丫鬟，讓她服侍大夫筆墨。

裴宴就跟著那大夫出了屛風。

那大夫也不說什麼，刷刷地開了一劑藥方，遞給裴宴看。

裴宴一看，是安神定心的藥方，知道自己之前的脈象沒有看錯，眉頭皺成了「川」字，但懸著的心到底踏實了一些。

他喊了阿茗去抓藥，並道：「你親自煎了服侍郁小姐喝下。」

這就是不讓其他人知道郁小姐的病情了。

眾人心裡都明白，齊齊應「是」，道著：「郁小姐給悶著了，應該通風散氣，我們就在外面服侍，等郁小姐好些了，大家再在跟前服侍。」

那些來探病的，自然是更不能接待了。

裴宴滿意地點了點頭。

阿茗拿著藥方跑了出去。

裴宴就喊了二太太：「阿嫂，郁太太那邊還得麻煩大夫給瞧瞧，您不妨陪著走一遭好了。

這裡我讓青沅過來服侍，也免得您裡裡外外地忙不過來。」然後覺得就是這樣，二太太估計也恨不得生出八隻手來，又道：「我讓胡興也過來幫忙，聽您的差遣。」

裴二太太「哎喲」一聲，道：「這可不敢！胡總管應該也很忙吧！母親那邊的事也很多。」

裴宴不以為意地揮了揮手，道：「本來就是讓他過來幫母親和您管內宅之事的，如今卻累得嫂嫂東奔西走，原本就是他失職，讓他過來幫忙，也算是讓他將功補過了。嫂嫂不必怕他忙不過來。」

裴二太太也的確是掛著這頭、念著那頭，感覺很是吃力，想著胡興雖是服侍婆婆的人，可讓胡興幫她的是三叔，她也算是名正言順，遂笑著道謝應承下來，帶著大夫去了陳氏那裡。

裴宴就搬了高背椅坐在院子裡的菩提樹下。

裴滿則如履薄冰地問他：「您不去講經會那邊了？」

「有什麼好去的？」裴宴道，「不是還有二哥嗎？」

可二老爺和三老爺能一樣嗎？

裴滿不敢多說。

他一夜沒睡，又攤上郁棠母女的事，管事那邊還等著他示下中午的齋席，他坐立不安，偏偏還不敢說走。

裴滿只好陪著裴宴在那裡等著。

很快，青沅挽著個包袱，帶著兩個小丫鬟氣喘吁吁地趕了過來，剛準備上前給裴宴行禮，卻被裴宴揮了揮手道：「去屋裡服侍郁小姐去。她屋裡只有二嫂身邊留下來的小丫鬟，估計什麼也不懂。」

青沅從小就服侍裴宴，知道他那說一不二的脾氣，不敢多言，匆匆半蹲著行了個禮，就帶著兩個小丫鬟進了靜室。

裴宴伸長了脖子望了一眼，又重新眼觀鼻、鼻觀心地坐在了那裡，心裡卻不停地盤算著。郁棠怎麼就被個彭十一給嚇著了呢？可惜東殿那邊沒有他的人，不然他就可以趁著這個機會把東殿到底發生了什麼事問個清楚，也就能知道她到底是被誰給嚇著了。

他越想越覺得這件事透著蹊蹺，就越不想離開，好像這樣，他就能等到一個結果似的。

過了大約半炷香的工夫，阿茗拿著藥包，帶了一個拿爐子、一個拿煤的小廝過來，蹲在屋簷下開始煎藥。

裴滿實在是睏得不行了，掩著嘴打了一個哈欠。

裴宴好像這才發現他還待在這裡似的，道：「你怎麼還站在這裡？外面沒什麼事了嗎？」

若是真的驚訝，肯定會板著張臉的。

裴滿也是從小服侍裴宴的，不由在心裡腹誹，不就是想罰他嗎？但郁小姐病了，又不是他連累的，遷怒他做什麼？

只是這些話他可不敢說，還要裝模作樣地道：「您沒有吩咐，我以爲您還有事要叮囑我！」

裴宴這才「哦」了一聲，道：「你過去幫二叔照看著點吧！我等郁小姐醒了再過去。」

也就是說，郁小姐不醒過來，他不去法堂！

裴滿不禁在心裡嘀咕。若是那些客人問起來，他用什麼藉口解釋他們家這位三老爺不出現的理由呢？還有裴老安人那裡，他又應該怎樣回答呢？

他們家這位三老爺從小就是個任性的人，常掛在嘴邊的一句話就是「我都幫你想好了，那你能幹什麼呢」。

他恭敬地應「是」，想了想道：「那我就先去跟老安人說一聲，至於二老爺那邊，就說蘇州那邊有信過來，您要耽擱些時辰。」

裴滿這是在告訴裴宴，老安人那邊他準備說實話了，而法堂的那些客人，就讓他們誤會裴宴在接待王七保的人好了。

這也不算說謊。王七保的確主動聯繫裴宴了，請他過兩天到杭州的西湖邊吃荷塘三寶。

裴宴「嗯」了一聲。

裴滿覺得自己的身家性命終於保住了，鬆了口氣，沒敢多站半息，拔腿就跑了。

裴宴非常地不滿，覺得應該讓裴滿再多站幾刻鐘的。還好青沅出來了，向他稟道：「我們重新給郁小姐梳洗了一番，換了件衣服，在羅漢床旁加了頂帳子，點了半爐安神香，如今郁小姐睡得挺沉的，一時半會兒不會醒過來。」

以郁棠如今的情況，這樣的安排是最好的。

但裴宴還覺得不滿意，他挑剔地道：「睡得太沉也不好，等會兒她還得喝藥。若是被叫醒的時候又受了驚嚇，那可就麻煩了。」

青沅立刻道：「那我去熄了安神香。」

裴宴道：「她之前雖然昏迷不醒，卻一直不安寧，多半是夢魘了。熄了安神香，她豈不是就算昏迷也不安生？」

左也不行，右也不行，那到底怎麼辦才好？

青沅懵了。不由回頭朝靜室望了一眼。

這位郁小姐，什麼來頭？自她服侍三老爺以來，三老爺還是第一次如此患得患失？

郁小姐不會表面上是個秀才人家的女兒，實則是哪位王公貴族的遺珠，他們三老爺受了王公貴族之託，照顧這位郁小姐？不過，就算郁小姐真是這樣的身分，以他們家三老爺的脾氣，也未必會這樣緊張啊！或者，這位郁小姐的身分比這還重要……

她心裡天馬行空地猜測著，人卻低頭垂手，恭聲道：「那就試著看能不能把郁小姐叫醒？我看阿茗的藥快煎好了。」

反正也要把人叫起來喝藥。

裴宴覺得青沅的話有道理，但怎麼把人叫醒卻成了個問題。

是用塊冷帕子給郁小姐敷臉呢？還是就這樣推醒？或者是雙管齊下？

他在那裡糾結著。

靜室裡的郁棠卻猛地睜開了眼睛。

青色綃紗帳，雕著佛家八寶的羅漢床，熟悉的佛香味。

她在寺廟裡。

又不像在寺廟裡。

她還記得她前世住的廂房——簡單的白棉帳，因爲時間久遠，就算好好地反覆清洗過，也變得發黃。一桌一椅，一個鏡架還沒有了本應該鑲嵌在中間的銅鏡，陳設簡單到簡陋。而不是像這間，小小的廂房裡還在床前豎了座雞翅木牙雕八百羅漢的屏風。

唯一相同的，估計就是彷彿已經浸透在了青磚、木柱裡的味道。

她這是怎麼了？郁棠有片刻的恍惚。

她記得她看到了彭十一，因爲反抗得厲害，被他殺了。

她死前，還看到了滿臉震驚的李端。

他們兩個不知道爲什麼聚在苦庵寺裡，還起了爭執。那時候李端已經在京城爲官，按理說最少二十年都不會回來的。

那時她已經知道伯父和大堂兄的死都與李端有關，她覺得機會難得，把一直放在枕頭底下的剪刀揣在了懷裡，想找個機會殺了李端。

誰知道她沒有找到李端，卻碰到了彭十一。

彭十一看到她時眼睛一亮。

她在他的眼裡看到了男子見到女子時特有的驚豔。

她轉身就跑。

彭十一原本只是站在那裡，她好像聽到李端喊了她一聲，她回過頭去，沒有看見李端，卻看到臉色大變的彭十一。他三步併作兩步地追上了她，一面問她是不是叫「郁棠」，一面卻面色猙獰地掐住了她的脖子。

她感覺到了彭十一的殺意，掏出剪刀朝彭十一刺去——

結果她沒能殺死李端，也沒能殺死彭十一，卻反被別人殺了。

當然，她那個時候不知道殺她的人是彭家的十一爺，不知道李端是怎麼找到她的，更不知道她能在苦庵寺落腳，可能與裴宴有關。

這些念頭蜂擁而至，讓郁棠頭痛欲裂，心彷彿被撕開又揉成了一團似的，讓她不由抓著衣襟輕輕喘息起來。

青沅帶過來的兩個小丫鬟聽到動靜立刻走了過來，見她睜著眼睛，均是一喜，一個跑去報信，一個蹲在床前輕聲地問郁棠：「您醒了！能說話嗎？要不要喝點水？大夫已經來看過了，說是胸悶氣短，開了藥，阿茗親自去抓的藥，如今正和兩個小廝在外面給您煎藥呢！」

她的話音還沒有落，得到消息的裴宴已大步走了進來。

「怎麼樣？」他面色冷峻地問。

那小丫鬟忙退到了一旁。

裴宴坐在床沿上，拿起她的手給她把脈。

郁棠沒有說話，靜靜地望著裴宴。

她這才發現，裴宴下頜的線條非常優雅，乾淨俐落，有種沉靜的美。

這樣美好的裴宴，會與她前世的死有關嗎？

郁棠只要一想想，就覺得自己不能呼吸。

若是前世的郁棠，此時縱使心裡千迴百轉，恐怕都只能忍著。

可她是經歷過生死、錯失過恩情的郁棠。所以她問裴宴：「您為何要彭十一來拜見老安人？

您是要和他做通家之交的好友嗎？」

她的聲音嘶啞，透露著些許的忐忑。

裴宴心中一沉。

郁棠的昏迷居然真和彭十一有關！難道發生了什麼他不知道的事嗎？

裴宴想破頭也想不出郁棠和彭十一能有什麼恩怨。

他道：「那倒沒有。不過是因爲他被人陷害毀了容，想想覺得他也是個可憐人，滿腔的抱負付之東流，這才給他幾分薄面罷了。」

郁棠突然間明白過來。裴宴好像也是滿腔的抱負，結果因爲裴老太爺的遺言，被留在了家裡掌管家業，斷了仕途之路。

仔細想想，兩人的境地倒有幾分相似。

郁棠不由地屏住了呼吸，小心翼翼地求證：「三老爺，您這是在同情他嗎？」

「不然妳以爲是什麼？」裴宴瞪了她一眼，道：「彭十一也是個野心勃勃、勢利涼薄之人，這樣的人，我見得多了。怎麼會想和他做通家之好？」

郁棠鬆了一口氣，不禁露出個笑容來。

她的表情變化是如此明顯，笑容是如此燦爛，就算裴宴想忽視都沒有辦法忽視。他道：「那妳呢？妳怎麼會認識彭十一？他對妳幹什麼了？」說到這裡，他突然想到了李端，又道：「不會是李家的事他也從中插了一槓子吧？」

郁棠愣住。

她覺得裴宴是眞的很厲害。雖說今生衛小山的死與彭十一沒有直接的關係，全是李端作惡多端，可前世，李家和彭家勾結，李端和彭十一……

她一直懷疑自己前世的死，與她死前聽到的那些話有關係。

可悲慘的是，她當時看見李端出現在眼前，太激動了，根本沒有聽明白他們在爭論些什麼。

郁棠沉默了片刻。

她不知道怎麼跟裴宴說。裴宴是個好人，之前幫了她很多，她不應該說謊騙裴宴。何況裴宴如今正和彭、宋幾家爲了族中的庶務在爭取利益，若是因爲她的隻言片語影響了他的判斷，進而讓裴家受損，她下十八層地獄都沒有辦法補償裴宴。

她只好用無辜的眼神望著裴宴，盼著裴宴能大事化小，小事化了，誤會這是她的私事，把這一茬揭過去。

裴宴卻不是那麼好糊弄的。

小姑娘的眼睛是眞漂亮，黑白分明，像夏夜的星子，可這件事她不說清楚，他是不會善罷甘休的。

兩人你瞪著我，我瞪著你，一時間讓靜室變得靜謐無聲，落針可聞。

郁棠心裡有事，怎麼比得過理直氣壯的裴宴？不過一盞茶的工夫，她就敗下陣來。

她頓時心急如焚。

怎麼辦才好？

裴宴則暗暗地吁了口氣。

小姑娘要是不說，他還眞沒有什麼好辦法。但總不能就這樣一直僵持著。法堂那邊還有一大堆人等著他呢！他倒不是擔心得罪那些人，他是怕他們知道了他在做什麼，無端地把小姑娘給扯進來，把她推到了臺前，讓她被眾人矚目。

至於爲何不想讓別人知道郁棠，他沒有意識到，自然也就不會仔細地去想。只是簡單地把這種情緒歸結於閨閣女子，最好別拋頭露臉的常理上來。

裴宴好整以暇，只等郁棠開口。

郁棠急得不行，想著要不就耍賴……眼角的餘光不經意間掃過靜室牆上掛著的釋迦牟尼圖上。

她腦子裡靈光一閃。

這裡是寺廟，她還在寺廟裡住了好幾天，她完全可以說是有人託夢給她啊！

但說誰託夢給她好呢？

魯信？他活著的時候自己曾經壞過他的好事，他就是要託夢，也不會託夢給自己啊！衛小山？男女授受不親。衛小山父母兄弟俱在，爲何要託夢給她呢？若是因此讓裴宴誤以爲自己和衛小山有什麼情愫，那豈不是弄巧成拙？

這也不行！

郁棠額頭冒汗。

算了，與其編造那些有的沒的，把別人拖下水，還不如就說個最簡單的。

就說自己住在寺院裡，已經連著好幾晚都做了噩夢好了！

郁棠心中大定。

隨後又有些擔憂。這裡可是寺廟，滿天神佛都看著呢，她是個重生過來，受過菩薩恩典的人，要是說謊，菩薩會不會降罪於她？

如果只是降罪於她倒還好說，會不會也一併降罪於她的父母，降罪於裴宴啊？

想到這裡，她眼底露出幾分敬畏來！

裴宴看著心裡一凜。

看樣子眞的有事發生了啊！小姑娘還一副不敢說的樣子。

他臉上露出連他自己都沒有意識到的凜冽寒意。

郁棠一看，就覺得心裡非常難受。

自己果然還是讓裴宴不高興了。那……她就說了好了！大不了讓菩薩把這些罪過都算在她的身上。

她索性什麼也不隱瞞了，雙手合十，朝著牆上掛著的釋迦牟尼畫像拜了幾拜，雙目緊閉，低聲喃語道：「菩薩，全都是我的罪過，您要是生氣，就算在我一個人身上好了，我願意承擔任何業障，只求您不要責怪其他人。」

裴宴耳聰目明，聽得清楚。

這還求上菩薩了。

他嘴角微撇，原還想諷刺郁棠幾句，可見郁棠說完，還特別虔誠地又朝著那畫像拜了拜，他到了嘴邊的話突然就變成了：「行了！妳要是眞怕菩薩責怪，等會兒妳就準備些香油錢，讓寺裡的師父幫妳做場法事好了。菩薩本善，祂喜歡收香油錢。祂收了香油錢，一般什麼罪孽都會幫妳解決的。」

這話說的！郁棠沒忍住，瞪了裴宴一眼。

裴宴卻長長地透了口氣。

小姑娘還能作天作地，還能生氣，這樣看著才讓人覺得放心。不像剛才躺在軟轎上，也不像剛才那樣戰戰兢兢地祈禱，讓人擔心，讓人心疼。

他笑道：「看來是能夠跟我說了。」

語氣淡淡的，郁棠卻從中聽出了調侃之意，就像在逗她似的。

她抿了嘴笑。心裡的不安這時才算是徹底地放下來。

裴宴這麼好，不管她怎樣的驚世駭俗，他從來都沒有對她繞道而行，還願意聽她解釋，願意盡力去相信她。

從前如此，現在也如此！

就在這一刻，她下定決心，以後再也不要誤解裴宴了，不要聽他怎麼說，而是要看他做了些什麼，透過那些表面的東西，去看清楚他內在的善良與美好。

郁棠深深地吸了口氣，徐徐道：「我不是不想告訴你，我是怕你知道了不相信我。」

當眞有故事！

裴宴挑了挑眉，認眞地聽著。

郁棠把前世發生的事掐頭去尾地告訴了裴宴：「……我不知道爲什麼住在苦庵寺裡，看見李端和彭十一在爭吵。當然，那個時候我還不知道他是彭十一，只是對他臉上的那道疤印象深刻。您也知道李端對我們家做過什麼，我看著彭十一臉上的疤，覺得他肯定不是什麼好人，李端和這樣的人在一起，說不定是想對我們郁家不利。我就悄悄地靠近，躲在了他們身邊的花樹下。只聽見彭十一對李端說：『你這是色令智昏。這個女子必須除掉，不然顧朝陽那裡怎麼交代？這是投名狀！』

李端臉色很難看，道：『你不說，沒有人知道她還活著。』

彭十一說：『天下沒有不透風的牆。如果顧朝陽知道我們騙了他，後果是不是你一個人來承擔？再說你一個人承擔得起嗎？』

李端說：『我一力承擔！』

彭十一不屑地笑說：『你要不是還能哄著你老婆，你以為你能和顧朝陽說得上話？你還是別往自己臉上貼金了！』

說完，他推開李端，就要去找我。我不知道為什麼，從懷裡一掏，就掏出一把磨得錚亮的剪刀出來。想著要不我就在這裡躲著，等到李端落單，就可以殺了他了。」

那些被郁棠深埋在心底的事，被她自己親口一字一句地說出來，她覺得很疲憊。

她停了一會兒。

裴宴不僅沒有催她，反而起身去給她倒了一杯熱茶，遞到了她的手裡，低聲安慰她：「那是做夢。」

那不是夢！那是她親身經歷過的事！

郁棠眼角猝然溼潤。

她低下頭，整理著自己的心情。手中茶盅透出的熱氣慢慢地溫暖了她的指尖，也慢慢地溫暖了她僵硬的腦子。

她的腦子慢慢運轉起來，讓她靈機一動——她爲何不趁這個機會加上一兩句話，讓裴宴知道將來會奪得帝位的是二皇子呢？

念頭一起，郁棠簡直沒有辦法抑制自己的興奮。

但她知道，裴宴是個非常聰明的人，她若是有半點的雀躍流露出來，她的一番苦心付之東流不說，還有可能讓裴宴覺得她是在臆想，說的全是瘋話，甚至會懷疑她所有的所爲。

失去裴宴的信任，這是她無論如何也不能忍受的。

郁棠神色間不由流露出患得患失的神情來。

裴宴還以爲郁棠是怕他覺得她所說的話匪夷所思，所以不敢繼續說下去了。

他想了想，像小時候他父親安慰他時一樣，輕輕地拍了拍郁棠放在藏青色淨面粗布薄被上白皙、細膩，如羊脂玉的手，溫聲道：「沒事！我有時候也會做些亂七八糟的夢，醒了覺得很荒誕，可那是我眞的夢到過的。妳能把妳做的夢告訴我，我覺得挺好的。妳也不必有什麼顧慮，我不會跟別人說的。」說完，還破天荒地和郁棠說了句笑話：「妳的香油錢，我來幫妳捐好了，不用妳還，還保證寺裡的師父都很喜歡。」

只可惜他少有說笑話的時候，這笑話說得不倫不類的，加之郁棠有自己的小心思，腦子正轉得飛快，琢磨著怎麼把前世的事告訴他，聞言也沒有細想，衝著他笑了笑，心不在焉地道了句「來時阿爹給了我很多銀子」，就又低頭想自己的。

裴宴皺眉，覺得心裡不太舒服。

從前小姑娘和他說話的時候都會睜大了眼睛，全神貫注地看著他，他有一點點異動她就能立刻反應過來，現在……也許是因爲遇到了這樣可怕的事，被嚇著了。

裴宴很滿意自己的這個猜測。

不管怎麼說，小姑娘就是小姑娘，膽子再大，也不如小子皮實，她被嚇著了也很正常。從前自己總覺得這小姑娘天不怕、地不怕的，還是想得太簡單了。

他決定結束這次談話，免得繼續下去，嚇壞了小姑娘。

裴宴道：「那後來呢？是不是就給嚇醒了？」

郁棠覺得前世的事再怎麼追究，都是已經發生過的事，她不可能回到過去，也不可能查清楚，這也是爲什麼她重生之後，努力要忘記前世之事的原因。

今生的人沒辦法爲今生還沒有做過的事負責。

但有些事她還是想告訴裴宴。總不能讓裴宴以爲她膽子就這麼一點點，因爲夢見人吵架就嚇得暈了過去吧？

郁棠搖了搖頭，道：「後來我不知道爲什麼就撞在了花樹上，發出一陣窸窸窣窣的響聲。他們發現了我，我覺得若失去了這次機會，可能就再也沒有機會了。所以我沒有逃，反而是悄悄地準備換個地方躲起來。誰知道彭十一好像能看見我似的，追著我就過來了，還一把掐住了我的脖子，掙扎中，我把剪刀捅在了他的腹部……」

她聽見李端的驚呼。

最後的記憶停留在李端惴惴不安地對彭十一道：『怎麼辦？苦庵寺太小……要不，把她埋到裴家的別院去……』

也不知道後來他們是否眞的把她埋在了裴家的別院？她的屍體若是被發現了，會不會連累裴家的人？

裴宴聽著倒吸了一口冷氣。

難怪小姑娘會被嚇著。任誰做了個這樣古怪的夢都會心裡不舒服，何況轉眼間就遇到了夢裡的人。要是換個心思重的，說不定會以爲彭十一從夢裡跑出來，要來追殺她呢！

他想了想，給郁棠重新換了杯熱茶，道：「妳也不要多想，或許是這幾天換了個地方，妳沒睡好。不過，那彭十一的模樣的確是有些嚇人，是我考慮不周，只想著我覺得還好，沒有想到妳們都少見像他這樣的人。妳那邊聽說只帶了兩個人過來？這樣，我讓青沅暫時在妳身邊服侍著，再多派幾個小廝在妳住的地方守著。等今天的講經會結束了，我就讓那彭十一離開臨安城。」

這樣妳會不會覺得安全些？裴宴望著郁棠。

郁棠杏目圓瞪。

眞的爲了她，要把彭十一趕出臨安嗎？那彭家……

小姑娘的目光太清澈，眼神太直接，惹得裴宴忍不住輕笑出聲。

他道：「要不然呢？還留著他在這裡過年不成？他要是個有眼色的，出了這樣的事，就應該主動離開才是。我讓他聽完了今天的講經會再走，已經是給他面子了。這件事妳別管了，交給我好了。我曾派人送他回福建的，以後他也別想再踏足臨安。彭家難道還會因爲一個彭十一和我翻臉不成？」

郁棠聽了十分地感動。

彭家家大業大的，把他們家一個中了舉的子弟趕走，還不讓他以後再出現在臨安城，哪是這麼容易的事！偏偏裴宴卻準備爲她去做。

不管這件事成功不成功，她都感激裴宴的好心。

她覺得自己應該勸勸裴宴，讓彭十一別靠近她就行，但她正準備說的時候，驟然想到一件事。

前世，朝廷要在江浙改田種桑。江浙一帶的地本來就少，這樣一來，米價肯定會大漲。裴家先是在湖廣買了一個很大的田莊，後來又在江西買了一個大田莊。因而不管是什麼年成，裴家的糧油鋪子總是有米供應，有一年大災，還因此平抑了米價。因爲這件事，裴家還曾受過朝廷的嘉獎，給裴家送了塊匾額。

李家因爲這件事，也想在江西買田莊。

當時李家走的是彭家的路子，因爲彭家有人在江西任巡撫。而且當時李意還特意寫了信回來，讓李端盡快把這件事辦妥了，說是彭家的人已經在江西巡撫的位置上坐了快三年了，政績顯赫，彭家正在給他走路子，想讓他回京在六部裡任個侍郎，想要入閣。

李端當時正準備下場，沒空管這件事，就找了林覺幫忙。林覺趁機也給林家買了一個田莊。

如果因爲她的緣故，裴宴得罪了彭家，那江西的田莊、朝廷的嘉獎豈不是會全都受影響？

她不能這樣自私。

「不用、不用！」郁棠忙道，「不過是個夢罷了。我們犯不著因爲這個得罪彭家。講經會不過九天，講經會開完了，那彭十一估計也要離開臨安了。我這幾天避著他點就是了。裴家畢竟是東道主，讓彭家含怒而去就不好了。」

這話裴宴不愛聽。他斜著眼睛看著郁棠，「妳覺得我收拾不了彭家？」

完了！完了！

郁棠一聽就在心裡叫苦。

她怎麼忘了裴宴這倨傲的性子了？她不好好地表揚他一通，還在這裡懷疑他的能力，他肯定氣得不行啊！

「不是、不是！」郁棠補救般急急地道，「我是覺得犯不著。」

但這樣說太輕描淡寫了，應該不足以勸阻裴宴！郁棠覺得以她對裴宴的瞭解，她還得拿出更有力的理由，且不傷裴宴的自尊才行。

她腦子轉得飛快，道：「彭家不是有人在江西任巡撫嗎？我是覺得，與其就這樣把彭十一趕走，還不如利用這件事，讓彭家人心懷內疚，給裴家做生意開個方便之門。不過，這也只是我這麼一說，要不要這樣，能不能這樣，還得您拿主意。」

裴宴沒有說話，看她的眼神有些奇怪。

郁棠心裡「咯登」一聲，知道自己可能說錯話了，而且更可怕的是，她不知道自己哪裡說錯話了。只好做出一副怯怯的樣子，小聲道：「我、我是不是說得不對？」

裴宴的神色更怪異了。

他道：「誰跟妳說彭家有人在江西做巡撫？」

難道不是嗎？前世李家明明是走這條路子。

郁棠不敢多想，知道自己的說法出了大紕漏了。

她急中生智，一副懵然的樣子，道：「我、我在夢裡夢到的，還夢到裴家在江西買了田莊。」

裴宴震驚地看著郁棠。

就在三天前，他剛剛決定在江西買下一大片地。因爲朝廷即將強行在江浙推行改田種桑。不像湖廣，做到三品大員的人少，他在湖廣買田，只要有銀子就行了。江西這邊是*北卷的收割大戶，素來喜歡結黨，隱約與江南形成對峙之局。在那邊買地不僅需要銀子，更需要人脈。

如今的江西巡撫是他恩師張英的長子張紹，張紹在江西做官做得並不順利，就想給江西官員一個下馬威，因此一而再、再而三的讓他去江西買田。

實際上江西沒有湖廣產糧多，並不是個好選擇。但他架不住張紹的人情，準備拿幾萬兩銀子去給張紹抬轎子。

這件事裴家都只有他和毅老太爺、具體經辦人舒青三人知道，小姑娘是無論如何也不可能知道的。

裴宴是讀書人，不相信那些怪力亂神的事。

但此刻，他望著眼神依舊澄淨，神色依舊依賴著他的郁棠，再想到自己正坐在寺廟的靜室裡，心情就一下子沒辦法平靜下來不說，還生出許多古怪的念頭。

裴家歷代供奉釋迦牟尼，捐的銀子都可以打座供奉在昭明寺大雄寶殿裡的佛像了。不會是菩薩收了裴家的孝敬，吃人的嘴軟，拿人的手短，爲了讓裴家以後繼續孝敬祂，就藉著小姑娘的夢來告誡他吧？

不過，江西巡撫是彭家的人是怎麼一回事？他得好好查查。說不定張紹眞的在江西做了些什麼，陰溝裡翻船也有可能。

裴宴問郁棠：「妳還在夢裡夢到了什麼？」

郁棠鬆了一口氣。

她一直想著怎麼把話引到這裡來，沒想到無意間竟然說到了這裡，這下當然要把握機會。

郁棠半眞半假地道：「我在夢裡好像經歷了很多的事，可夢醒之後，記得最清楚的就是彭十一要殺我的事。李家好像因爲知道裴家在江西買了地，就走了彭家的路子，也在江西買了地。彭家在江西做巡撫的那個人最後因爲二皇子做了皇帝，還做到了吏部尚書，彭家就變得很厲害。李端也做了官。」

裴宴神色大變，起身推開窗戶，左右看了看，吩咐守在外面的青沅和在屋簷下煎藥的阿茗守在門口，這才重新在床沿坐下，低聲道：「妳說，妳的夢裡，二皇子登基做了皇帝？」

◎北卷：明清科舉，科場分爲北卷、南卷、中卷。

郁棠點頭，神色故作緊張地道：「有、有什麼不對嗎？」

太不對了！

朝中如今暗潮湧動，很大原因就在於立哪位皇子為儲君。

二皇子，到如今還沒有男嗣。所以想火中取栗的那些人才會想要把三皇子推上去，為自己或是家族爭個從龍之功。

小姑娘不至於跟他說謊。可立儲之事……涉及面太廣了。

有沒有可能小姑娘聽誰說過一句，理所當然地覺得朝廷確定儲君就應該立嫡立長，把夢和現實弄混了，所以才有這樣的說法？

裴宴看著郁棠茫然的雙眼，心中不忍，安撫了她一句「沒什麼不對的」之後，還是很理智地繼續問她：「妳還夢到了什麼？」

郁棠不敢多說。因為她的重生，她身邊已經有很多事和前世不一樣了。她雖然懲罰了李端，可也連累了衛小山。

「我能記得的大致就這兩樁事了。」她情緒有點低落，道：「可能還夢到了一些其他的事，但我一時能想起來的，就這兩樁事了。」

裴宴問她：「那妳知不知道二皇子現在只有兩個女兒？」

前世的郁棠當然知道。她不僅知道，還知道二皇子被立為太子之後不久，就生了個兒子，為此當今皇上還曾經大赦天下。

可這件事現在還沒有發生，沒辦法證實她所說的話都是真的。

而且，她並不知道前世的這個時候，二皇子的子嗣狀況如何。

「我不知道。」她搖了搖頭，道：「在我的印象裡，好像是皇上病了，然後二皇子一心一意地侍疾，三皇子卻到處亂竄，很多人覺得應該立三皇子為太子，皇上生氣了，就立了二皇子為太子。」

當今皇上的身體好得很，去年秋天的時候還做出了連御九女，大封內宮之事。

皇上怎麼可能生病？三皇子是個聰明人，就算皇上生病了，他怎麼可能不去侍疾？不去讓大家看到他的為孝之道，反而上竄下跳地去爭儲君？就算三皇子自己按捺不住，三皇子身邊的那些臣子也不可能讓他幹出這樣沒腦子的事！

裴宴想了想，道：「那妳還記不記得妳是怎麼知道二皇子登基做了皇上的？」

當然是因為昭告天下，紀年改元。

可這話郁棠不能說。

她認真地回憶著前世的事，終於找出一條能說得通的了：「也是因為彭家。在我的夢裡，江南的官宦世家，有的是支持二皇子的，有的是支持三皇子的。可二皇子登基之後，既不喜歡支持過他的人，也不喜歡支持過三皇子的人，他喜歡保持中立的人。彭家那個在江西做巡撫的大官，就是誰也不支持的。二皇子登基之後，就特別地喜歡他，還讓他做了閣老。彭家也一躍成為福建最顯赫的人家。在夢裡，彭十一就曾囂張地說過就算東窗事發，有他叔父在，自然有人幫他兜著的話……」

裴宴駭然。

這就不是一個小姑娘能知道的事了。

二皇子不知道是生性懦弱，還是怕被強勢的皇上猜測，一直以來都不喜歡和朝中大臣來往，特別是那些學社的人。不僅自己討厭，還不喜歡身邊的人跟學社的人有來往。之前他的恩師張大人以爲二皇子是不想捲入朋黨之爭，被人當槍使。後來才發現，二皇子是眞心覺得如今的朝廷之亂，就是這些學社惹出來的。他還曾和張大人討論過這件事，覺得若是二皇子登基爲帝，恐怕第一件事就是打壓這些學社……

郁棠所說，正好符合了二皇子的性情。

不要說她只是一個普通百姓之家的女孩子，就算是像郁文這樣讀過書、有功名的秀才，都不可能知道這樣祕辛的事，更不要說郁棠會在什麼地方無意間聽到了。

裴宴現在有點相信郁棠眞的是做了一個這樣匪夷所思的夢了！

想到郁棠不是腦子有什麼問題，也不是在說胡話，他居然像大石頭落地似的，長長地舒了口氣。

做夢嘛，會夢到荒誕怪異的事是很正常的。

他笑道：「這種議論皇家的事，妳以後還是別說了。既然是夢，夢醒了也就散了。妳不用太過在意，也別對別人說了，免得惹得家裡人擔心。」

實際上，他最怕的是被有心人聽了去，以爲她有什麼預測未來的能力，被人覬覦、利用，受到傷害。

郁棠點頭。

這麼重要的事，她當然不會告訴別人。

她透露的消息都非常重要，換成誰都不會立刻就相信她，裴宴能不把她當成瘋子收拾，已經是對她非常信任的了。

他這樣，已經很好了。

欲速則不達。只要她的重生沒有影響到其他的事，裴宴遲遲早早會相信她所透露的消息。以裴宴的聰明才智，前世裴家都能安然度過，今生肯定也能避開，她不過是不想裴宴未來的日子過得太辛苦了。

這就足夠了。

郁棠不好意思地笑了笑，道：「是我膽子太小了，才會被彭十一嚇著了。」

裴宴見她冷靜下來，好像又恢復了從前的活潑，心裡也很欣慰，笑道：「那妳好好休息。妳昏迷期間，把妳母親嚇壞了，我二嫂陪著她去找大師父給妳做法事了。妳喝了藥，休息一會兒，令堂就應該折回來了。」

陳氏暈倒的事，他根本不敢告訴她，怕她著急，傷身。

郁棠此時才想到母親，不由羞得滿臉通紅，低聲應「好」。

裴宴見慣了她生氣勃勃的一面，乍然間見到她乖巧馴服的樣子，不免大爲稀奇，多看了她幾眼。

烏黑亮澤的頭髮，白皙紅潤的皮膚，明亮清澈的眼睛，紅潤柔軟的嘴唇……越長越漂亮了！

像那三月花朵的花苞，不僅吐露出芬芳，還張揚地綻放豔麗的花瓣。

裴宴的心有些不爭氣地多跳了幾下。

他頓時耳根發熱，窘然地咳嗽了兩聲，急忙站了起來，道：「那妳先休息，我去法堂那邊看看。我在這邊待了快一個時辰了，那邊還不知道怎麼樣了。彭大老爺還準備中午吃飯的時候和我商量漕運的事。我們這邊糧食太少了，我準備販鹽，最好是能借助武家的船隊。彭大老爺也是這個意思……」

裴宴這是在向她解釋他此時非走不可的原因嗎？可他是裴府的宗主，想幹什麼就幹什麼，有必要向她解釋嗎？

郁棠心裡很是困惑，卻又生出幾分隱祕的歡喜。

難道是因爲他們有了共同的祕密，裴宴把她當成了自己人的緣故？

她在心裡琢磨著。

突然覺得能這樣也很好。

她忙道：「那您快過去吧！我這邊有青沅姑娘，有阿茗，還有您派過來的小廝，很安全的。」

裴宴想想，最不安全的是彭十一，他得趕緊把這個人解決了，不然就是派再多的人守著小姑娘，小姑娘還是會害怕的。

「那我就先走了。」裴宴心裡有點急，和郁棠說出句「注意安全，有事就讓人去告訴我」之類的話，就離開了。

郁棠全身都鬆懈下來，癱軟在了有些硬邦邦的羅漢床上。

青沅輕手輕腳地走了進來，溫聲喊著「郁小姐」，問她有沒有什麼吩咐。

郁棠怎麼好用裴宴的丫鬟？且她也睡不慣大師父們用來冥想、做功課的靜室。她有些難爲情地道：「我覺得好多了，想回自己的住處休息。能不能煩請青沅姑娘幫我看看我母親現在在哪裡，給她帶個信？」

裴宴走的時候已經派人去看陳氏醒過來沒有，還沒有回音。青沅當然不敢這樣告訴郁棠，她笑盈盈地應諾，用一種商量的口吻對郁棠道：「我這就派人去找郁太太。只是阿茗的藥馬上就要煎好了，您看要不要喝了藥再回您自己的住處？」

郁棠覺得這樣安排很好，遂頷首謝過青沅。

青沅聞言很恭謹地道：「郁家和裴家是通家之好，郁小姐千萬不要和我們客氣。您喊我的名字好了。您這樣一口一個姑娘的，可折殺我了。要是被老安人聽到了，也會說我們不守規矩的。」

重活一世，郁棠不太喜歡和人客套了，青沅既然這樣說，她也就從善如流，開始喊青沅的名字。

青沅則輕鬆起來。她在三老爺身邊服侍了這麼長時間，還從來沒有看過三老爺對哪個姑娘家有這樣的耐心，以她能通過重重考驗成爲裴宴的貼身丫鬟的聰明機敏保證，這位郁小姐在三老爺心目中，肯定是個特別重要的人物，她還是敬重點爲好。

郁棠喝了藥，謝過了阿茗，青沅也有了陳氏的消息。說是陳氏已經醒了，知道郁棠安然無恙，喜極而泣，趿了鞋就要過來，被二太太以「郁小姐看見妳這樣會擔心」爲由勸下了，正在重新梳洗，等會兒二太太就會陪著郁太太過來了。

青沅鬆了口氣。她再怎麼體貼周到，也只是個丫鬟，不如陳氏這個母親在身邊。

等到二太太扶著陳氏過來，青沅忙迎了過去。

二太太就向陳氏介紹青沅：「三老爺屋裡的大丫鬟，從小就在三老爺身邊服侍，跟著三老爺身邊的舒先生讀過書，是三老爺身邊缺不了的人。」

十分地抬舉青沅。

陳氏不敢怠慢，忙笑著稱了聲「姑娘」，謝了她幫著照顧郁棠。

青沅不敢拿大，恭敬地應著陳氏，幾句話間就把郁棠還不知道她暈倒的事告訴了她。

陳氏聽著暗暗點頭。

難怪二太太如此看重這位青沅姑娘，的確是個伶俐人，說話、辦事滴水不漏。

因此她和二太太進了靜室後都沒有提剛才的事。

陳氏拉著郁棠的手左右打量了半晌，見郁棠精神很好，這才放下心來，問她：「妳這孩子，既然不舒服就應該早說。妳看妳，突然暈倒，不說是我了，就是幾位老安人，也被妳嚇得不輕。等妳好了，可要記得去給幾位老安人請安。特別是裴老安人，妳暈倒了，她老人家還給妳把過脈呢！還有二太太，親自送了妳到靜室。」

至於她自己的事，她決定暫時不告訴郁棠，等確定郁棠沒事了再告訴她。

郁棠這才知道裴老安人還懂醫術，她暈倒之後二太太也幫了大忙。

她汗顏。

裴宴爲著她的面子，雖然對外宣稱她是身體不好，因爲胸悶氣短才暈倒的，可老安人肯定知道她是受了驚嚇。

的確像她母親說的那樣，她得去向老安人道謝才是。

還有二太太。

郁棠忙向二太太道謝。

二太太笑吟吟地受了她的禮，見這邊沒什麼事了，起身向陳氏母女告辭：「眼看著要到中午了，我還得去服侍幾位老安人午膳，就不耽擱妳們休息了。等那邊的事完了，我再來看妳。」

耽擱了二太太的事，陳氏和郁棠都很不好意思，兩人送了二太太出門。

第九章

青沅趁機指使著丫鬟把郁棠用過的東西收拾好了，又叫人抬了軟轎過來，把郁棠和陳氏送回了她們在昭明寺落腳的廂房，又幫著忙前忙後地服侍郁棠歇下，安排午膳，被打發去見郁文的雙桃這才得了信，急匆匆地趕了過來。

陳氏看著就將她拽到了門外，看了一眼正和青沅說話的郁棠，這才小聲地問她：「老爺知道小姐暈倒的事了嗎？」

雙桃連連搖頭，喘著氣道：「老爺和大老爺、大爺到法堂的時候沒有看見三老爺，還特意問來著。三老爺那邊的人多半是得了三老爺的叮囑，只說三老爺有事出去了。老爺知道小姐和您都陪著裴老安人，滿殿的女眷，他也不好去給裴老安人問安，就託了個丫鬟進去給您遞話，那丫鬟出來只說您和小姐等會兒要陪著老安人用午膳，晚上再說。正巧吳老爺他們也到了，老爺就沒再問。我還是看著老爺身邊不需要我服侍，回了東殿，才知道小姐暈了過去，被送了回來。」

陳氏聽著就念了聲「阿彌陀佛」，還好裴家應對得體，要不然，郁文知道郁棠暈倒了，還不知道會急成什麼樣子呢！

陳氏就問：「那捐功德箱的事順利嗎？」

「順利！」知道郁棠只是不舒服，雙桃放下心來，說起這件事來眉飛色舞的，「我們家這次捐贈的東西可出了大風頭了，一抬上去，就被宋老爺看在了眼裡，還特意讓人抬過去給他仔細地瞧了瞧，和大老爺說要在我們家訂幾個箱子呢！大老爺喜得合不攏嘴，說大少爺八字好，一出生就給家裡帶來了財運，還說等會兒要向無能大師給大少爺求個平安符呢！」

陳氏聞言忍俊不禁。

大伯那樣嚴肅規矩的一個人，看著孫子心就像化了似的，什麼好事都能扯到孫子身上去。好在是孩子還小，怕受了驚嚇，留了大嫂和相氏婆媳倆在家裡照顧孩子，不然大伯肯定要把孩子抱到講經會上來的。

雙桃說到這裡，眼珠子直轉，道：「太太還有沒有什麼事？要是沒什麼事了，我想去看看小姐。」

她關心郁棠，陳氏只有高興，肯定不會攔著。「去吧！青沅再好，也是三老爺身邊的人，妳去幫襯一把也好。」

雙桃就高高興興地去了郁棠那裡，還和郁棠說著悄悄話：「您不在太可惜了。顧小姐知道講經會不再由各家單獨展示捐贈的禮品後，臉色都變了，偏偏武小姐是個直腸子，還問顧小姐怎麼了。」

郁棠知道裴宴說到做到，並不擔心捐贈之事，她更關心苦庵寺的佛香。

雙桃興奮得兩眼發光，道：「那還用說？自然是和我們家的功德箱一樣，出了大風頭了。特別是那款檀香味的佛香，不是檀香卻如同檀香，大家都打聽這苦庵寺在哪裡？怎麼能調出這麼好聞的香？當即就有鄉紳人家的當家太太叫了苦庵寺的人過去，問廟裡都有哪幾種佛香？各賣多少錢？照我看啊，苦庵寺的佛香就要出名了。小姐的心血沒有白費。」

郁棠點頭，覺得如果能讓顧曦知道這佛香是從她那裡來的就更好了。

可惜，顧曦可能永遠都不會知道了。

雙桃又問起郁棠暈倒的事來：「您眞的沒事了嗎？」

「有三老爺呢，我能有什麼事？」郁棠正說著，吳太太和衛太太連袂而來。

陳氏親自迎了出去。

吳太太拉著陳氏就是一通打量，並道：「聽說妳不舒服？怎麼樣了？瞧了大夫沒有？我和衛太太是回廂房用午膳才知道妳暈倒的事。我把留守在那裡的幾個婆子都狠狠地罵了一頓，這麼大的事，居然沒有一個來告訴我們。」

衛太太在旁邊也直點頭。

陳氏忙道：「是我叮囑她們的。妳們好不容易來趟講經會，不能因爲我的事掃了大家的興。再說了，我也只是有點胸悶氣短，不是什麼大事，也就沒有告訴妳們。妳們要是不相信啊，可以看看，我這不是什麼事都沒有了嗎？」

她不希望女兒成爲眾人議論的焦點，一時也想不出好的藉口，就用了郁棠的病因。

衛太太和吳太太不疑有他，見陳氏紅光滿面，不像是難受的樣子，遂放下心來。

陳氏謝過吳太太和衛太太的好意，想著吳、衛兩家守在廂房的婆子在她去了之後盡心地照顧，又知道她們因爲住的地方不方便，午膳就只是自家做的乾糧，就很誠懇地邀請她們一塊兒用午膳。

衛太太和吳太太想著一上午多半的時間都在弄捐贈的事，下午無能大師才正式開講，兩人都不想錯過這次聆聽高僧解經，想了想，就沒有和陳氏客氣，決定留下來用午膳。

青沅又臨時叫人送來幾道菜。

兩人坐上了桌才發現桌子上都已經擺滿了，而且還是昭明寺的招牌齋菜。

吳太太和衛太太很是驚喜，特別是吳太太，指了桌上的一個個男子拳頭大小的包子道：「我還是三年前來昭明寺的時候吃過寺裡的素心大包。昭明寺的素心大包現在越來越難吃到了。」

昭明寺的素心大包，是用昭明寺師父們自己種的青菜、蘿蔔和豆腐做的。又因昭明寺有非常好的泉水，做出來的豆腐比別人做的都細膩香滑，別處買不到，這素心大包也就格外地好吃。只是寺裡的師父人手不夠，做出來的豆腐數量有限，用來做素心大包的豆腐也跟著沒有多少，而隨著昭明寺香火日漸鼎盛，素心大包越來越有名，來買包子的人越來越多，這素心大包早已到了一包難求的地步，有些人還會半夜起床跑到昭明寺裡買包子。

衛太太聽了笑道：「我倒是過年的時候吃過，是請人幫著買的，跑腿費就花了二兩銀子，算下來，一個包子差不多要五十文了。」

吳太太嚇了一大跳。

衛太太笑道：「這不是四兒媳婦懷著身孕嘛！她吃什麼吐什麼，我這也是沒有辦法了，要不然再有錢也不能這麼花啊！」

吳太太呵呵地笑，問起衛太太找誰買的包子。「說不定哪天我也要請人來買包子。」

衛太太就笑著道：「就是板橋鎮的曲氏兄弟啊！他們做事還挺守信用的，就是有點貴。」

郁棠大驚，沒想到曲氏兄弟什麼生意都做，連這種排隊給人買包子的事也不放過。

陳氏看著那一大盤包子，一個人一個根本吃不完，想著留在他們各自廂房的衛老爺、衛小川和吳老爺他們，就讓人把剩下的包子包了起來，讓用完了午膳的衛太太和吳太太帶去給吳老爺等人吃。「既然難得，大家就都嘗嘗。」

若是別的東西吳太太和衛太太就拒絕了，但想著這包子是昭明寺的特產，來了昭明寺，吃幾個也算是個念想，也就沒有推辭，大大方方謝過陳氏，帶著包子回了他們的住處。走的時候還對陳氏道：「妳好好休息，我們晚上再來看妳。」

陳氏笑著送了兩人出門。

用過午膳的二太太過來了。

陳氏見她額頭上都是汗，心裡十分過意不去，道：「我們這邊您就別管了，阿棠已經用了藥，大夫也說了沒什麼事，讓您這樣跑前跑後的，讓我們怎麼好意思？」

二太太卻拿了個小匣子遞給陳氏，道：「我可是受了老安人之託過來送藥的。」

陳氏愣住，隨後溼了眼眶。

裴老安人送了人參歸脾丸來，用來安神鎮定的。用匣子裝著，就算是常吃的人，不打開聞一聞，也不會知道是什麼藥。

二太太不知道，陳氏那就更不知道了。

陳氏接過藥，二太太就又問了問郁棠的病情。

「沒什麼事了，透過氣來就好了。何況您還給請了大夫，也已經用了藥。」陳氏正說著，徐小姐和楊三太太過來了。

兩人是午膳的時候聽說的，等用過了午膳就過來了。身邊的丫鬟還捧著藥材。

陳氏自然很是感激，又忙迎了兩人進來。

徐小姐見楊三太太和二太太、陳氏寒暄著，就去了郁棠屋裡探望郁棠。

郁棠當然不好意思說自己是受了驚嚇，支吾了幾句，就把這件事揭了過去。

徐小姐也沒有多想——中暑這件事可大可小，只要人能清醒過來，休養幾天，通常都會沒事。她就笑著道：「正好，妳可以陪著我們一起在屋裡歇著了，藉口都不用找了。講經會，誰願意出風頭誰出去。我們等講經會結束了，一起去杭州城玩玩。」

郁棠笑道：「妳不急著去淮安了？」

徐小姐嘟了嘟嘴，道：「事後我想想，覺得也許是我們小題大做了。不過，到底能不能去杭州玩，那就得等殷二哥來信，看他怎麼說了。可我想多在杭州城玩幾天。」說到這裡，她眼睛一亮，「要不，我陪妳去杭州城看病吧？這暈倒也不僅僅是中了暑，胸口不舒服啊，頭痛啊，都可能暈倒的。還是去杭州城再看看保險。」

郁棠就要擰她的鼻子，還道：「我看我們去杭州城給妳瞧瞧病好了！還得給京城的殷少爺送封信，就說妳病了。妳看這樣行不行？」

那殷明遠還不得不管不顧地跑到江南來啊！

就他那破身體，走到半路就得掛了！

徐小姐不好意思地衝著郁棠笑，道：「那我們就好好地待在房間裡說說話，看看畫本好了。」

這還差不多！

郁棠笑著點頭。

楊三太太就差了人來叫徐小姐，說是郁棠身體剛剛好一點，讓郁棠好好休息，明天再來探望郁棠。

郁棠也想仔細地琢磨一下說給裴宴聽的那些話有沒有什麼破綻？需不需要補救？因而也沒有留徐小姐，讓雙桃送了她出門。

一時間郁棠這裡熱鬧起來。裴家的幾位老安人，以及宋家、武家都派了人來探望郁棠。郁棠連嚇帶怕，精力有些不濟，把這些交際應酬都交給了陳氏，自己躲在廂房裡好好睡了一覺。

❖

顧曦那邊則一直注意著郁棠這邊的動靜。

裴宴跟去了靜室之後，快到中午才重新出現在法堂。隨後二太太就回來了，告訴大家郁棠沒事。

顧曦懷疑裴宴在郁棠暈迷期間一直守著她。要不然怎麼解釋裴宴的缺席呢？還有講經之前的捐贈儀式。

裴家之前就跟她說過了，女眷不露面。她雖然有點可惜自己不能出風頭了，但也能理解裴家的做法，只是心裡不舒服了幾日。等到捐贈儀式上念到她的身分時，想到她的姓氏能刻在石碑上留名百年，她還挺高興的。可當她發現主持這次捐贈儀式的是二老爺裴宣時，聽到屏風外的人紛紛議論裴宴去了哪裡的時候，她心裡頓時像吞了隻蒼蠅似的，非常地難受。

裴宴竟然不在！

裴家作爲臨安最顯赫的家族，裴宴又作爲裴家的宗主，沒有比這更要緊的事了，他竟然爲了那個郁棠，沒有出席講經會的捐贈儀式！

顧曦的理智覺得不管從哪方面來說，裴宴都不可能這樣看重郁棠。可她的直覺又告訴她，裴宴就是守在郁棠身邊的。

姓氏被刻在石碑上的喜悅不翼而飛。顧曦臉色有些發青。

爲什麼會這樣？

她不服氣。

她想到郁棠那看著不笑時秀美溫婉，笑時燦爛如花的臉。

難道就因爲這個？裴宴就這麼膚淺？

那武小姐豈不是也有機會？

顧曦越想越覺得自己不能就這樣算了。

她悄悄地問荷香：「大太太那邊有沒有什麼消息？」

荷香默默地搖了搖頭，「沒有人進出。」

那就是不準備管這件事了！

顧曦非常地失望。

用午膳的時候，她和武小姐她們坐在了一塊兒，特意提起郁棠的事：「我們要不要去看看她？」

宋六小姐不以爲然地道：「不是已經派人去問了嗎？」

難道還要她們親自去探望郁小姐嗎？郁小姐有這麼大臉嗎？

彭大少奶奶沒有吭聲，也在心裡想著這件事。不過，她還沒有派身邊人去看望郁棠，而是派了人分別去問彭家大老爺和彭十一。彭大老爺覺得，當成普通人情交往處置就行了。彭十一則想得更多，他讓人回彭大少奶奶：「可能是被我嚇的。」並道：「這個姑娘不重要，重要的是裴家對她是什麼態度。若是裴家看重她，我這就去向裴家道歉，妳也親自去探視一番。」若是不夠重視，暈了就暈了。

彭大少奶奶會意，安安心心地用了午膳，只等彭十一的消息。

裴宴則有些拿不定主意，是這個時候就處置了彭十一呢？還是等他飛鴿去京城，那邊有了回音後再處置彭十一呢？

郁棠說彭家有人做了江西巡撫，而彭家目前能晉升江西巡撫的就只有彭七老爺彭嶼了。張家是京城人，張家人又幾代經營，可謂是京城的地頭蛇。如果彭嶼有意頂了張紹做江西巡撫，張家不可能一點風聲都沒有。最多就是大意了，沒有把彭嶼放在眼裡，陰溝裡翻了船。

這件事他還不知道張家到底打算怎麼辦，因此他讓人放了隻鴿子去了京城。

無事就當提個醒，有事卻可以讓張家重視起來，防患於未然。

裴宴想得挺好，可再見到彭十一的時候還是心裡有些不舒服。彭十一來問他郁棠的病情時，他半真半假地道：「是我的疏忽，沒想到小姑娘的膽子這麼小。我看，你以後只能跟著我們喝酒吃茶了。」

這就是委婉地告誡他不要再去見女眷了。

彭十一暗暗有些驚訝。

郁家的這位小姐，他前前後後查了好幾遍，也沒有查出她有什麼不同於眾人之處，卻得了裴宴這樣的青睞……他也想到郁棠那張宜嗔宜怒的臉來。

英雄難過美人關嗎？

彭十一在心裡嘲笑了一聲，面上不僅不顯，還自我調侃道：「那我可有口福了。誰不知道裴家三老爺茶不好、酒不醇是放不進眼裡的。我也跟著沾沾光，嘗嘗你們江浙的好茶、好酒。」

可就算他的態度這樣好，裴宴看他還是不順眼，笑意並沒到眼底，看得彭十一心驚不已，回到自己的座位想了又想，決定還是慎重點，派人給彭大少奶奶送信，讓她最好能親自去探望郁棠：「禮多人不怪！」

彭大少奶奶是很信任彭十一的判斷的。她也沒有邀請其他的人，就帶著彭家的八小姐一起去了郁棠那裡。

❖

顧曦望著彭家大少奶奶的背影，坐在桌前沉思了半晌，要不是武小姐問她要不要一起回房間休息一會兒，她恐怕還回不了神。

「那就一起走好了！」顧曦笑盈盈地道，忍不住又在武小姐面前說起郁棠：「也不知道郁小姐怎樣了？妳看見沒有？剛才裴老安人身邊的珍珠給了二太太一個匣子，看那樣子，像是裝藥材的匣子，裴老安人不會是差了二太太給郁小姐送藥吧？」隨後還開玩笑地道：「大夫看過還不成，還要親自過問，也不怪郁小姐在裴家可以隨意走動，裴家上上下下就沒有不喜歡她的。」

武小姐明知道顧曦是什麼意思，卻不能不警惕。

父母之命，媒妁之言。裴老安人是能左右裴宴婚事的人。得了裴宴傾心的人未必能嫁給裴宴，但得了裴老安人青睞，卻能輕易地成爲裴宴的妻妾。

武小姐笑道：「要不，我們也去看看郁小姐？就當是給裴老安人面子了！」

這也正是顧曦的用意——她需要打聽到裴宴之前的行蹤。

兩人裝模作樣地讓丫鬟提了兩匣子點心，就去了郁棠那裡。

郁棠睡了，她們到的時候彭大少奶奶剛走。

陳氏熱情地接待了她們。

當武大小姐打聽著裴家對郁棠的態度時，顧曦卻在觀察屋裡的陳設。

中堂的長案上擺放著的梅瓶很普通，插的是這邊花圃裡種的紫荊花，用的茶具也是市面上常見的青花瓷。再看陳氏身上的衣飾，寶藍色素面的杭綢褙子，靚藍色雲紋比甲，棗紅色山茶花絹花，鎏金葫蘆耳環，是臨安城裡當家太太們普遍的裝扮。不過，那張臉倒和她女兒一樣，膚如凝脂，眉若柳葉，十分地出色。只是母親顯得楚楚可憐，女兒卻是明麗活潑。

她又抬眼朝郁棠的內室望去。

正巧一個姑娘家撩簾而出，陳氏立馬客氣地喊了聲「青沅姑娘」。

那姑娘不過十八、九歲的樣子，卻穿著湖綠色織錦紋褙子，鑲著藍綠色縴絲芽紋的比甲，戴著珍珠耳環，一滴油的金鐲子，打扮比一般鄉紳人家的姑娘還富貴，特別是長得明眸皓齒，眉宇間一派溫柔大方，像個養在深閨的大家小姐。

顧曦和武小姐均是一愣。

陳氏向她們介紹：「這是三老爺身邊的青沅姑娘，聽說我們家姑娘暈倒了，派了過來搭把手的。」

顧曦和武小姐齊齊變色。

顧曦想：郁棠和裴宴之間果然不簡單。

武小姐則在想：顧小姐把我拉過來，難道是想暗示我郁小姐和裴宴之間有私情？

可她不過是奉了家中長輩之命，要在裴宴面前留個好印象，武家去向裴家提親的時候，裴宴好歹見過她，能增加一些機會罷了。

難道她還敢管裴宴喜歡誰不成？

但若是因爲郁家這位小姐冒出來，搶了她的風頭，讓她失去了裴宴正妻之位，她也不可能無動於衷，就這樣默默退場。

武小姐想到裴宴那近乎完美的臉龐，不出地暗自咬了咬牙。

難怪黎家小姐們打破頭，能嫁給像裴宴這樣才學、相貌都超人一等的夫婿，作爲女子，這一輩子也就心滿意足了吧？

她看陳氏的目光頓時變得銳利起來，道：「眞是難得，裴三老爺還派了人來幫襯妳們，這可是大恩啊！」

陳氏倒沒有想那麼多。郁家和裴家的門第相差太遠，郁棠和裴宴也差著年紀。她聞言贊同地點頭，感激地道：「我們姑娘能這麼快就醒過來，眞是多虧了三老爺。我還想著，等我們姑娘能下床了，得請寺裡的主持師父幫著給三老爺點盞長明燈才是。」

陳氏神色眞誠，不像作僞。

武小姐心裡不免有些打鼓，只好朝著青沅點了點頭，喊了聲「青沅姑娘」。

青沅忙朝著武小姐和顧曦行禮，恭敬地連聲道「不敢」。

武小姐不過是面子上的客套，顧曦心裡卻像藏了隻貓似的撓得厲害。

她道：「青沅姑娘辛苦了！郁小姐這邊沒帶幾個僕婦，還要請妳多多照看了。」

青沅雖然只是個丫鬟，但她能在裴宴屋裡服侍，那就是個聰明伶俐的人精。裴宴的婚事不要說是外面的人了，就是裴家的人，也有不少盯著的，或是想把自家娘家人嫁過來，或是想給自家姻親牽個線的。爲此，他們這些跟在裴宴身邊服侍的都被人抬舉過。武家打什麼主意，青沅這幾天也聽說了。但顧曦……她就有點拿不定主意了。可顧曦說的這通話……大家小姐出行，不管是人還是物，爲了方便舒適，都會帶上慣用的。顧曦這話分明是在說郁棠出身寒微，連僕婦都用不起。

想到大太太和他們家三老爺之間的是非，她對顧曦又怎麼會客氣呢？

青沅笑盈盈地，說的話卻綿裡藏針：「多謝顧小姐關心。郁小姐這邊是人手有點不足。說起來，也是我們這些管事的沒把事情安排好。早知道就應該把府裡的柳絮她們帶過來的。郁小姐常在裴府那邊走動，柳絮服侍她的時候長，的確比我更合適些。不過，還好顧小姐您提醒了我，我這就去稟了三總管，讓他趕緊把柳絮她們帶過來。不然郁小姐跟著裴老安人過來，就算是哪裡住得不舒服，只怕也不會聲張，倒白白地讓郁小姐受委屈。」

陳氏是一頭霧水，加上人又頗為敦厚，顧曦說的也是實話，聞言嚇了一大跳，忙道：「哪裡就好請裴府的姑娘們過來，這邊有我和雙桃就行了。青沅姑娘過來，都是厚待了我們家這個不懂事的。」

青沅哪裡就能讓顧曦和武小姐看了笑話去？忙笑著道：「郁太太不必客氣。這原是我們想得不周到。大夫說，郁小姐人醒過來就不要緊了，何況還有老安人送來的藥！要知道，老安人那裡的藥可都是楊御醫親手調製的，靈得很。普通的藥丸可不能比。您就把心放下，好好地跟著老安人去聽無能大師講經好了。這樣的盛會，我們臨安城十年也遇不到一回。」

說著，她嘆了口氣，又道：「可惜我們家老安人如今不怎麼愛出門了，杭州城的靈隱寺、永福寺，誰不知道我們家老安人？要不然，您得了空跟著我們家老安人去杭州，靈隱寺、永福寺倒是常有廟會。特別是靈隱寺，素齋好吃不說，遇著初一、十五還會送藥包，若是遇到了臘八節，坐著吃碗熱呼呼的臘八粥也很有意思的。」

陳氏是別人敬她一尺，她就敬別人一丈的人，聽了笑道：「借青沅姑娘的吉言，我哪天也能隨著裴老安人去靈隱寺見識見識。」

青沅咯咯地笑，朝著武小姐和顧曦行了個禮，道：「三老爺吩咐了，要是郁小姐醒了，讓我去跟胡總管說一聲，派個醫婆過來給郁小姐用艾香灸一灸，人會舒服很多。」

陳氏一聽是女兒的事，也顧不得客氣，立馬送青沅道：「那就麻煩青沅姑娘。」

青沅看也沒看武小姐和顧曦一眼，笑道：「不麻煩、不麻煩。這可是三老爺臨走時叮囑了又叮囑的事，我們這些做下人的哪裡敢怠慢？只求我們要是有做得不好的地方，您多包涵，別讓三老爺知道了。」

陳氏急急地道：「看姑娘說的，我們這姑娘暈迷的時候，多虧了您幫著照看，阿茗幫著煎藥，比我都做得好。我感激還來不及，哪裡就像姑娘說的，有怠慢的時候？」

兩人說著話，出了門。

武小姐和顧曦彼此對視了一眼，都發現對方的臉色非常地難看。武小姐更是心中有氣，生硬地對顧曦道：「既然人家沒事，我們也盡了禮數，那就早點回去歇了吧！下午無能大師的講經會才算是正式開始了。我好不容易來一趟，不想錯過這場盛事。」

顧曦神色木然地點了點頭，和武小姐很是失禮地在主人不在的時候徑直出了門。

她們在院子裡碰到了折回來的陳氏。

陳氏奇道：「妳們不多坐一會嗎？這麼急的就要趕回去了？」

武小姐冷笑道：「不坐了！再坐下去，就趕不上無能大師的講經會了。」

陳氏生於市井，長於市井，大家都沒有那麼多的講究，並不覺得武小姐和顧曦這麼做有什麼失敬之處。她笑道：「那我送妳們出門。我們家姑娘還沒有醒，我一個老婆子，連個說話的人都沒有。等我家姑娘醒了，妳們再來玩。」

說話的語氣十分地真摯。

武小姐多看了陳氏幾眼。

顧曦卻心都氣炸了，拉著武小姐就出了門，等到看不見郁棠住的院子角門，這才咬牙切齒地道：「我只知道郁小姐會裝，沒想到她母親更會裝。還讓我們等她醒了再過來玩？真能忍！這樣的人，我是不敢深交的。」

武小姐家裡還有些從小長在水匪堆裡的粗使婆子，說話行事就沒有什麼顧忌。在她看來，陳氏並不像是裝模作樣。但顧曦很氣憤的樣子，她也就不好爲這點小事和顧曦爭論了。

她敷衍地點了點頭，兩人在甬道拐彎處分了走。

顧曦一回到住處就控制不住自己的脾氣了。

她不敢砸屋裡的東西，怕留下了痕跡，被傳了出去，說她婦德有失，卻又氣得心口都是疼的，只好在屋裡快步來回走動著消氣。

荷香擔憂地望著她，連呼吸都放輕了幾分。

顧曦過了大約一炷香的工夫，她心裡覺得好受了些，這才對荷香道：「那個叫柳葉的，妳們還有聯繫嗎？」

當時住在裴家的時候，在郁棠那邊服侍的是柳絮，在顧曦這邊服侍的是柳葉。

荷香搖了搖頭，輕聲道：「我們畢竟住在杭州。但我們之前相處得還不錯，我還曾經送過她一把梳子。姑娘可是有什麼事要吩咐我？」

顧曦咬了咬牙，道：「妳下午不用跟我去講經會了，盯著郁小姐那邊。看裴府那邊會不會把柳絮、柳葉她們送過來。要是送過來了，妳想辦法和柳葉搭上話。誰知道什麼時候就能用上了呢？」

荷香應諾。

顧曦心裡亂七八糟的，剛睡下，又到了無能大師開講的時候，她只好重新梳妝。經常休憩的中午時光被打斷了，她哈欠連天，強撐著去了法堂。

⁂

郁棠這邊卻美美地睡了一覺，醒過來的時候正是春光明媚的午後，金色的陽光從窗欞的格子裡斜斜地照進來，連空氣都是暖暖的。

她靜靜地在床上躺了一會兒，跟著青沅過來幫忙的兩個小丫鬟已打了水進來服侍她洗臉。

郁棠笑著問她們：「兩位姑娘都怎麼稱呼？我也能和兩位姑娘說說話兒！」

兩人行著福禮連稱「不敢當」，臉圓一些的那個姑娘自稱叫「青萍」，臉瘦一些的那個姑娘自稱叫「青蓮」。

郁棠笑著和她們打了招呼，由她們服侍著更衣，心裡卻想，叫「青」字的估計都是裴宴屋裡的丫鬟，叫寶石的應該都是裴老安人屋裡的丫鬟。但也不一定，五小姐身邊的丫鬟就叫阿珊。

會不會是裴老安人賞的呢？

郁棠心裡胡亂想著，就發現表情有些冷淡的青蓮梳得一手好頭，時常笑咪咪的青萍倒一時看不出有什麼與眾不同。但兩個人之間，顯然是以青萍爲主。

挺有意思的！

郁棠正琢磨著，青沅進來了。

她笑得喜慶，手裡還捧著個小小的竹筐，進門就道：「郁小姐，胡總管知道您醒了，特意讓我把這筐櫻桃拿過來。還說，您要是覺得還合口，就讓我們說一聲，他下次下山給裴老安人她們帶東西的時候，再給您帶一筐過來。」

郁棠道了謝。

青萍就去洗櫻桃了。郁棠讓她給徐小姐、楊三太太那裡也送些過去。青萍笑著應下。

青沅就領了個婆子進來。

那婆子四十來歲，中等個子，白白胖胖的，夫家姓史，說是奉了胡興之命，來給郁棠做艾灸的。

郁棠好奇道：「我這種情況做艾灸很好嗎？」

她不好說自己是受了驚嚇，但這個婆子既然是裴家幫著找來的，肯定是知道她的病情的。

史婆子笑咪咪地道：「當然好。不然胡總管也不會急著把我叫過來了。」

只是裴府的人生小病會請自己家養的大夫，看大病會去杭州請名醫，像她這樣，會點無足輕重的小醫術的，就只能走村竄戶地討生活了。

所以史婆子把這次能給郁棠艾灸，當成一次改變際遇的機會，不僅對郁棠的態度非常好，還一個勁地推銷自己：「艾灸最主要的作用是可以強身健體，防禦一些感冒之類的小病。而且我還會針灸和按摩。特別是按摩，我最拿手了。富貴人家的太太、小姐平時很少走動，時間長了，不免會腹部多肉，還會長胖，有些還會影響生育。多做按摩呢，就能避免這些不利之處，一樣能夠強身健體……」

她不停地說著按摩的好處，郁棠倒沒有太多的感觸，結果旁邊聽著的青沅卻非常感興趣。在史婆子給郁棠艾灸的時候不僅問這問那的，還問史婆子現在在做些什麼？平時能不能上門？

史婆子的本意就是想以後能在裴府討生活，自然是一口應下，還拿出一瓶香露給郁棠，「做了艾灸，身體容易殘留些艾香。有的人很喜歡，有的人不太喜歡。我看剛才郁小姐不時地皺皺眉頭，想必不太習慣艾香味。您可以用這個香露洗頭、洗澡，可以立刻消除艾香味道的。這也是我自己做的，沒做艾灸的時候也可以用。還有很多其他味道的，我這次來得急，只帶了這桂花香的。您可以先試著用用，看喜歡不喜歡？」

又送了很小一瓶給青沅，還道：「這次來得太急，這還是上次沒有用完的，您千萬別嫌棄。」

青沅很感興趣地收下了，還把瓶口湊到鼻子底下聞了聞，高興地對郁棠道：「是茉莉花香。」

郁棠忙道：「給我也聞聞！」

青沅就把瓶子湊到了郁棠的鼻子底下。

可能是手藝有高低，不管是史婆子送的桂花香露還是這小瓶的茉莉香露，都不如之前徐小姐送給她的香露聞著讓人舒服。不過已經很好了。

郁棠誇了又誇。

史婆子臉上笑開了花，道：「做了艾灸一時半會不能沾水，怕寒氣進了身體裡。您過一、兩個時辰再洗澡、洗頭。」

郁棠應了。青沅忙去幫著郁棠看了記時的漏斗，叮囑青萍記得時間到了提醒郁棠。青萍笑盈盈地稱「是」。

史婆子就趁機給郁棠講起針灸和艾灸各自的利弊來。

郁棠做了艾灸，身上正暖洋洋的，像被燙斗熨過了似的，異常舒服，懶洋洋地，也就倚在大迎枕上聽史婆子說著閒話。

❖

法堂那邊，無能大師的講經會也差不多接近尾聲了，正在請各位香客提問，解答香客們的困惑。

裴宴不動聲色地伸了伸腳。

這無能大師也就是虛名在外，哄哄那些沒有見過世面的老太太了。

他看了陶清一眼，發現陶清無聊得都要睡著了。

他不由暗暗哂笑。

大家爲了這次魏三福和王七保下江南的事，只怕都折騰壞了。

裴宴想著，心念卻是一轉。

也不知道小姑娘現在怎麼樣了？是病病殃殃地躺在床上？還是老老實實地在房裡看畫本？

彭十一還沒走，她迴避幾天也好，正好能讓她好好地休息幾天。

裴宴腦海裡又浮現出先前郁棠癱軟在軟轎上的模樣。

他突然很想去看小姑娘一眼。好像只有這樣，他才能真正地放下心來。

裴宴尋思著要不要找個藉口先走，顧曦手中的帕子卻早已被揉成了一團。

剛才大太太讓人帶話給她，讓她晚上和大太太一起晚膳，說是有些日子沒有看見她，想她過去作個伴。

滿殿的太太、奶奶、小姐們都羨慕她和大太太的關係好。可她看見裴老安人平靜如水般的面孔，還有在裴老安人身邊服侍的二太太，心裡就是一陣煩躁。

大太太一個做長媳的，就算是孀居，這種場合，來服侍服侍裴老安人，盡個孝不好嗎？非要躲在靜室裡，當自己是個養在深閨的大小姐似的幹什麼？還要把她也叫過去……大太太就不怕別人議論她不知道進退、沒有規矩嗎？

顧曦不好拒絕，只得笑著應下。

偏偏二太太還一副關切的樣子對她道：「大嫂這些日子吃苦了。我聽說中午送過去的素心大包她吃了兩個。她難得有這樣的胃口，可見出來走走還是好的。我已經叮囑廚房等會兒多送幾個包子過去。妳陪大嫂吃飯的時候也幫我留個心，看她還有什麼喜歡吃的？下次我也好交代廚房一聲。」

顧曦笑著屈膝給二太太行了個福禮，心裡卻腹誹著大太太：同樣是妯娌，看看人家二太太，多會說話，把幾個老安人哄得多好。

難怪大太太那邊常被人說三道四的了。不會做人，在大家族裡就會這樣。她辭了武小姐，去了大太太那裡。

誰知道大太太叫她來，卻是想打聽郁棠的事：「聽說還安排了醫婆給她艾灸。這個郁小姐，什麼來頭？聽說她從前還和妳一起住過，妳瞭解這個人嗎？」

在她看來，如果裴宴能娶這樣一個姑娘就好了。

這樣一來，裴宴就得不到妻族的支持了。

顧曦聽了心裡就有點不高興，想著我之前讓妳去盯著郁棠妳不盯，現在發現裴宴這麼重視郁棠，想打聽郁棠的消息了，還得要我幫忙。

她恭敬地道：「郁小姐這個人，我也不是很瞭解。之前我們雖說是住在一起，但也不過是住在相鄰的兩個院子裡罷了。郁小姐是怎樣的性格，我還眞的不太瞭解。」

不過，醫婆又是怎麼一回事？

大部分的大戶人家都是不喜歡醫婆的，覺得她們喜歡搬弄是非，壞了後院的平靜。

顧曦手裡的帕子再一次被揉成了一團，她面上卻笑意滿滿的，道：「那醫婆眞的是三老爺安排的嗎？老安人知道不知道？」

如果裴宴是背著老安人做的安排，老安人知道了肯定會不高興的。這樣就有很多可乘之機了。

可惜大太太被裴宥慣壞了，從來就沒有把這個婆婆正經放在眼裡，她也就沒有注意到顧曦的用意。不僅如此，她對顧曦什麼也不知道還顯得頗爲失望，並且毫不掩飾地表現出來了，道：「妳在寺裡住得還習慣嗎？要不要我派兩個丫鬟過去服侍妳些日子？」

顧曦立刻意識到，大太太這是要藉著她的名頭行事。

她可沒有這麼傻。一點好處都得不到，還拿自己的名譽白白給別人方便。

她笑道：「我那邊還好。武小姐經常過來，還有宋家和彭家的小姐，挺熱鬧的。」

這就是說，她那邊人很多、很雜。

大太太就更失望了。

顧曦連飯都不想吃了，草草地喝了碗湯就說飽了，急急地就想告辭，臨走時想起來之前二太太的叮囑，她不想在幾位老安人和彭、宋幾家女眷面前失了賢名，又實在是噁心大太太，乾脆開門見山地道：「您在這邊吃得還習慣嗎？我聽說您今天中午多吃了幾個包子，明天要不要讓廚房裡再多給您準備幾個？」

昭明寺的素心大包再好吃，大太太也是見過世面的人，吃過不比這差多少的素心包子，加之她這段時間一直苦惱怎樣能讓裴彤回京城去，對這些吃的、住的就不怎麼上心，昭明寺的素心大包也就是許久沒吃了，這才多吃了幾口。

她道：「還好！是我身邊的白芷，說是現在很難吃到昭明寺的素心大包了，想送幾個讓家裡人嘗嘗。妳明天幫我送一大份過來好了。」

白芷是大太太到臨安後買的，是臨安人。

顧曦打聽過大太太身邊的人，自然是知道這個白芷的。想著這個白芷多半是在大太太身邊當差，想趁機顯擺顯擺。

這也是小事。誰能做到只奉獻不要回報呢？

身邊的人也要恩威並施的。

她笑著答應了，又勉強跟大太太說了幾句話，就起身告辭了。

郁棠那邊卻歡聲笑語的。

二太太和裴家的幾位小姐都過來了，大家或是問她感覺怎樣了，或是問她還有沒有哪裡不舒服的，嘰嘰喳喳地正說著，徐小姐和楊三太太也過來了，二太太又問了問楊三太太的身體，楊三太太正答著，陳氏端了自家做的點心和糖果進來，說起下午史婆子來做艾灸，二太太和楊太太就把青沅叫了進來問話……

笑聲在安靜的黃昏裡傳了很遠，刺痛了正準備回自己住處的顧曦。

顧曦迎著夕陽，站了好一會兒，突然轉身往裴彤住的地方去。

荷香嚇了一大跳，道：「小姐您這是要做什麼？要不，我提前去給大公子說一聲吧？」

顧曦冷笑，想著今天一天裴彤都像隱形人似的站在裴宣身邊的樣子，她心裡就開始冒火。

她道：「快去！」

荷香一溜煙地跑了。

很快，顧曦就碰到快步來迎她的裴彤。

「出了什麼事嗎？」裴彤額頭上有細細的汁，說話的聲音卻依舊很是柔和，「我正陪著二叔父和幾家的宗主在喝茶呢！」

也就是說，他是從應酬途中臨時出來的。

像裴彤這樣上面有祖輩壓著，旁邊有叔輩盯著，後面還有一堆堂兄弟排隊等的世家子弟，能被家中長輩看重，帶著出去交際應酬，認識一些世家子弟，是個極其難得的機會。只是爲了給長輩們或是故交留下一個好印象，在那樣的場合通常都像個跟班似的在旁邊伺候著，別說自作主張離開了，就是想多說兩句話都要想了又想。

顧曦也是出身於這樣的世家豪門，自然知道裴彤的不易。

聽了裴彤的話，她不由得心中一軟，原本冰冷的話語就帶上了幾分眞誠，變得溫情起來：「大太太，今天沒有派人去探望郁小姐，你知道嗎？」

裴彤完全不知道發生了什麼事。

他自記事起就在京城，待在父母身邊，覺得自己是這個家裡的長房嫡孫，他這一輩的老大，家中的資源當然要先緊著他。等他有了成就，也得照顧弟弟妹妹們的。因此他一直以來都是志得意滿的。

可等他回了臨安才知道。他雖然是他這一輩中的老大，家中的資源卻不是先緊著他的，他想要用家裡的這些資源，就得拿出能讓人信服的本事來。不僅如此，裴家還有兩個讀書可能比他更厲害的裴禪和裴泊。

就像從前太陽都是圍著他轉，可是現在一下子變得陽光同樣也會落在其他人的身上。

他很長一段時間都不適應。

好在他被父親教養，從小就養成了遇事堅韌不拔的性子，不到半年就調整了過來。否則他們這一房哪有現在這麼好的日子？

從前他答應和顧曦的婚事，一是因爲傷心，覺得表妹已經不在了，他娶誰都是一樣的。二來是他看到自己和弟弟在裴家艱難，有些想借了顧昶的力量，跳出裴家這灘泥沼的想法。對顧曦並沒有太大的感覺。

如今顧曦這麼一問，他眼睛一亮。

母親的爲人他自然是知道的，自尊心太強，太高傲，明明有些事不應爲之，偏偏要去做。郁小姐出了什麼事他不知道，但顧曦專程來問他這一句，可見她母親又做錯事了。

自父親去世之後，他已不求能得到母親的幫助，只求母親不要再拖他的後腿了。

他沉聲道：「我今天一天都陪在二叔父身邊，直到三叔父派了人過來，讓二叔父去法堂主持今天的捐贈儀式，我這才隨二叔父到了法堂。郁小姐怎麼了？我母親又做了些什麼事？」

顧曦聽著，長長地鬆了口氣。

她就怕遇到個愚孝之人。那她就算是有十八般武藝也沒有可施展之處。

她把郁棠暈倒的事告訴了裴彤，隨後沉聲道：「我知道大太太喜靜不喜動，可如今大家都眼巴巴地盯著郁小姐住的地方，我是覺得大太太就算覺得沒必要親自去探望郁小姐，也應該派個婆子去問候一聲。畢竟還有個二太太在老夫人面前服侍。」

這樣對比下來，太明顯了。也會影響裴彤兩兄弟的聲譽。

顧曦深知說話技巧的重要性，她就是靠這把繼母壓得死死的。

她溫聲道：「大太太傷心難過，哪裡有心情應酬那些當家太太？給大老爺守孝期間也不好四處走動。你們兩兄弟又是在京城長大的，別人對你們肯定很陌生。越是這個時候，你們就越應該跟各房多走動才是。別人知道了你們的好，有什麼事自然也就會為你們說話了！」

正是這個埋兒。

裴彤很聰明，回來沒多久就發現了這個問題。可他畢竟是做兒子的，又是男子，內宅的這些交際應酬他不方便出面，其他的人就更不敢進言了。

他仔細地打量著顧曦。

十八、九歲的年紀，皮膚白裡透紅，黛眉杏眼，雖不是十分漂亮，卻氣質文雅，一看就是讀書人家的姑娘。

加上還有副玲瓏心腸。

裴彤一下子對顧曦滿意起來。

也許這就是緣分天註定！他一直等著表妹，表妹卻夭逝了。他和顧小姐相隔十萬八千里，卻將要娶了顧小姐為妻。

裴彤微微嘆了口氣，收斂起心中那些悲歡，誠摯地向顧曦道謝：「多謝妳！要不是妳提醒，我還不知道這件事。我晚上回去了就和母親好好商量商量這件事。不過，妳也應該聽說了，我母親不怎麼管事，只怕這些事以後還是要麻煩妳。以後若是聽到什麼，還請妳多跟我說說，免得我們做出什麼失禮的事來自己還不知道。」

這就是聽進了她的勸。

顧曦很是滿意。

她以後是要和裴彤過日子的，要是裴彤心裡偏向了大太太，她說什麼都聽不進去，她的日子必定艱難。

裴彤那邊還忙著，她不敢耽擱，和裴彤說了幾句話，就各自散去。

顧曦往自己屋裡去，不免要經過郁棠住的地方。

她支了耳朵聽。

此時天色已經暗了下來，郁棠住的地方已點起了燈籠，燈火輝煌的，彷彿連天空都照亮了幾分，非常地打眼。而院子裡隱約傳來的笑聲，又囂張地告訴那些來參加昭明寺講經會的人，這裡是多麼地熱鬧，院子裡的主人是多麼地受歡迎。

顧曦胸口就像壓了塊大石頭似的難受。

荷香道：「我們要不要進去打個招呼？」

「給郁棠抬轎子嗎？」顧曦冷冷地瞥了大紅色的如意門一眼，道：「她配嗎？」

荷香嚇了一大跳，差點去捂了顧曦的嘴，還好顧曦也就只是說了這麼一句，就昂首挺胸，快步離開了。

郁棠當然不知道外面發生了什麼事，她正聽青沅向裴二太太和楊三太太說著史婆子的事：

「……就那麼一扎，劉婆子就不疼了。我覺得她還是有幾分眞本事的。不然胡總管也不敢介紹到家裡來。至於能不能強身健體、美容瘦身，那就得試試了。」

二太太和楊三太太連連點頭。二太太甚至道：「先不說那些，我這幾天累得慌，明天再把她叫過來，幫我鬆鬆筋骨也好。從前倒是聽說過宮裡有這樣的醫婆，沒想到我們臨安也有。」

楊三太太道：「太后娘娘就喜歡按摩。據說宮裡養了七、八個會按摩的醫婆，輪流當值，每天都要按一會兒。」

「那敢情好！」二太太高興地道，「我們都試試。郁太太也一起。這樣的機會太難得了。」

「我、我也一起？」陳氏從來沒有想到讓陌生的外人給自己按摩，想想就覺得彆扭，道：「還是不了吧？我在旁邊看看好了。」

「哎喲，我們一起有個伴兒，妳怕什麼！」二太太笑道，問青沅：「明天那醫婆還進來給郁小姐艾灸嗎？定了什麼時辰？我們找她按摩，來得及嗎？」

郁棠忙道：「來得及！她說這艾灸也不能時間太長，最多三刻鐘。您別看她在我這裡待了一下午，實際上多半的時候都在和我說閒話。」

二太太一聽說閒話就有點不願意了。

郁棠忙解釋道：「倒沒有說別人家的事，就拿自己說事了，還挺逗樂的。」

「可不是！」陳氏笑道，「還沒有說家裡的公婆妯娌什麼的，說的全是她自己的事。」

這是個有分寸的！

楊三太太也來了勁，問郁棠艾灸的感覺如何？想著自己要不要也跟著體驗一番。

眾人正高高興興地說著，裴宴過來了。

楊三太太疑惑地拿出自己的懷錶看了看，道：「三老爺這麼晚了來幹什麼？」

郁棠下意識地不敢答話。

陳氏同樣很茫然，道：「也許是過來看看阿棠怎樣了？三老爺上午也來看過阿棠。畢竟是在昭明寺暈倒的。」

裴家又資助了講經會，於情於理都應該多多關心郁棠的身體。

眾人釋懷，楊三太太笑著起身，道：「時候也不早了，我們就先回去了。明天早上再來看妳。」

她最後一句，是對郁棠說的。

郁棠要起身送楊三太太和徐小姐，兩人不讓：「妳這病剛好，還是好好在屋裡養著吧，別爲了這樣的小事再累著自己了。」

她見推託不了，加上知道楊三太太是裝病，在屋裡肯定不好玩，遂邀請道：「那我們明天要不要一起用早膳？昭明寺的素餡大包很好吃，我讓廚房多給我們送幾個來。」

徐小姐也覺得不錯，笑著搖了搖楊三太太的衣袖。

楊三太太覺得出來走走也好，道：「那我們明天就早點過來。」

陳氏高興地應了，送了徐小姐和楊三太太出門。

二太太也覺得天色不早了，裴宴來的時候打了聲招呼，就帶著裴家的幾位小姐告辭了。

第十章

郁棠見裴宴面色不佳，請他在廳堂的圓桌前坐下之後，親自給他沏了茶，道：「是昭明寺師父製的茶，大家都覺得不錯。您可喝得習慣？要不要讓青沅姑娘去拿些您慣用的茶葉過來？」

「不用！」裴宴看著郁棠紅潤的臉龐，雙眸生輝，神采奕奕的，覺得心情很好，笑道：「我沒那麼講究！」

還不講究?!

郁棠眼角的餘光飛快地掃過裴宴的腳。

他穿了雙看似普通的黑色雙梁鞋，兩條脊卻鑲著金銀絲線，略有光線，就閃耀生輝……還有鞋邊上也繡了同色雲紋……

她是女子都沒有這麼講究好不好！也不知道他所謂的「講究」是怎樣一副模樣？

郁棠在心裡腹誹，面上卻絲毫不顯。轉身親自去端了個小小的九宮格攢盒給裴宴做茶點，恭聲道：「三老爺過來可是有什麼要緊的事？」

郁棠的話讓裴宴有些狼狽。

是啊！這麼晚了，他來這裡做什麼？就算是再惦記著她的病情，他既不是大夫能給她看病，也不是她的親人能給她安慰……他如果想知道她好不好，完全可以讓身邊的人過來問問。何況服侍他的青沅、阿茗還在她這邊，他想知道什麼就能知道什麼……

裴宴突然對自己的這個決定有點後悔了。

不過，這後悔轉瞬即逝。

在他所受的教育裡，不管是什麼事，做之前要慎重，做了之後不管是有怎樣的結局，都不要後悔。有時間後悔，還不如想想怎麼善後，怎麼讓事情朝著他希望的方向前行。

因而裴宴也就只是輕輕地咳了一聲，就把這點感覺拋到了腦後，道：「妳今早在靜室跟我說的話，我考慮了良久，還是覺得有些匪夷所思，就想著還是來找妳說說這件事。」

話音剛落，裴宴就又後悔了。

他本意是來探望她的病情的，為什麼不直說？要找這樣的藉口？要知道，謊言就像雪球，要想讓人不識破，就得一個謊言接著一個謊言地說。

裴宴的驕傲不允許自己成為這樣一個人。

他沒等郁棠說話，又忙補充道：「倒不是懷疑妳的話不對，我就是覺得奇怪，想知道妳夢裡還發生了些什麼……」

話還沒有說完，他就緊緊地閉上了嘴。

如果不是怕失禮，他很想閉上眼睛，揉揉太陽穴。

他剛才還在心裡告誡自己不要再說謊了，結果不僅沒有停止，還越說越像是那麼一回事了，用自己的行為證實了謊言就像個雪球這個理論。

郁棠見他表情冷峻，神態嚴肅，倒沒有多想——任誰遇到這樣的事都會覺得不安，裴宴能心平氣和地和她說這件事，能夠仔細地想這件事，她已經覺得裴宴為人寬厚，心胸豁達，覺得從前對裴宴的看法都帶著自己的立場，小家子氣得很。

她忙道：「我醒了之後也記得不多了。您想知道什麼，趁著我還有點印象，我使勁想想。」

她這不是推託之詞。一來因爲她的重生，今生和前世已經發生了很大的變化。二來是她前世格局很小，知道的事情也有限，怕誤導了裴宴。她只能挑些她很肯定的事告訴裴宴。

臨時找來的藉口，他一時哪裡想得到要問什麼？裴宴不由地皺了皺眉。

郁棠立刻正襟危坐，等著他提問。

裴宴看著嘴角微抽。

從前在他面前什麼都敢說，什麼都敢做的人，一下子變得這麼老實乖巧，別說，還眞挺有意思的。

裴宴眼底流露出些許的笑意，一掃剛才的沮喪，在心裡思忖著若是他繼續這個話題，會不會讓郁棠覺得他是不相信她？可如果不繼續這個話題，他又怎麼解釋這麼晚了，他還往這裡跑……

他正進退兩難，陳氏提了個熱水銅壺進來，給裴宴續茶，還感激地道：「今天要不是您，我們家阿棠只怕是性命都保不住了，您的大恩大德我們家眞是永世難忘。」

「郁太太不必客氣。」裴宴答道，瞥了郁棠一眼，心想：原來郁小姐的閨名叫阿棠，只是不知道是糖果的「糖」呢，還是海棠的「棠」？若是糖果的「糖」，倒可以叫個「怡然」，既有甜蜜的意思，也有逍遙的意思；若是海棠的「棠」呢，牡曰棠，牡丹爲花中之王，小字可取「雅君」。不過，不管是怡然還是雅君，都不符合小姑娘的性子，或者取「香玉」？野棠開盡飄香玉……有點俗……

他胡思亂想著，就特別想問問郁棠她的閨名到底是哪個字。

但看陳氏的樣子，未必會告訴他。

他突然間就覺得陳氏在這裡有點礙眼。

裴宴略一沉默，沒等陳氏問他來幹什麼，他倒先聲奪人，對陳氏道：「我有些要緊的事想問郁小姐，您能不能幫我們把屋裡服侍的打發了？」

這就是讓她們迴避的意思。

如果是其他男子，陳氏肯定會覺得不妥，可說這話的是裴宴，臨安最顯赫的家族裴氏的掌權人，他若是有什麼其他的心思，根本不用拐彎抹角的。陳氏自然不會懷疑，陳氏甚至想，不會是裴家那邊出了什麼事，裴宴背著其他的人來問郁棠的話吧？

不管是怎樣的理由，陳氏都覺得自己不好拒絕。

她微笑著應諾，帶了屋裡服侍的都退了下去，還幫他們關了門。

郁棠也覺得她「做夢」的事最好別讓陳氏知道，也沒有覺得這樣有什麼不好。

她打起十二分精神，目光炯炯地望著裴宴，彷彿回到了小時候，被父親抽查背書般緊張。

裴宴莫名有些不自在。

他喝了口茶，找了句話問郁棠：「妳有沒有夢到我們家後來怎麼樣了？」

郁棠想到了外面的人都傳裴宴踩了自己嫡親的姪兒做了宗主的事。

裴家內部肯定也不是鐵板一塊，如果她能幫著裴宴提前拉攏一些人，裴宴肯定會少吃些苦，走得會更順當。

她道：「我記得再過幾年，大少爺和一個叫裴禪的人一起中了進士，大少爺好像名次要高一點，那個叫裴禪的名次要低一點。所以大少爺名聲顯揚，裴禪一般。但大家都說裴禪是『能吏』……」

朝廷這麼多官員，能被稱爲「能吏」，那就不是一般的能幹了。

裴家添丁都是非常熱鬧的。可在郁棠的印象裡，直到裴禪考中了進士，名聲才傳出來。她這麼說，是想裴宴能在裴禪還沒有顯赫的時候結個善緣。

這就和她說出知道裴家準備在江西買田莊一樣，裴禪的名字從郁棠嘴裡說出來的時候，嚇了裴宴一大跳。

這讓他不得不面對現實，想自欺欺人地說郁棠不過是做了個夢都做不到。

這可眞是傷腦筋。

裴宴有些無奈地摸了摸鼻子。

郁棠感受到了裴宴的情緒，她只好低聲道：「我說的都是眞的！」

裴宴當然是相信的，但他現在也沒有辦法證實她說的肯定會發生。

他就不應該提這個話題。

裴宴坐下來不到一刻鐘的工夫，第三次覺得後悔了。

這樣下去可不行。他在郁小姐面前完全是一副胡說八道的樣子。

裴宴深深地吸了一口氣，站了起來，走到窗櫺前推開了窗子。

天色已經完全暗了下來，屋簷下的大紅燈籠照在青石地磚上，暈染出淡淡的紅色。

裴宴迎著吹在臉上已帶上了幾分暖意的夜風，吐了口氣，好像這樣，就能把心裡那些不靠譜的心思都吐出去似的。

他很快重新整理了思路，轉身靠在了窗櫺旁，對郁棠道：「是我強求了。做夢原本就是斷斷續續的，讓妳告訴我裴家會發生什麼，的確是太爲難妳了。」

不爲難！

郁棠很想這麼回答裴宴，但她也的確不敢多說些什麼。

她只好朝著裴宴笑了笑。

裴宴趁著這個機會轉移了話題，讓一切都回到了正軌上：「妳身體怎麼樣了？青沅在這邊還好嗎？在屋裡做什麼打發時間呢？」

郁棠不明白裴宴爲什麼不問她做夢的事了，但這樣也讓她心裡鬆快了不少。她笑著順著裴宴的話回道：「我覺得沒什麼不好的了。託您的福，青沅姑娘和阿茗都很細心，比我們家雙桃可好太多了。至於在屋裡，大家都來探望我，人來人往的，熱鬧得很，眨眼就到了晚上，哪裡就需要打發時間了呢！」

裴宴覺得這樣也不好，道：「今天是第一天，肯定有很多人過來探病，等過了這新鮮勁就好了。」話雖如此，他腦海裡卻跳出個寂寞的小人兒來。

他忍不住又道：「雖說身體要緊，可就這樣讓妳在屋裡躺著也難受。這樣好了，我明天讓青沅陪著妳去法堂聽聽無能大師講經，妳要是沒興趣，也可以到寺廟外去走走。我聽說在寺外擺攤子的商販快四百家了，應有盡有，什麼東西都有賣的，買回去當個念想也好。」

郁棠覺得自己要是去了，徐小姐肯定也會跟著去的，而且以徐小姐的性格，她們想不動聲色都不大可能。

要不，和徐小姐約法三章？

裴宴這邊見郁棠沒有立刻答應，就猜測郁棠是不是怕又撞見了彭十一，沒等她回答就道：「彭十一那裡，妳放心，我已經吩咐下去了，只對彭十一限制了進出的範圍，他是個聰明人，這兩天就應該會走了。無能大師那裡呢，經講得一般，不過聲音洪亮，情緒充沛，還會講笑話，大部分人都覺得他講得不錯。去看看也好。」

郁棠覺得自己應該去向裴老安人道個謝，明天去法堂聽聽講經也好，遂答應了。

裴宴見她聽話，心情大好，繼續安排她的事：「下午無能會和寺裡的師父辯經，吵吵嚷嚷的，沒什麼好聽的。妳就在屋裡歇著，看看閒書、畫幾張畫，或者是叫了醫婆進來給妳艾灸、按摩都行。胡興那邊，我會跟他說的。妳要是有什麼事，也可以指使他去做。」

裴府的三總管，她就算事再急，也不好指使他啊！

郁棠能感受到裴宴對她的關心，她還是順從地應「是」。

裴宴心裡就覺得更妥貼了，覺得還得安排點什麼事給郁棠做才好。

他腦子飛快地轉著。

叫銀樓的師父過來打首飾……不太合適。買幾個小丫鬟陪她盪秋千……那些小丫鬟沒辦法立刻就學會規矩。讓姪女過來陪她？幾個姪女好像都沉迷於無能大師的那些佛家故事裡，只怕未必願意。

這講經會還有好幾天，給郁小姐找點什麼事做才不會無聊呢？

裴宴一時沒有了主意。

裴宴是個非常果斷的，既然發現自己不行，那就去找行的人。

他回到屋裡，立刻就叫了舒青過來。

王七保已經到了杭州城，裴宴還沒有想好和王七保說些什麼，雖然說決定晾王七保幾天，但大面上卻做得很漂亮，由裴家在杭州城商鋪的總管事佟二掌櫃負責，請了浙江提學御史鄧學松出面，幫著招待王七保。

舒青過來的時候，以為裴宴是要和他商量去拜訪王七保的事。所以當他聽到裴宴問他內宅的小姑娘們平時都喜歡怎麼打發時間的時候，還以為王七保在杭州城收了個女子，興致勃勃地告訴裴宴：「不外是聽古鬥草的。可以請兩個說書的女先生，也可以請了唱評彈的，或是找幾個擅長玩雙陸的。」

裴宴想了想，道：「在昭明寺裡，這些都不太好吧？」

主要是他覺得裴老安人在這裡，請了兩個說書或是唱評彈的過來，不孝敬老安人肯定不妥當，但孝敬老安人，郁棠就得在旁邊陪著，看人眼色、不自由不說，恐怕還得忍著自己的喜好，那還不如待在屋裡看看書、畫幾幅畫自在。

舒青有點傻眼，感覺自己和裴宴說的不是一回事。

他道：「您這是給誰請人打發時間呢？」

裴宴道：「郁小姐。」說完，猛然意識到他這麼一說，讓郁棠顯得有些不知進退似的，索性解釋道：「郁小姐不是暈倒了嗎？也不好讓她再去法堂那邊聽講經了，但把她就這樣扔在東禪院，像坐監似的，也挺難受的，我尋思著得給她找點事做才是。」

舒青嘴角微抽，不知道說什麼好。

這眼前一大攤子事，裴宴居然還有餘力擔心人家郁小姐怎樣？有這樣的工夫，怎麼不好好想想見到王七保之後要說些什麼？

王七保可不是魏三福那傻貨，人家從潛邸的時候就開始服侍當今皇上，後來宮中有變，也是他背著皇上從內宮避到東苑的。皇上受了驚嚇，誰都不相信，卻把虎符交給了王七保……那可是經過大風大浪的，等閒人在他眼裡根本不夠看。

舒青忍不住道：「是郁小姐向您抱怨什麼了嗎？」

「怎麼可能！」裴宴立刻反駁，道：「她那個人，有事都會說沒事，怎麼可能到我面前抱怨這些？只是我……」

只是他什麼？

裴宴說著，猝然停了下來。

他到底是為什麼放心不下郁小姐？

因為她可憐嗎？她不過是受了驚嚇，比她可憐的人多的是，他怎麼就沒有可憐別人？

因為她和他走得近？彭十一既然能嚇著郁小姐，其他女眷肯定也受了影響，要說走得近，他給老安人問安的時候經常遇到的幾個姪女，可都比郁小姐走得近？

是因爲……好看嗎？

郁小姐的確是非常漂亮的小姑娘。像朵花似的。人都愛美，那他特別地關心她，也是理所當然的吧？

裴宴覺得肯定是這個原因。

漂亮的人就占便宜。

像他，從小時候求學一直到入朝爲官，因爲相貌好就占了不少的便宜。不說別的，當初他恩師都不準備收弟子了，看到他，他又拍了幾句馬屁，他恩師不就立刻改變了主意，考了他的功課之後，就收了他爲關門弟子？因爲這個，他的二師兄江華好幾次不知道是眞是假地說他運氣好，別人是祖師爺賞飯吃，他是父母賞飯吃嗎？

裴宴頓時理直氣壯起來。

他道：「不管怎麼說，郁小姐是客，我們就得招待好了。我不想因爲這些小事讓裴家被人非議。」

舒青不由在心裡腹誹。

今年的年成又不怎麼好，大家都愁著秋天的收成，誰的眼睛會盯著這些小事啊！

不過，裴宴這個人他還是有所瞭解的。

特別地好面子。

你不能駁了他的面子。不然他嘴上不說，也會記在心裡的。

這種無傷大雅的小事，最好就別和他爭辯了。

舒青笑著應是，說起了王七保的事：「您是講經會之後就去杭州拜訪王七保？還是等這邊的事告一段落了再過去？」

裴宴也把剛才的小困惑丟到了腦後，他道：「我準備明天先過去一趟。然後看看王七保怎麼說。趁著幾大家主事的都在這裡，商量出個章程來。而且魏三福要過來，明天下午應該就會到達苕溪碼頭了，我現在不想見這個人，正好避一避。」然後對舒青道：「我帶裴滿和裴柒、趙振去杭州，你留在這裡幫著我二兄主持大局。我想，魏三福這次過來，主要還是探探路，應該不會主動生事，你們穩著他就行。何況還有顧朝陽，我看他這次估計是鐵了心要去六部任職，這才會想著法子下江南的。這裡面最不想出事的就是顧朝陽了。如果有必要，就和顧朝陽聯手。他應該會欣然應允的。」

接著舒青就和他說起魏三福這個人的生平來。

裴宴左耳朵進，右耳朵出，心裡又想起了郁棠。

他覺得請個女先生過來打發一下時間也不是不可以的，就看這事怎麼辦了。還有裴老安人那裡，他等會兒去給裴老安人請安，得幫著郁小姐說幾句話才行。不然郁小姐這樣一天不出門地躺著，只怕幾位老安人會覺得這點小病就倒下了，也太嬌慣了。他可不希望得了自己幫助的郁小姐落個不好的名聲。

裴宴在心裡打著腹稿，想著到了老安人那裡哪些話能說，哪些話不能說，哪些話要開門見山地說，哪些話得轉彎抹角地說……

郁棠那邊，陳氏正督促女兒喝藥。

見郁棠放下了碗，陳氏忙接過去遞給了雙桃，從手中的小匣子裡拿出一顆窩絲糖塞到了女兒的嘴裡，並笑咪咪地用帕子給女兒擦了嘴，這才道：「三老爺過來都跟妳說了些什麼？」

郁棠早打好腹稿了，聞言不慌不忙地道：「白天的時候，我實際上不是中暑，是受了驚嚇。」

陳氏嚇了一大跳，但因爲女兒現在已經沒有什麼事，嚇是嚇著了，卻沒有太擔心，而是催著她道：「這是怎麼一回事呢？妳怎麼連我也瞞著呢？」

郁棠嘿嘿地笑，把彭十一拉出來背鍋：「太嚇人了，我就是被他嚇著了。」

「妳這膽小的！」陳氏聽了哭笑不得，刮了刮郁棠的鼻子。

郁棠皺著鼻子陪母親嬉鬧了一會兒，道：「老安人一把脈就知道了。三老爺怕我心裡有疙瘩，特意來看看我。」

「三老爺有心了！」陳氏感慨地道，說起了郁文：「我都沒敢去見他。妳既然好得差不多了，我明天去見妳父親，把這件事告訴他。免得他從別人嘴裡聽說了著急。」

郁棠笑著直點頭。

❖

翌日，她和陳氏一大早沒用早膳，先去了裴老安人那裡謝恩。

不知道是不是這幾天寺裡都很熱鬧，裴老安人很高興，她比平時見著的時候更加神采奕奕。

見郁棠過來，她也沒有藏著掖著，笑道：「身體好些了沒有？我聽遐光說了，很多地方都對彭十一一個人下禁令了。我猜他最遲今天就能明白，明天一早就會告辭了。妳要覺得身體沒什麼事呢，就還按原定的那樣去法堂聽講經好了。要是還沒有完全恢復過來，就在屋裡歇幾天。反正講經會還有好幾天，妳肯定能聽到。」

郁棠謝了老安人的好意，決定還是等彭十一走了之後她再出去活動，遂和陳氏起身告辭，在裴二太太她們來之前回到了自己住的廂房。

徐小姐一個人過來用早膳，還道：「裴大太太一大清早的就跑到我們那邊拜訪三太太，三太太留了她早膳。我就來妳這裡蹭飯了。」

郁棠自然是歡迎。

徐小姐一個人吃了兩個素餡大包，還嚷著要帶一份回去，「給我身邊的丫鬟婆子也嘗嘗。」或許是這包子做得不多，若是要加，得早早地去廚房再拿。裴大太太又在楊三太太屋裡，她肯定不好表現得太「粗俗」。

郁棠抿了嘴笑，讓雙桃去廚房裡再討一份，還自我調侃道：「若是有人傳我飯量大如牛，就全是妳的過錯。」

徐小姐不以爲意，嘿嘿地笑，轉頭和陳氏說話：「阿棠這裡有我陪著，昭明寺難得請了外面的高僧過來講經，您去法堂聽講經好了。還可以陪陪幾位老安人。」

裴家的幾位老安人都挺喜歡漂亮又簡單的陳氏。

陳氏倒不是想去湊那個熱鬧，但裴老安人待她們有恩，若是能去陪陪裴老安人，也算是代郁棠謝謝裴老安人了，也是不錯的。何況郁家還不知道郁棠暈倒的事，郁文是男子，不好過來看她們母女，她還得和郁文說一聲才是。

郁棠也覺得把母親拘在這裡沒什麼事做，也挺寂寞，和徐小姐一起慫恿著她去法堂聽講經。青沅也在旁邊說會照顧好郁棠的。

陳氏見這裡事事妥貼，處處得當，也就沒有堅持，用過早膳，叮囑了郁棠半晌，帶著陳婆子先去了法堂。

徐小姐立刻像跳出了如來佛手掌心的猴兒，恨不得在屋裡打著滾，還道：「這下子可以想幹什麼就幹什麼了！」

引得郁棠和青沅直笑。

青沅還打趣徐小姐：「誰還能管著您不成？」

徐小姐莞爾，和青沅東扯西拉的說著話，阿茗跑了進來。

他對青沅道：「三老爺叫妳過去。」

眾人面面相覷。

這一大早的，裴宴把青沅叫去有什麼要緊事？

阿茗道：「我聽振哥說，三老爺等會兒要去杭州，多半是有事叮囑姐姐。」

青沅不敢怠慢，跟著阿茗去見裴宴。

徐小姐嘆氣：「也不知道淮安那邊什麼時候才有信過來。」

郁棠安慰她：「曲氏兄弟做事很牢靠的，妳放心，他們一定會盡快趕回來的。」

徐小姐無奈地點了點頭，問郁棠今天打算做什麼。

郁棠笑道：「裴二太太說，讓我下午招了史婆子過來給我做個按摩，看看她手藝如何。若是眞像她說的那樣好，等昭明寺的事完了，就招她進府。我上午準備抄幾頁經書。」然後請了寺裡的大師父們幫著給裴宴做場祈福會。

他對她恩重如山，她卻屢屢誤會他。從此以後，她要對他更有信心才是。

徐小姐有些意外，想了想，道：「也好！我也在這裡抄幾頁經書好了。免得碰到裴家大太太，她又要拉著我說這說那的，我答也不是，不答也不是。」

郁棠詫異。

徐小姐就小聲告訴她：「殷家二哥的女兒馬上就要及笄了，裴家的二少爺裴緋，今年十四歲。」

郁棠不中挑了挑眉，也壓低了聲音，道：「這就是想聯姻了！」

「要不然裴大太太大清早的怎麼會去拜訪楊三太太？」徐小姐不以爲意地道，「從前在京城，裴大太太就認識楊三太太，不過她那時候得丈夫寵愛，又生了兩個兒子，春風得意，不怎麼瞧得上楊三太太。沒有什麼事，她又怎麼會登楊三太太的門？」

郁棠看徐小姐的態度，道：「妳們都不願意？」

徐小姐道：「當然不願意。若眞的聯姻，裴彤倒可以考慮。裴緋，讀書不行，能力不行，一個寡母又是這樣的性格、眼光和見識，殷家肯定是看不上眼的。」

郁棠不瞭解裴緋，不好評論。

她索性把這件事拋到了腦後，讓青萍幫著拿了筆墨紙硯進來，問徐小姐要不要一起抄經書。

徐小姐欣然應允。

兩人正在磨墨，青沅回來了。她手裡還提了一籃子大櫻桃，道：「三老爺叮囑我，讓我陪您去法堂瞧瞧。」

郁棠一愣。

青沅解釋道：「三老爺怕您無聊，想起講經臺後面有個後堂，您可以坐在後堂聽無能大師講經，也不用和別人擠在一起。」

郁棠仔細想想，講經臺後面還眞有個小小的後堂。不過，那裡是給講經的高僧臨時休憩的地方。

青沅笑道：「三老爺一大早就派人去把地方收拾出來了。就讓我陪著您過去看看吧？若是您覺得不喜歡或是不方便，我們再回廂房這邊休息就是了。」

她稱郁棠爲「小姐」，把姓去了，「你」也變成了「您」。

郁棠心中一動。覺得這件事與裴宴禮待她有很大的關係。

只是她還沒有來得及細想，原本爲了躲裴大太太只好勉強陪著郁棠抄經書的徐小姐就雀躍地慫恿她道：「妳這身體，的確不適合和那些人擠在一起。不過，講經臺後面的後堂肯定很清靜。裴遐光也是一片好心，我們別辜負了他的善意。我們今早就過去看看好了。要是覺得不好，再回來就是。」

郁棠兩世爲人，也就在前世參加過一次大型的講經會。那還是李端中了進士，林氏高興，端午節時請了杭州靈隱寺的大師父過來講經，她跟著李家的人去湊了個熱鬧。當時大家都恭賀林氏，誰還記得她是誰？

她又渴又熱，好不容易擠出人群，在香樟樹下乘涼，一時間不知道林氏和顧曦是什麼時候離開的法堂。等她慌慌張張地到處找了一通，好不容易在悟道松附近找到了正陪著大師父說話的林氏和顧曦，卻被林氏劈頭蓋臉地喝斥了一番，指責她沒見過世面，看見熱鬧就跟著跑……讓她顏面盡失。

從此，她再也沒有參加任何的香會、講經會。

再想到她現在的待遇，禁不住在心裡感慨半天，也有些好奇福建來的無能大師講經是什麼樣子的。

郁棠猶豫了片刻就拿定了主意，對青沅道：「那我們就去看看好了。」

青沅聽了笑道：「我這就去給兩位小姐拿帷帽——三老爺說了，法堂的人多，您輩分又低，去了不免要和這個那個的打招呼，累人得很，那還不如就在廂房裡歇著呢！讓我們不要露面，悄悄地去，悄悄地回，免得驚動了法堂裡的長輩們。」

還眞是這個理兒！

徐小姐聽了非常地高興，覺得裴宴做事眞是體貼又周到，滴水不漏，不由地讚道：「裴遐光討厭的時候眞讓人討厭，用心的時候還眞是讓人喜歡。難怪張大人獨獨喜歡他這個關門弟子，可見什麼事都不是無緣無故的。」

是嗎？

郁棠莫名有點臉紅，心裡湧動著隱隱說不出來的歡喜，耳朵也紅紅的。

徐小姐卻只顧著關心自己的帷帽好不好看，沒有過多地注意郁棠，還在那裡道：「我覺得我們應該提前點回來，免得散場的時候和她們碰到了。那妳下午還叫不叫史婆子過來給妳艾灸和按摩了？我覺得史婆子還是應該叫過來的，不然裴二太太問起來，妳也不好交代。至於說抄經書，我們晚上抽空抄幾頁好了。菩薩又不會講究我們抄得多還是抄得少，主要還是看我們誠心不誠心。」

說來說去，就是不想抄經書。

郁棠抿了嘴笑，覺得心裡像揣了隻小鳥似的，也很快活，說話的聲音也跟著歡快起來：「行啊！我們下午艾灸或是按摩，晚上再抄經書好了。至於妳那邊，若是覺得有必要就抄唄，覺得沒有必要，也不一定要抄啊！我聽我姆媽說，每個菩薩都有自己的道場，昭明寺是釋迦牟尼的道場，普陀山卻是觀世音菩薩的道場，這法事是不能隨便亂做的。」

徐小姐眼睛珠子轉了轉，道：「那我就給殷明遠抄幾頁經書好了。他身體不好，我們馬上就要成親了，他好歹得多活幾年才是。」

話雖如此，但她腦海裡浮現出殷明遠削瘦蒼白的面孔，還是神色黯然，心情不好。

郁棠忙安慰她：「彎彎扁擔牢。殷公子病了這麼多年都沒事，還越來越好，肯定是得了菩薩的庇護，妳放心好了。」

徐小姐突然覺得去法堂玩也不是那麼吸引她了。她決定晚上無論如何都要抽空給殷明遠抄幾頁經書，到時候和郁棠一起拿去請昭明寺的大師父們獻給菩薩。

徐小姐和郁棠一個戴了湖綠色的帷帽，一個戴了湖藍色的帷帽，由青沅陪著出了門。

她們這才發現門外除了阿茗，還站了五、六個陌生的小廝。

青沅道：「是三老爺那邊的人。三老爺說，怕妳們被人衝撞了，小廝的力氣比婆子大。」

這就是保護她的意思了。

❋

郁棠臉都紅了，低聲道：「多謝三老爺了。妳見到三老爺，幫我道個謝。」

青沅笑著應「是」，心裡卻想著裴宴把她叫去的情景。

屋子裡到處是忙忙碌碌的人。小廝們忙著收拾行李，護衛們在抬箱籠，舒先生正低聲和趙振說著什麼，裴柒則在幫裴宴整理書案。裴宴站在金色的晨曦中，沉聲對她道：「我走的這幾天，妳好好陪著郁小姐，別讓她多想。我已經跟阿滿說過了，讓他把吳娘子叫過來。到時候吳娘子負責陪著郁小姐，妳就負責給她打點日常的事務。別讓彭家的人接近郁小姐，若是彭家的人敢亂來，妳只管出面，出了事也不怕，一切都等我回來了再說。」

青沅還記得自己聽到這話時跳動的眼皮。

三老爺這是要護著郁小姐了。

她朝郁棠望去，只看見郁棠窈窕的身影。

如果郁小姐進了府……怕也是能夠挑戰三老爺正室的人。

到時候她站哪一邊呢？

青沅覺得有點頭痛。

她只得安慰自己，這不是她能左右的事，只能船到橋頭再做打算了。當務之急是做好三老爺吩咐的事，保證三老爺不在的這幾天平平安安，不要出什麼事。

郁棠和徐小姐悄無聲息地進了講經臺後面的後堂。

那後堂只一丈半長，一丈寬。放了張羅漢床，兩把椅子。或許是裴宴交代過，羅漢床上的短几早擺上了瓜果糕點，插了鮮花，還鋪了嶄新的坐墊。

徐小姐就更滿意了。她低聲和郁棠道：「我們就坐在羅漢床上聽講經好了。」

講經臺和後堂用一塊雕花木板隔開，無能大師的聲音聽得非常清楚。

郁棠點頭，看見羅漢床左右各有扇小小的格扇，知道那是從講經臺進出後堂的地方，就湊到扇縫那兒往外看了看，一眼就看見坐在法堂正中的裴宴。

她覺得臉上火辣辣的，忙站直了身子，想著也不知道他什麼時候啓程去杭州？自己有沒有機會去送送他？

徐小姐哪裡知道郁棠的心思，見郁棠在那邊窺視，也跟了過去，小聲道：「給我也看看。」

郁棠忙避嫌般地跳到了一旁。

徐小姐一面輕聲說話，一面湊到格扇縫前，「妳看見什麼了？還別說，裴遐光長得可眞是對得起他的名聲，俊得像個雕出來的人。穿得也得體，月白色的素面松江細布，頭上插著根青竹枝的簪子，看著乾淨又清爽，正合在這樣的場合……」

郁棠只覺得她的臉更熱了。

裴宴只在法堂坐了半個時辰，就藉口有事離開了法堂。

彭大老爺等人都知道他要啓程趕往杭州城，吳老爺等鄉紳卻不知道，見裴宴離開，還和衛老爺低聲道：「裴三老爺也真夠忙的，昨天一大早就不見了蹤影，今天也只是來坐了一會兒，也不知道在忙什麼？」

衛老爺的注意力沒有放在裴宴身上，他伸長脖子在找郁文。

郁文是隨他們一起過來的，昨天大家還歇在一塊兒，只是剛才有人來找郁文，郁文隨著那人出去之後就一直沒有折回來。此時已經過了快一刻鐘了，他還沒有看見郁文。

衛老爺又等了兩刻鐘的工夫，郁文的座位還空著，他就有些急了，悄聲和吳老爺交代了一句，就弓著腰從法堂裡擠了出來。

郁文正和陳氏站在法堂外不遠處一棵合抱粗的黃楊樹下說著話。

他鬆了一口氣，正尋思著要不要上前去打個招呼，郁文的目光突然就掃了過來，看見了他。

郁文微愣，低頭和陳氏說了幾句話，就快步走了過來，「你怎麼出來了？可是有什麼事？」

「沒事、沒事。」衛老爺擺手，笑道：「我出來找你的。你沒什麼事就好。」

郁文聞言沉默了片刻，道：「拙荊來找我，說昨天法堂裡人太多、太悶，我們家姑娘暈倒了。」

衛老爺嚇了一大跳，連聲問郁棠的身體現在怎樣了。

郁文這才露出一絲笑來，道：「三老爺和裴老安人及時幫著請了大夫，藥還沒有用，人就好了。拙荊說，是我們家姑娘身體不太好，回去之後得好好補補。」

「應該、應該！」衛老爺說著，也跟著鬆了口氣。

郁文笑道：「說起來還得謝謝衛太太和吳太太，我們家姑娘病了之後，兩位太太還親自去探望了一番。大恩不言謝，等講經會完了，大家去我那裡粗茶淡飯聚一聚。」

衛老爺客氣了幾句，郁文返回去又跟陳氏說了幾句話，送走了陳氏，這才和衛老爺一起回了法堂。

大家聚精會神地聽著無能大師講經，郁文卻想著江潮。

也不知道江老爺的船什麼時候能回來？到時候他也該給女兒買點人參、燕窩什麼的，補補身子骨。還有丫鬟僕婦，也要買幾個，免得有個什麼事都沒人照應，還要裴府的人幫襯。

陳氏把郁棠的情況跟郁文說了，郁文好好地安慰了她一通，她也有了主心骨，回去的時候臉色好看多了，坐在裴老安人身邊，不僅有心思聽無能大師講了些什麼，還能在幾位老安人閒聊的時候接上一兩句話。

❖

顧曦看著在旁邊冷笑。

這個郁家，還眞把自己當裴家的通家之好在走動了，也不瞧瞧自己是個什麼出身，有沒有這個資格？

想到這些，她眼角的餘光掃了掃武小姐。

昨天晚上，顧昶怕她吃不習慣昭明寺的齋菜，特意讓人送了些點心過來。正巧武小姐在她那裡作客。可能是送東西的人回去之後稟了顧昶，顧昶不顧夜深人靜，特意前來探望她，還告誡她不要和武小姐走得太近。她不太高興，說起武家的打算。

顧曦現在還能清清楚楚地記得顧昶聽說這件事之後，眼中泛起了譏諷之色，「妳別聽這些亂七八糟的。裴家怎麼可能跟武家聯姻？江家能娶武家的姑娘，那是因爲江家沒什麼底蘊。武家心裡也有數，派個姑娘過來，還到處宣揚這件事，不過是想取個巧——如果裴遐光能瞧中武家小姐，那最好不過了。如果裴遐光無意和武家結親，肯定不好意思把話說得那麼直白，武家就可以趁著這個機會到處吆喝，狐假虎威，在生意上討個好。」還告訴她：「妳要跟著徐小姐學學。聽到什麼，看到什麼，都不動聲色，先在心裡盤算好了，再決定怎麼做。免得被別人利用。」

武小姐這個樣子，行事作派帶著三分魯莽，像個傻大姐似的，能利用她？

顧曦有些不相信。

她等會兒中午時分還準備去拜訪拜訪徐小姐。

顧曦收斂了心思，一心一意地聽無能大師講著經書上的故事。

❋

郁棠和徐小姐聽了一會兒就覺得沒什麼意思了。

徐小姐是聽多了，覺得無能的水準就這個樣子。郁棠是覺得自己不太贊同無能大師的話，什麼你種什麼樣的因就會結什麼樣的果，若沒有好結果，那是因爲前世的罪孽太深了，今生是來贖罪的，等今生把前世的罪贖完了，下一世自然就有好結果了等等。

她前世比今生不知道善良多少，卻靠著自己只報了一半的仇。要是事事都靠老天爺，她就得忍氣吞聲死在李家的後院裡了。

說不定菩薩讓她重生，就是因爲她脾氣太強，不聽話，菩薩覺得她太煩人了，才把她打發到這一世的。

可見愛哭的孩子有糖吃才是眞正的道理。

郁棠想著自己一個字都還沒有給裴宴抄的經書，小聲和徐小姐商量：「要不，我們先回去好了！免得等會大夥兒散場的時候看見我們，要打招呼不說，還得解釋我們爲什麼在這裡。」

反正裴宴也已經走了，她看到她姆媽和阿爹一起出了法堂，講經會對她就沒有那麼大的吸引力了。

郁棠的提議正合徐小姐的心意。兩個人聽了半個時辰就悄悄地回了郁棠住的廂房。

郁棠覺得整個人都鬆懈下來了，準備按著原定的計畫抄經書，還問徐小姐：「妳要一起嗎？」

「當然！」徐小姐道，繼續和郁棠磨墨。

郁棠莞爾。

兩個人在廂房裡忙起來。

❈

青沅留了青萍和青蓮在這裡服侍，自己準備去找胡興，讓他這幾天多送些新鮮的果子過來。

昨天她拿過來的櫻桃，郁小姐就很喜歡吃。

她原以爲是因爲郁小姐喜歡吃櫻桃，結果發現昨天晚上徐小姐送了些海棠果過來，郁小姐也很喜歡。

她細細地觀察，發現郁小姐倒是什麼水果都喜歡吃，但要新鮮，否則就只是嘗嘗就放下了。

這件事她得告訴胡興才行。胡興是個人精，自然知道該怎麼做。

只是青沅剛走出院子，就看見個小丫鬟模樣的人在院邊的竹林旁邊小聲哭泣。

青沅不由皺了皺眉。

東家面前，最忌憚哭哭啼啼的，就是自己的娘、老子死了，也只能躲在自己屋裡趁沒人的時候哭。

昭明寺人多口雜的，什麼事都可能發生，但不能是他們裴府的丫鬟丟人現眼。

她沉了臉，對跟著她的小廝道：「去看看是誰在那裡哭。」

小廝快步走了過去，不一會兒，領了那丫鬟過來，道：「說是大太太屋裡的白芷，奉命去廚房拿素餡包子，結果包子早被人搶光了，她怕交不了差，害怕大太太責罰，躲在這裡哭呢！」

青沅眼底閃過一絲冷意，問那小丫鬟：「是剛進府的嗎？」

白芷猶豫著點了點頭。

青沅吩咐小廝：「去，請了大太太屋裡的管事嬤嬤過來，讓她把人領回去，好好地學學規矩。什麼都不知道，居然就敢放出來走動！也不知道是心太大，還是覺得裴府的面子不是面子，隨便踩了、撕了都無所謂？」

小廝嚇得瑟瑟發抖，匆匆應了聲「是」，就一溜煙地往大太太住的靜室跑去。

那白芷卻被嚇得呆住，半晌也沒有回過神來。

青沅神色冷淡地看了白芷一眼，留了個小廝在那裡看著白芷，自己揚長而去。

白芷這才打個寒顫回了神，拉著那小廝的衣袖就兩眼淚汪汪地道：「小哥，求您教我，我哪裡惹了姑娘不高興了？」

那小廝到底年紀小，見白芷一雙杏眼楚楚可憐，不由低聲道：「大太太住靜室，跟這裡一東一西的，妳怎麼跑到這裡來哭？妳知不知道這裡是誰住的院子？都住了些什麼人？不過幾個包子，也值得妳這麼大驚小怪的？大太太要是眞的要得急，讓廚房再給做一籠就好了。這麼小的事，妳居然就束手無策，也不怪青沅姑娘不喜歡了。青沅姑娘可是三老爺身邊最得力的大丫鬟，三老爺吩咐事情，可是只管結果不看過程的。青沅姑娘剛剛到三老爺身邊當差的時候，不知道遇到過多少事呢！就是我們，也跟著不知道受了多少教訓。」

但反過頭來想想，也學到了不少的東西。這也是三老爺身邊服侍的人不管遇到什麼事都不會隨意哭泣的緣故。

白芷驚住了。

這和她預料的不一樣，也和大太太的乳娘楊婆子說的不一樣。

那她會不會被裴府發賣了？

想到這裡，她咬了咬唇，覺得自己應該不會被賣了。

不管怎麼說，她也是大太太的人，不看僧面看佛面，裴府不會這樣對待大太太的。

可這些人也太欺負人了，大太太昨天就派了她到廚房裡說了一聲，讓她今天從廚房裡多帶些素餡大包，沒想到廚房裡的人狗眼看人低，說什麼被郁小姐全都要去了。

她想著家裡的人還等著她的包子顯擺呢，忍不住就在楊婆子面前哭了起來。

楊婆子氣得不得了，出了主意讓她在這裡等著青沅出來就哭幾聲。還說，如果青沅給她出頭，自然會帶她去廚房讓灶上的人重新給她做一籠包子。若是青沅不願意給她出頭，就讓她自己乖乖聽話回來。

可現在青沅要讓楊婆子來領她，她這樁差事是做對了呢？還是做錯了呢？

白芷心裡七上八下的，手足無措。

❋

青沅並不關心大太太的反應。

大老爺一房和三老爺表面上相安無事，實則已勢同水火，而且這個水火不容是大太太一廂情願認為的，她作為三老爺屋裡的人，就算是奉承大太太，大太太不僅不會領情，還會以為是三老爺虧欠大老爺的，是在討好他們。她又何必把三老爺的臉面送給大太太磋磨呢？

青沅和胡興商量著新鮮果子的事：「正是萬物復甦的季節，櫻桃下了市，野菱角應該上市了吧？不管怎樣，您想辦法送些過來。三老爺回來了，我也好有個交代。」

「這是自然。」胡興嚇了一大跳的同時，心裡隱隱有些自豪。

他向來對郁家禮遇，可見這步棋是走對了。

「您就放心好了。」他向青沅保證，「除了幾位老安人那裡，就是郁小姐這裡，誰都可以沒有都不會缺了郁小姐的。」

青沅卻想了想，道：「那也不必如此。郁小姐是晚輩，太厚待了，引起別人的注意也不好。」

胡興笑道：「我辦事您還有什麼不放心的！保證沒人注意到，沒人說三道四的。」

青沅滿意地點了點頭。

胡興是府裡的三位總管之一，若是這點眼力和能力都沒有，這總管的位置也該換人坐了。她提了半籃子蘋果回了郁棠那裡，切了一碟新鮮的水果端了進去。

郁棠學的是柳公權，徐小姐學的是衛夫人。郁棠的字筆鋒更銳利一些，徐小姐則柔和很多。但徐小姐明顯比郁棠寫得好。

青沅不動聲色，把筆架挪到了她們中間，笑道：「吃了水果再抄吧！不然等會這果子要黑了。」

徐小姐原本就是打發時間，現在有了其他的事，立刻就丟了筆，拉郁棠去吃蘋果，還道：「昨天那櫻桃好吃！今天沒有嗎？我讓阿福給妳幾塊碎銀子，派個小廝去買些回來。」

青沅一面親自給兩人端了茶，一面笑道：「臨安這邊的櫻桃都不大，偏酸。昨天那櫻桃是從山東那邊快馬加鞭送過來的，個大，偏甜。我們沒想到兩位小姐都喜歡吃山東那邊的櫻桃。我這就吩咐下去，不過今天怕是來不了，要等上一、兩天。要不然派人先去買些本地的櫻桃來？若是兩位小姐覺得太酸了，可以加了冰糖或是蜂蜜做成果子醬沖水喝，也很好喝的。」

徐小姐不由高看青沅一眼，笑道：「妳這法子我們家也常用。妳是什麼時候進府的？跟著三老爺去過京城？」

京城那邊的氣候乾燥，風沙又多，水果不宜存放，通常都會做成果子醬吃。

青沅笑道：「我家是世僕，五歲就進府了，先前是在老安人屋裡服侍的，八歲的時候開始服侍三老爺。三老爺去京城的時候，我也跟著一道去了。」

也就是說，她最先進府，是在老安人屋裡學的規矩，是眞正的心腹世僕。

徐小姐暗暗頷首。

郁棠也覺察到了青沅的與眾不同，但她覺得自己不過是裴府的一個過客，青沅禮遇她，她也敬重青沅就好，其他的，都不必打探，知道多了也不是件好事。

三個人說說笑笑的，很快就到了午膳時分。

住在隔壁的楊三太太看著老神在在坐在她對面喝茶的大太太，心裡很是膩味。

話已經說得很明白了，殷家人丁單薄，不管是兒子還是女兒都看得重，怎麼也不可能把女兒嫁給裴緋做媳婦。裴家這位大太太是眞不明白？還是揣著明白裝糊塗？

楊三太太已經不想和她說話了，更不想留了她午膳來膈應自己。

她端了茶，笑道：「我這邊還要喝藥，就不留您了。之後得了閒，再好好說說話。」

大太太非常地失望。

她以爲楊三太太閉門謝客，一個人肯定很無聊，應該很歡迎她這個京中故舊上門的，沒想到楊三太太還是和從前一樣討厭，說話句句帶刺，兩人硬是坐不到一張桌子上去。

可次子的婚事，她是無論如何也要爭取的，不能讓裴家做主。

只是可惜了她娘家沒有和次子年紀相當的姑娘，不然她又何必捨近求遠？

大太太也不是那沒臉沒皮的人，能堅持到現在都是一腔慈母心在支持著，如今被楊三太太這麼赤裸裸地一拒絕，再也堅持不下去了。

她冷著臉起身告辭。

楊三太太親自送她出門。出門卻看見自己屋裡的一個婆子拿了個青花大瓷盤，在門口和人說話。

看見楊三太太和裴大太太，兩人立刻垂手恭立退到了一旁。

她們走過去也就算完了，偏偏大太太要表現一下自己的寬容大度，笑著問了句：「妳們這是在做什麼呢？」

楊三太太屋裡的婆子忙道：「郁小姐那邊送了一盤子素餡大包過來，我正在給人道謝呢。」

大太太見那面生的婆子手裡還提了個點心匣子，也沒有放在心上，和楊三太太寒暄了幾句，就回了自己住的靜室。

誰知道進門剛剛坐下，就聽見小丫鬟說楊婆子今天受了委屈。

大太太眉頭緊鎖，叫了楊婆子過來問話。

楊婆子一副百忍成金的模樣，溫聲道：「也不是什麼大事。您不是昨天說要賞白芷幾個素餡大包，讓她拿出去給她親戚嘗嘗嗎？今天她去拿包子，誰知道郁小姐那邊覺得好吃，也多拿了一大盤子，就沒她的份了。我就去廚房讓人多做一份，結果廚房那邊從來沒有遇到過這樣的事，不知道如何是好。我想著也犯不著爲了這樣的事爲難別人灶上的，我們以後還要吃別人做的飯菜呢，就跟他們交代了一聲，讓他們明天幫我們留一份，也算是把今天的事補全了。」

大太太就想到剛才看到的場景。

她不由得冷笑，道：「原來是要巴結楊三太太。也不知道這樣巴結能討了什麼好去？」

但她在裴府沒有辦法給別人任何好處，她心裡卻是更清楚了，就越發覺得日子艱難，一刻也過不下去了。

臨安好歹是大太太的婆家，可楊婆子在這裡可謂是人生地不熟，她兒子還留在楊家當差，多待一天就多難受一天，巴不得能早點回京城去。

她道：「大公子什麼時候去杭州城？」

臨安裴氏一家獨大，就算她把兒子叫過來幫裴彤和裴緋，她兒子也得有用武之地才行。但杭州就不同了。江南四大姓都有宗族在那裡定居，裴家總不能一言堂，什麼事都管著吧？

大太太笑道：「不急。親家舅爺過來了，特意把阿彤叫了過去，考了阿彤功課。他們家肯定很滿意。就算我們不急著阿彤的舉業，他們家也會著急的。」

要不然，她怎麼會選了顧曦做兒媳婦？還是長子長媳！

想當初，他們顧家連李端那樣的都能瞧得上，更何況是她兒子。

「不過，阿彤畢竟年紀小，人情來往上不怎麼上心。」大太太沉吟道，「妳去備些禮品，讓阿彤有事沒事的時候多去親家舅爺那邊多走動走動。我們家這位親家舅爺，可不是個普通的讀書人。大老爺在世的時候都曾經不止一次地誇獎過他，還說我們家是沒有姑娘家，不然肯定要想辦法嫁給他的。」

說到這裡，她想到當時丈夫和她說話時的情景，不禁展顏笑了笑。

楊婆子無比唏噓。

如果大老爺還活著，大太太哪用操這些心？

可大老爺的病也來得太突然了，說去就去，連句話都沒來得及交代……

她低下頭，悄悄擦了擦眼角。

大太太這個時候正視起郁棠來。她問楊婆子：「那位郁小姐什麼來頭？我要是沒有記錯，顧小姐還特意在我面前提過她。」

楊婆子因爲素餡大包的事，早就打聽過郁棠了，知道她出身寒微，所以才敢在大太太面前告這個狀。聞言忙將她知道的都告訴了大太太：「……因父親是個秀才，和佟大掌櫃有私交，三老爺見過幾次，讓她來府裡陪伴老安人……和幾位小姐也玩得到一塊兒去，還弄了個什麼香方，給了苦庵寺做佛香……這次講經會，他們家也跟著出了回風頭……」

在大太太看來，郁棠就是個打秋風的。

她不屑地道：「不用管她。這種人我見得多了，玩些小伎倆，就以爲自己能把別人都玩弄於股掌之間了，到時候連自己怎麼死的都不知道。當務之急是想辦法讓阿彤得了顧朝陽的青睞，其他的事，以後再說。」

在裴府住著，她們也是長夜漫漫，無事的時候多，什麼時候沒事了，再去收拾那些不長眼的人也不遲。

楊婆子垂目應「是」。

大太太開始和她商量送什麼禮物給顧朝陽好。

❋

中午，顧曦和武小姐一起用了午膳，繞道從郁棠門前經過。

大紅的如意門雙扉緊閉，粉色的紫藤從牆上垂下來，風輕輕吹過，發出窸窸窣窣的聲音，靜謐中透著幾分甜美，美得像幅畫。

顧曦站了一會兒，這才去了徐小姐那裡。

誰知道徐小姐不在家，在郁棠那裡。

她不好多留，更不想見郁棠，索性回了自己屋裡。

下午，她到法堂的時候二太太正在和裴老安人說話。

她笑盈盈地上前問安。

裴老安人心情很好的樣子，笑著讓小丫鬟抓了把瓜子給她，繼續聽二太太說話：「我也跟著試了試，手藝是真心不錯。郁小姐說，晚上去給您請安的時候，想把史婆子也帶過去。我倒覺得不錯。」

「那就帶過來。」裴老安人笑呵呵地，和身邊的幾位老安人道：「若是真不錯，時常招她到府裡也不錯。」

幾位老安人也都笑著點頭。

——全八冊・未完待續——

信我
有罪嗎
全四冊
每個人看起來都可疑，
她除了自己，
誰也無法輕信。
六月的西藏雲層厚積，
寒冷清寂，
杳無人跡。
灰白公路上，有連環殺手正四處逃竄。
華文原創言情天后
推理懸愛作品重磅來襲！
{丁墨}
她這老奸巨猾的刑警，倒楣得被他撲進懷中，
就此占據了他的雛鳥情結。

愛讀 L181

花嬌・五

作　　者　吱吱
插　　畫　容境
責任編輯　陳冠吟
美術編輯　許舒閑・詹妤涵

發 行 人　連詩蘋
發　　行　知翎文化
出 版 者　欣燦連股份有限公司
地　　址　242051新北市新莊區中正路653號2樓
電　　話　02-29019913
傳　　眞　02-29013548
E-mail　service@revebooks.com
初版發行　2024年（民113）2月5日
定　　價　台幣300元
ISBN　978-957-787-450-4

總 經 銷　聯合發行股份有限公司
電　　話　02-29178022
地　　址　新北市新店區寶橋路235巷6弄6號2樓

國家圖書館出版品預行編目（CIP）資料

花嬌／吱吱著. -- 初版. -- 新北市：知翎文化，民113.2
冊；　公分. --（愛讀）
ISBN　978-957-787-450-4（平裝）. --

857.7　　112010755

知翎

知翎